KB120184

화

6인6색 인터뷰 특강

화

진중권

정재승

금태섭

홍기빈

안병수

김어준

한겨레출판

火·禍·和·貨·話·花·化

머리말

화 좀 제대로 풀어봅시다

〈한겨레21〉의 제6회 인터뷰 특강 주제를 '화'로 정한 것은 지금 돌아보면 돌아볼수록 시의 적절했다는 생각이 든다.

2009년 3월16일부터 31일까지 진행된 인터뷰 특강 당시에도 물론 '화나는' 일들은 많았다. 올초 용산 참사가 있었고, 그보다 앞서 미네르바가 구속됐고, 미국발 금융위기로 삶은 더욱 고단해졌고, 고시원 화재로 가난한 삶들이 죽어갔다. 불통의 정치는 바야흐로 국민들 사이에 집단 화병을 전염시키고 있었다. 그래서 우리 스스로에게 치유의 메시지를 전해보고픈 뜻이 있었다. 그런데 특강이 끝난 뒤 '화나는' 일들은 쭈욱 계속됐다. 강도는 더욱 높아졌다. 노무현 전 대통령이 서거했다. 정치보복성 수사에 대한 분노가 전국을 뒤덮었다. 서울시청 앞 광장이 다시 경찰버스 차벽에

민의 입을 틀어막는 무지막지한 공권력의 만행에 사람들은 속
[illegible]다. 국민장이 끝나자 덕수궁 앞 분향소를 경찰이, 보수단체 회원들이 '청소'해버렸다. 촛불 집회에 참여했던 유모차 엄마들이 경찰에 불려다니고, 대학생들도 잇따라 붙잡혀가고 있다. 공안의 시대, 공안통 출신 검찰총장 후보자는 스폰서한테 돈을 빌려 강남 아파트를 사고 고급 승용차를 빌려 타고 해외 골프여행에 명품 쇼핑까지, 어이없는 소비 생활을 한 게 들통 났다. 화가 폭발할 지경이다. 다시 위안과 치유의 말이 절실한 이때, 인터뷰 특강 '화'를 책으로 묶어낸다.

첫 번째 연사인 진중권 중앙대 겸임교수는 '대중의 화'를 주제로 특유의 경쾌한 강의를 선보였다. 무턱대고 화만 내기 전에 분노의 표적을 제대로 인식해야 '경제적으로' 화를 낼 수 있고, 장기적이고 근거 있는 화를 낼 준비도 필요하다는 '화내기 전략'은 오늘날 화내기에 지친 이들에게 도움이 될 제안이다. '과학, 화를 말하다'는 제목으로 강연한 정재승 카이스트 교수는 세상을 향해, 상대를 향해 '나 지금 화나 있다'고 쿨하게 알려주자고 한다. 그의 '화 관리법'은 우리에게 적잖은 위안을 주는 매뉴얼이다. 인터뷰 특강에 첫 선을 보인 금태섭 변호사는 '분노의 법, 사형제'를 말한다. 우리나라는 10년 이상 사형 집행이 없어 사실상 사형폐지국이 됐음에도 잊을 만하면 사형을 집행해야 한다는 주장이 등장한다. 검사 출신의 법률가가 이를 어떻게 반박하는지 궁금하지 않은가. 〈한겨레21〉에 경제 칼럼을 연재했던 홍기빈 금융경제연구소 연구위원은 돈에 얽힌 화의 문제를 동양철학 원리를 빌려 명쾌하게 설명했다. 서민 행보는 있되 서민 정책은 없는 정부에서 살아가는 서민들은 어떻게 화를 풀어야 할까. '화난 음식이 화를 부른다'는 안병수 후델연구소 소장의 강의는 화에 몸을 상

하지 않고 이 시대를 견뎌내기 위한 건강법이다. 마지막으로 김어준 〈딴지일보〉 총수의 '웃으며 화내는 법'을 들어보자. 사태의 본질을 정확히 파악하는 '통찰력'과 그렇게 파악된 본질을 가지고 놀 수 있는 '시큰둥함'이 필요하단다. 쉽지 않아 보이는, 그러나 꼭 도달하고픈 경지 아닌가.

시대에 치이고 일상에 들볶여 화가 머리끝까지 치민 독자들께 이번 인터뷰 특강 '화'가 시의 적절한 영혼의 처방전이 되리라 믿는다. 기꺼이 특강에 참여해준 연사 제현과 이번에도 어김없이 사회를 맡아 특강에 윤활유를 부어준 배우 오지혜 씨의 노고에 다시 한 번 감사드린다.

〈한겨레21〉 편집장

박용현

차례

사회 오지혜

배우. 중앙대에서 연극영화학을 전공했다. 2001년 영화 〈와이키키 브라더스〉로 청룡영화상 여우조연상을 받았다. 현재 MBC 라디오 〈오지혜의 문화야 놀자〉를 진행하고 있다. 저서에 《딴따라라서 좋다》가 있다.
제1회 인터뷰 특강의 강연자였고, 2회, 3회, 5회 때 사회를 맡았다.

인터뷰 특강 1 — **진중권**

대중의 화

| 대중은 왜 화났고, 그 화는 어디로 가는가? |

촛불집회는 생명을 위한 시위였고, 권력에 대항하는 시위였습니다. 굉장히 올바른 분노의 표출이라고 생각했습니다. 대중이 느끼는 어떤 고통의 근원들을 정확하게 봤고, 그 분노의 기초가 생명권과 민주주의적 소통, 혹은 흔히 말하는 사회적으로 바람직한 가치들을 위해서였습니다.

진중권 2009년 현재 중앙대 독어독문학과 겸임교수, 한국예술종합학교 객원교수, KAIST CT 대학원 겸직교수로 활동하고 있다. 2005년부터 미디어 철학과 예술에 대한 강의, 세미나, 연구를 해오고 있다. 대표작으로 《미학 오디세이 1,2,3》, 《놀이와 예술 그리고 상상력》, 《호모 코레아니쿠스》, 《레퀴엠-전쟁의 미학》, 《진중권의 현대 미학강의》 등이 있다.

대중의 화

| 대중은 왜 화났고, 그 화는 어디로 가는가?

2009년 3월 16일 월요일 늦은 7시

사회자 정말 신나면서도 명쾌한 대한민국 최고의 인문학 파티죠. 〈한겨레 21〉 창간 15돌 기념 제6회 인터뷰 특강에 오신 걸 환영합니다. 저는 이 파티의 도우미, 배우 오지혜입니다. 여러분, 반갑습니다.(청중 박수)

요즘 돌잔치에 돌반지가 잘 안 들어온다고 하죠. 금값이 너무 비싸서요. 또 직장에서 안 쫓겨나는 것만 해도 어디냐 해서 재테크가 아니라 직테크라는 말도 생겨났고요. 그 정도로 경제상황이 안 좋은데요. 돈을 버는 일도 아니고, 스트레스를 해소할 만한 어떤 쇼가 벌어지는 것도 아닌데 금 같은 시간과 돈을 들여서 인터뷰 특강에 오시는 많은 분들을 보면서, 우리 사회가 시선을 마주치고 온기를 느껴가면서 이야기할 담론의 자리가 이만큼 절실하구나 하는 것을 느낍니다. 아무쪼록 오늘 이 자리에서 여러분이 얻어가는 많은 상식들, 진리들, 작은 깨달음들이 건강한 공동체를 이루는 데 밑바탕이 될 것이라는 확신을 가지고 시작해볼까 합니다.

첫 강연자를 소개하기 전에 인터뷰 특강에 대해서 간략하게 설명해드리겠습니다. 이 강연은 권위적이고 일방적인 강연이 아닌 소통하는 강연입니다. 먼저 강연자께서 강연을 하신 후에 여러분의 질문을 받는 시간이 마련됩니다. 강연을 들으시면서 메모해두셨다가 그때 질문해주셨으면 합니다. 이번 강연의 전체 주제가 '화'인 것은 아실 겁니다. 그런데 그 화는 우리가 흔히 알고 있는 감정적인 화만이 아닙니다. 때문에 일부러 한자 표기를 하지 않았습니다. 개념을 열어놓으려고요. 오늘 강연뿐 아니라 앞으로 진행될 강연을 통해 여러분은 화라는 것에 대해 많은 생각을 하시게 될 것이라 봅니다.

자, 이제 첫 번째 강연자를 소개해드리겠습니다. 대중은 왜 화가 났고, 그 화의 기운은 어디로 갈지, 대중이 품은 화의 동기와 그 방향까지 우리에게 제시해주실 분입니다. 여러분, 우리 시대 최고의 논객 진중권 교수님을 모십니다. 박수로 환영해주시기 바랍니다.(청중 박수)

사회자 근황 먼저 알려주세요.

진중권 네, 늘 바쁩니다. 학기가 시작되어서 강의하고 있고, 지방으로 강연도 많이 다니고요. 연구도 하고, 칼럼도 쓰고. 아, 진보신당도 쫓아다니고 있군요. 아무튼 힘들어요. 몇 사람 몫을 해야 하니까요.

사회자 제가 학교 다닐 때는 강의 열심히 안 하고 어영부영하는 교수들을 '어용교수'라고 불렀거든요. 그런데 진 교수께서는 문화예술사적으로 상당히 훌륭한 전문 교수이신데, 지금 학생들은 이 시국 때문에 좋은 선생님을 잃는 게 아닌가 싶네요. 이렇게 불려 다니지만 않으신다면 연구와 수업에 더 많이 정진하실 텐데 말이죠.
제가 '다음'에서 검색을 해봤어요. '진중권'이라고 딱 쳤더니 직업이 '자유기고가' 이렇게 나오더라고요. 본인은 뭐로 불리는 게 가장 편하신가요? 원하시나요?

진중권 자유기고가하고, 그 다음에 비정규직 교수.(웃음, 청중 웃음)

사회자 너무 많아요. 일단 교수, 그리고 활동가, 문화평론가, 철학자, 방송인까지.

진중권 중요한 건 역시 생활비의 주요 부분을 어떻게 해결하느냐 하는 건데, 이제는 주로 글 써서 해결합니다. 글도 칼럼 같은 건 돈이 안 됩니다. 역시 책을 써야 하구요. 그래서 책의 인세를 가지고 주로 생활하고 있습니다. 강의료는 뭐, 대학 강사들 시급 아시잖아요. 시간당 2만 5천원.(웃음)

사회자 아직도 그런가요? 그런데 올해 열 살 된 아들은 아빠의 직업을 뭐로 알고 있나요?

진중권 아직 직업이 뭔지 모를 텐데요. 아이는 아주 단순하거든요. 세상을 굉장히 단순하게 이해하는 것 같아요. 엄마가 어떤 물건을 들고 있는데, 그게 바로 신용카드예요. 자기가 원하는 게 있을 때 카드만 긁으면 모든 게 얻어진다고 믿고 있거든요.(웃음) 그걸 채우려면 내가 어떤 노력을 해야 하는지 아이는 몰라요. 그건 아주 간단합니다.

사회자 아빠가 뭐하는 분인지 아직 모르고 있군요. 상당히 놀랍습니다. 그나저나 진 교수님 블로그가 있는 거 아시죠? 제가 오늘 오전에 클릭했는데, 이미 오늘 방문자 110명, 그리고 현재까지 전체 방문자가 52만 명이 넘었더라고요. 정말 대단해요.

진중권 〈디워The War〉 팬들한테 감사를 드려야죠.(청중 웃음)

역사의식과 서사의식의 세대교체

사회자 그야말로 엄청난 대중적 인기를 얻고 계신데요. 시위 현장에 가보면 젊은 여자 분들이 시위 핑계대고 진 교수님을 보러 오는 게 아닌가 싶을 정도로 사인 공세와 사진 공세에 시달리고 계시던데요. 인기관리 비결 좀 알려주세요.

진중권 아, 뭐 일단은 잘 생기게 태어나야 합니다.(청중 웃음) 농담이고요. 요즘은 달라야 하는 것 같아요. 모든 게 엔터테인먼트와 결합되거든요. '폴리테인먼트'라고 해서 폴리틱(정치)과 엔터테인먼트가 결합되고, 교육도 '에듀테인먼트'라고 이야기하지 않습니까. 그래서인지 대중문화 코드와 정치적 코드를 혼용해서 사용하는 것 같아요. 대중이 어떤 아이돌을 원한다고 한다면, 그분이 그 아이돌 이미지에 맞지 않는다 싶어도 자기들이 만들어가죠. 예를 들어서, 강기갑 의원님 같은 분도 촛불 때 아이돌로 떠오르셨잖아요. 사실 그분이 젊은 세대하고 모든 면에서 안 맞잖아요.(웃음) 그런데도 대중이 '강달프'로 만들어내더라고요. 그래서 이제 소비의 심리 행태라는 관점에서 요즘의 그런 현상을 이해하고 있습니다.

사회자 하긴 뭐 그렇죠. '거북이'라는 그룹의 돌아가신 가수 분 있잖아요. 그분이 노찾사의 〈사계〉를 랩으로 부르는데, 아무래도 저도 1980년대 학번이라서 그런지 '저런, 아니 감히' 이랬거든요. 이게 벌써 꼰대가 되는 지름길이구나 싶은 게, 요즘 친구들은 정치를 모두 놀이화하기 때문에 어떤 경계선이 없더라고요.

진중권 네. 저는 촛불집회 때 나온 정치의식을 386의 방식으로 판단하면 안 된다고 보거든요. 이건 일종의 멀티유저 게임이에요. 옛날 우리가 데모할 때는 '새 역사를 창조한다' 이런 개념이었는데, 문자문화와 더불어 역사주의는 지나갔잖아요. 촛불집회 때 대중들은 뭘 하려고 했느냐? 그들은 새 역사를 쓰려고 한 게 아니라 서사를 창작하려고 한 겁니다. 멀티유저 게임은 우리가 어떻게 참여하느냐에 따라 스토리가 달라지지 않습니까? '좀 해보니까 대통령이 사과를 하네. 이 게임은 계속돼야 해!' 그래서 말하고, 또 말하고…….(웃음) 컴퓨터 게임의 형식이 굉장히 강하게 적용된 것 같아요. 저는 이런 변화를 매체 환경의 변화에 따른 자연스런 흐름으로 보는 겁니다. 사회가 문자매체 위주로 돌아갔을 때 우리가 역사주의 의식을 가졌던 것과 마찬가지로 디지털 영상매체 시대의 그들은 역사의식이 아니라 서사의식을 갖는다는 거죠.

사회자 중요한 포인트인데요. 저희는 어떤 정해진 카테고리에 저희들을 맞춰가는데, 지금 이십대는 본인들 스스로 혹은 공동으로 카테고리를 만들어가는 것 같아요. 이미 그런 세상이 온 듯해서 저 개인적으로도 적응하려고 굉장히 애쓰고 있습니다.

그리고 진 교수님 블로그에 팬들이 사랑을 표현하면서 "미래의 우리의 대통령감 진중권 형님" 이런 댓글을 달거든요. 정말 어떻게 받아들이세요. 그런 댓글은?

진중권 그런 댓글은 많지 않고요. 사람들도 이제 알지 않나요? 제가 정치할 사람은 아니라는 거요.(웃음) 왜냐하면 저 같은 경우는 어제도 누구랑 있었는지 기억을 잘 못하거든요. 아, 전원책 변호사라고, 그분도 말을 좀 그렇게 하지 않습니까? 어제 방송 끝나고 출마 어쩌고저쩌고 하는 말이 나오길래 "전 변호사님하고 저하고는 인터넷 지지자들로부터 표를 못 얻어요." 했더니, 전 변호사님이 당신은 못 얻어도 자기는 좀 얻을 수 있다고 그러더라고요.(웃음)

사회자 그 인터뷰하실 때 어떤 젊은 남자 분이 휴대폰으로 사진을 찍고 자기 블로그에 "진중권 씨를 말로만 듣다가 처음 봤는데 조금 왜소하신 것 같긴 하지만 그래도 잘나가는 동네 형 같은 이미지였다"라고 글을 올리셨더라고요.(청중 웃음) 저는 '미래의 대통령감'보다 '잘나가는 동네 형'이 훨씬 진 교수님한테 가깝지 않나 싶어요.

진중권 저도 호칭이 여러 개 있는데, 제일 좋아하는 호칭이 '중권 형아'예요.

사회자 중권 형아! 여러분도 앞으로 그렇게 불러주시기 바랍니다.

며칠 전에 노원구 진보신당 당원들 앞에서 강연을 하셨더라고요. 그때 진 교수께서 지식인의 역할이란, 사회문제에 비판의식을 가지고 어디가 곪았고 어디가 썩어 있다는 것을 알려주고 방향을 제시하는 것이라고 말씀하셨는데요. 그렇게 꼭 특정 정당을 지지할 필요는 없지 않은가 하는 생각도 할 수 있어요. 왜 굳이 진보신당이어야 하는가요?

진중권 여러분도 지지하는 정당이 있을 겁니다. 민주당, 그리고 또 민주노동당. 오지혜 씨께서는 민노당을 탈당하셨지만요. 마찬가지로 저도 시민의 한 사람으로서 정당에 가입하는 건 너무나 당연한 일이고, 또 민주주의가 발전하기 위해서는 누구나 정당에 가입하거나 정치활동을 해야 한다고 생각합니다. 가끔 가다 이런 생각도 해요. '한나라당에 한번 가볼까.' (청중 웃음)

사회자 당원 배지를 종류별로 수집하시게요?(청중 웃음)

진중권 한나라당 편 들어주는 사람들 보면 상당히 함량 미달이더라고요. 아무래도 그쪽에 인재가 딸리는 것 같아요.

사회자 아, 수준 좀 올려주시려고…….(웃음)

진중권 사실 제정신 갖고 지지하기는 힘든 정당이죠.(청중 웃음) 아마도 실력이 안 되는 사람이 그쪽에 많이 가고, 그러다보니까 그쪽은 실수해도 편

합니다. 가끔 그쪽으로 갈까, 아니면 민주당으로 한번 가볼까 하는 생각도 하는데, 중요한 건 자기 소신이잖아요. 제가 볼 때 한나라당과 민주당이 물론 차이는 있지만 경제정책에서 큰 차이는 없는 것 같아요. 그래서 지금 경제위기가 왔고, 굉장히 많은 분들이 증가하는 실업률과 악화하는 고용조건으로 인해 고통 받고 있지 않습니까. 그런 정책에서는 한나라당과 민주당이 공범이라는 생각이 들었습니다. 그래서 진보정당으로 와야 하는데, 진보정당도 둘이 됐잖아요. 진보정당의 가장 큰 문제점은 아직까지도 산업혁명적 패러다임에 사로잡혀 있다는 겁니다. 우리가 흔히 말하는 NL과 PD라는 것, 그 시대는 지나갔거든요. 사실 NL은 1930년대의 농촌 사회주의 개념이고, PD라는 건 산업혁명의 이념이거든요. 그런데 지금 우리 사회는 정보혁명과 과학혁명과 기술혁명을 거쳐 완전히 디지털 시대로 넘어왔단 말이죠. 그런 시대에 맞는 정당이 필요하다는 생각이 들었고, 제가 선택한 게 진보신당입니다. 진보신당이 어떤 상황이냐면, 당원의 비율에서 촛불당원이 6이고 옛날 당원이 4예요. 저는 민주노동당 시절부터 그렇게 주장했거든요. "제발 운동권 사람들 보지 말고 널리 좀 봐라."

사회자 당원 성향의 비율이 그렇다는 건, 그건 희망적인데요.

진중권 저는 일치감치 그쪽으로 가야 한다고 계속 주장했었습니다. 민주노동당 시절에 소위 NL이라고 하는 사람들을 끌어들이는 것에 저는 반대했어요. 사실 제가 탈당 1호입니다. 한 4년 전에 그것에 반대해서 이미 탈당을 했거든요. 방향이 잘못됐다는 거죠. 그런데 촛불집회를 거치면서 제 말이 입증된 거죠. 아직까지도 큰 문제인 게, 이 부분들에 대한 마인드가 너무 달라요. 한편으로 운동권 출신들은 굉장히 헌신적입니다. 당이 어떤 상황에 있어도 끝까지 남아요. 지속적입니다. 그런데 문제가 뭐냐면, 너무 진지해서 같이 술 먹고 싶진 않아요. 반면에 촛불당원은 아주 발랄하고 창의적인데, 힘든 일 같은 건 안 하려고 해요. 희생적인 일 같은 거요.

사회자 섞여야겠네요.

진중권 이제 어떤 상황이 벌어지냐고 하면요, 지역에서 당원들 모임을 가지면 사십대 386아저씨들 쫙 모여 있는데 이십대 아가씨 둘이 딱 나와 있는 거예요.(청중 웃음) '소울 드레서' 식의 옷을 빼입고요.

그런데 또 재미있는 게 대화가 된다는 거예요. 저는 이게 굉장히 중요하다고 생각해요. 양쪽이 서로 소통하는 거요. 시너지를 만들어내는 것이야말로 진보정당의 미래고, 더 나아가 한국 정당정치의 미래라고 생각하니까요. 그게 안 되면 정말이지 정당정치에 미래는 없습니다.

사회자 그래서 진 교수께서 만날 제발 촌스럽게 이런 것 좀 하지 말라고 진보신당 분들한테 야단치는 역할을 하고 계시고, 충분히 좋은 효과를 거두고 있다고 생각합니다. 저도 얼마 전에 민주노동당 분들이 국회에서 점심먹자고 각계 문화계 인사들을 부르신 모임엘 간 적이 있어요. 미술계, 음악계, 연극계 분들을 모셔서 밥을 먹는다는데, "정말 밥 먹는 거죠. 그냥 밥만 먹는 거죠" 몇 번을 확인하고 갔습니다. 진짜 밥을 차려주시더라고요. 그런데 밥 먹는데 가열 찬 투쟁가를 틀어놓으셔서 밥 먹다 체하는 줄 알았어요.(청중 웃음) 밥 다 먹고 나서 한마디씩 하라고 해서 제가 "일단 저것부터 좀 꺼주세요. 체하겠어요"라고 했는데……. 모르겠어요. 그분들 때문에 이렇게까지 대한민국이 좋아지기도 했지만, 너무 한곳에 있다 보면 좀 교조적이 될 수밖에 없지 않을까, 그래서 우리 진보 사회에는 진 교수님 같은 분이 꼭 필요하지 않나 싶습니다. 여러분도 같이 힘을 실어주시기 바랍니다.

평균 코드에 재단되지 않는 '개인 성벽'

사회자 진 교수님께서 조동진 씨의 노래를 블로그에 올려놓으셨더라고요. 그래서 덕분에 오랜만에 저도 조동진 씨 목소리를 들었는데, 요즘 학생분들은 조동진 씨를 잘 모르실 거예요. 〈내가 좋아하는 너는 언제나〉라는 곡이었는데, 진 교수님은 어떤 스타일의 사람을 좋아하세요?

진중권 제가 유학할 때인데요, 가끔 가다 파티가 열리잖아요. 집에서 맥주나 와인을 마셔요. 마시다 보면 사람들이 이야기하다 다 지쳐서 곯아떨어져요. 새벽쯤 되면 한두 사람 정도 남거든요. 그때 제가 기타를 치면서 새벽이 올 때 불렀던 노래가 〈내가 좋아하는 너는 언제나〉였습니다.

제가 좋아하는 사람은 스타일이 있는 사람이라고 할까요? 이디오싱크래시(Idiosyncrasy)라는 말이 있어요. '개인 성벽'이라는 말인데, 약간 괴팍해 보일 수 있습니다. 엑센트릭(Eccentric)이란 말도 있죠. 센터에서 벗어나 자기 특징이 분명한 사람들. 이런 사람들을 좋아하고요.

제가 연예인들에 대해서 불만이 많아요. 왜냐하면 너무 평범하거든요.

지나치게 평균적이고 길들여져 있고, 심지어 개그맨들까지도 군기가 팍 들어 있는 모습을 보면 안타까워요. 외국 같은 경우에는 연예인들이 사회적, 도덕적으로 평균 코드에서 벗어난 짓을 막 하잖아요. 그 사람들이 그렇게 해주니까 나중에 일반 대중도 해방될 수 있는 부분이 있거든요. 그런데 우리는 배우나 가수가 말 한마디 잘못 하면 난리가 나잖아요. 꼭 사과를 받아요. 난 이것도 이상하거든요.

사회자 저도 사과 많이 했어요.(청중 웃음)

진중권 요번에 신해철 씨 일, 사실 신해철 씨가 썩 잘했다고는 저도 생각 안 하는데, 뭐랄까 존중해줄 부분들이 있잖아요. 나는 그래서 그 사람이 욕을 좀 먹더라도 자신의 개인 성벽, 그게 설혹 잘못됐더라도 꺾이지 않았으면 좋겠다는 바람이 있습니다. 제가 좋아하는 사람은 그런 사람들이에요. 자기만의 개인 성벽이 사회적 평균 코드에 의해서 절대로 재단되지 않는다는 고집이 있는 사람들을 만나면 재밌죠.

사회자 그러려면 굉장히 단단하고도 온건한 정신이 필요할 것 같은데요. 같은 연예인으로서 잠깐 변명하자면, 그들도 그럴 수밖에 없는 게 모두 다 군대에 다녀왔거든요. 다들 한국 군대를 나오셨기 때문에 크게 다른 분위기를 만들기는 참 힘들 것 같아요.

진중권 굉장히 유명한 개그맨 몇 분을 뵀어요. 누군지는 말씀 안 드리겠는데, 같이 담배를 피자고 했더니 떨어져서 피더라고요. 그래서 괜찮다고,

여기서 피라고 했는데, 아니라고 그럴 순 없다고…….(청중 웃음) 그 다음에 또 어떤 개그맨을 책 프로그램에서 만났거든요. 모두 테이블에 앉아서 담배를 피고 있는데, 이 분은 내무반 신병 각 잡고 있는 것처럼 계시는 거 있죠. 제가 자세 좀 푸시라고 했더니, 좀 있다가 갑자기 저한테 "저, 담배 좀 펴도 될까요?" 그러는 거예요.(웃음) 그래서 제가 피시라고 했어요.

사회자 친분이 있는 개그맨한테 들은 이야기인데요, 정말로 아이디어 회의할 때 무릎에 손 딱 놓고 한다고 그러더라고요. 그래서 제가 "아이디어가 나와?" 그랬는데, 군기가 심하게 들면 가끔 아이디어가 나오기도 하나 봐요.(청중 웃음)

진중권 개그 프로를 보다 보면 선배들 대답하는 거 있지 않습니까. 권력관계가 너무 드러나는데 저는 그거 보면 스트레스를 받거든요. 개그맨들까지 저렇게 만들어서 어떡하나 싶어요. 개그맨이란 원래 광대거든요. 옛날 같으면 유일하게 임금님 머리꼭대기에 앉아도 돼요. 그런 존재인데, 군기 들어 있는 모습을 보니까, 아, 이게 한국 사회인가 싶은 게…….

사회자 꼭 개그맨 사회뿐만 아니라 어디나 다 서열 때문에 한국은 나이공화국이라잖아요. 괜히 싸우다 말 막히면 "너 몇 살이야? 민증 까봐" 여기서 엉뚱한 데로 싸움이 번지죠.

진중권 미국 가도 가끔 그렇게 싸운다고 하더라고요. 미국 사람하고 싸울 때도 "하우 올드 아 유?"(청중 웃음) "유 해브 노 파더?" 넌 아버지도 없냐, 그

러고.(청중 웃음)

사회자 자, 마지막 질문입니다. 얼마 전에 어떤 분이 인터뷰 특강 얘기를 들으시고 진 교수님께 "아, 거기 나가신다고요? 오지혜 씨도 사회 보신다던데, 거기서 만나시겠네요?" 했더니, 진 교수께서 "우린 만날 세트로 불려 다니는 것처럼 사회자 오지혜, 강연자 진중권, 이렇게 묶여 있더라고요"라고 하셨다 들었어요. 저도 이번 강연을 준비하면서 이제 슬슬 그만할 때가 되지 않았나 싶었는데, 진 교수님께서도 똑같은 걸 느끼셨나 봐요. 그래서 이쪽 계통에서도 세대교체가 필요하다, 만날 보는 얼굴만 보고 떠드는 애들만 떠드는 거 좀 식상하다, 하셨다는데 백 번 공감합니다. 대안은 있으신가요? 제2의 진중권이 될 만한 후배를 키우고 계신가요.

진중권 제가 후배를 키우진 않습니다. 원래 스스로 자라나는 거잖아요. 세 사람 정도 꼽을 수 있을 거 같아요. 첫째로 인터넷 아이디 '아흐리만'으로 알려진 한윤형이라는 친구입니다. 안티조선 때부터 같이 활동했던 친구죠. 그 친구가 고등학교 때 〈조선일보〉 주최 논술대회에서 일등을 했는데 인터뷰를 거부했습니다. 〈조선일보〉와는 인터뷰를 안 하겠다고 한 거죠.(청중 웃음) 지금 논객으로 활동 중이고요. 그리고 김현진 씨라고, 칼럼을 참 잘 쓰는 친구가 있어요. 또 노정태라는 논객이 있습니다. 여러분이 이 세 사람을 주의 깊게 지켜보시고 관심을 가져주셨으면 좋겠어요. 가끔 가다 이런 생각도 들거든요. 이것도 군사문화이긴 한데요. '내가 병장 달고 이런 것도 써야 돼?'(청중 웃음)

사회자 아닌 게 아니라 정말 세대교체가 필요한 것 같아요. 김성녀 씨 마당극 아시죠? MBC 마당놀이. 김성녀 씨가 지금 환갑 정도 됐거든요. 그런데 계속 열여덟 살 주인공을 하는 게 살짝 민망하더라고요.(청중 웃음) 본인도 굉장히 부대껴하세요. 윤문식, 김성녀 씨가 만날 청춘으로 나오시는데, 보는 관객들도 민망한데 본인들은 오죽하겠어요. 새로운 사람들을 뽑아보려고 해도 김성녀 씨만큼 잘할 사람이 없는 거예요. 그분이 잘나서라기보다 그만큼 인큐베이팅 시스템이 안 돼 있었던 것 아닌가 하는 생각을 했는데요. 연예계, 문화계 쪽뿐만 아니라 이쪽에서도 뭔가 인큐베이팅을 해야 할 것 같아요. 그래서 내년에 여러분이 오시면, 다른 분들이 이 자리에 앉아 계시기를 저희 둘이 강력히 희망하면서, 진 교수님의 강연을 들어볼까 합니다.

타인의 비극에 대해 '연민'하고 있는가

진중권 네, 시작하겠습니다. 〈한겨레21〉에 이번 강좌를 소개하는 기사가 실렸던데요. 거기에 따르면 이번 강좌의 제목 그대로 첫 타자는 "입에서 불을 뿜는 진중권 겸임교수"라고 하던데, 이 자리에서 분명히 말씀드리는데 저는 용가리가 아닙니다.(청중 웃음) 가끔 입에서 침을 튀기는 경우는 있어도 불을 뿜는 일은 결코 없습니다. 누누이 말씀을 드리지만 저에 대한 이미지 자체가 조금 잘못됐다는 생각이 듭니다. 사람들은 제 글을 읽고 제가 굉장히 화가 많이 난 것처럼 생각하시는데, 전 글을 쓸 때 굉장히 평정하거든요.

이번 강연의 주제가 '화'인데, 제가 볼 때 화에는 크게 두 가지 차원이 있는 것 같아요. 하나는 사적인 차원의 것. 개인적인 일을 가지고 화를 내는 경우가 있잖아요. 친구가 나한테 잘못했거나 아니면 누가 나한테 잘못했을 때. 또 하나는 공적인 분노입니다. 우리가 어떤 공동체에서 벌어지는 사안에 대해서 분노하는 거죠. 그래서 사람들은 때로는 자기를 위해서 화를 내기도 하지만, 때로는 사회를 위해서 화를 내기도 합니다.

제 경우를 말씀드리면, 사적인 차원에서 분노하는 일은 거의 없습니다. 저는 분노 대신에 짜증내는 일이 많아요.(청중 웃음) 그러니까 사람들이 나한테 큰 잘못을 했을 경우에는 '그럴 수도 있지' 하고 넘어갑니다. 그런데 라면을 끓여먹을 때, 끓이기 전에 몇 번을 물어봐요. "안 먹을 거지? 안 먹을 거지?" 먹을 거였다면 더 끓이지요. 안 먹는다고 하고선 젓가락 들고 덤벼들면 미치겠거든요. 뭐 이런 것들. 아주 사소한 일로 신경을 긁는 경우에는 약간 히스테릭한 반응을 보입니다. 또 하나, 같은 이야기 반복될 때. 한 번도 아니고 두 번, 세 번 하면 돌아버립니다. 사실 〈디워〉 때, 심형래 씨 때문이 아니라, 상대방이 내가 몇 번을 이야기했는데도 못 알아들어가지고,(웃음) 그래서 돌았던 거고요. 사적으로 분노하는 것 자체를 좀 귀찮다고 이야기해야 하나요. 많은 경우, 이제는 '고소를 해버려?' 하는 생각도 드는데, 경찰서 가서 조서 쓰고 하는 것들이 귀찮아요. 그래서 저의 귀차니즘 때문에 분노하는 일에다 에너지를 쏟는 건 낭비가 아닌가 하는 생각이 듭니다.

공적인 분노 같은 경우에는, 글쎄요, 잘 모르겠습니다. 감정이 많이 실리는 경우도 있지만, 대부분의 경우 공적인 사안에 대한 분노는 감정적인 판단보다는 이성적인 판단을 해야 하거든요. 그래서 어느 정도 완화가 되는 부분이 있는 것 같긴 하지만, 좀 짜증은 나는 것 같아요. 웬만큼 말이 되는 소리를 해야지 말이죠.(웃음)

옛날에 제가 쓴 글 보니까 '유기체의 자극 반응'이란 표현을 썼더라고요. 신문을 보다가 뭔가가 나를 자극하면 짜증이 나서 반응하는 게 내 글쓰기라고 이야기한 적도 있습니다. 저는 공적인 분노를 신문 칼럼이나 방송 인터뷰 또는 진보신당 게시판에 올리는 글을 통해서 표출하곤 하는데, 그럴 때도 서슬 퍼런 도덕적 단죄보다는 문학적 풍자를 선호합니다. 왜냐하면 "저 사람은 좋은 사람이다, 나쁜 사람이다" 이렇게 말할 수 있는 경우는 그렇게 많지 않다고 보니까요. 대부분의 사람들이 가진 도덕성의 수준이라는 것이 거기서 거기거든요. 그것은 나중에 우리가 죽어서 하느님 앞에 섰을 때 하느님이 판단할 문제지, 내가 "저 사람은 나쁜 사람이다, 좋은 사람이다" 말할 자격이나 권리가 있을까요? 그래서 저는 대신에 "무서운 사람이다", "재밌는 사람이다"라고 쓰지요. 이번에 지만원 씨한테서 고소를 당했는데, 나중에 고소장을 공개하려고 해요. 고소장 자체가 너무 재밌거든요.(청중 웃음) 지만원 씨가 열 받아서는 항고하겠다고 하더라고요. 이분이 어디서 열 받았냐 하면, 저는 욕설을 하나도 안 썼어요. '앙증맞다'는 표현을 썼거든요.(청중 웃음) 여기서 꼭지가 돌아버린 거예요.

격노라는 것, 굉장히 격한 분노는 순간적으로 강하지만 오래가지는 못하죠. 그래서 분노를 웃음으로 승화시키는 것이야말로 여유를 잃지 않고 공적 분노를 아주 오랫동안 유지하는 방법이라고 생각합니다. 물론 항상 그래야 하는 건 아니죠. 사안에 따라서 달라지기도 합니다. 가령 '용산참사' 앞에서 그 분노를 웃음으로 전환시킨다는 건 적절하지도 않고 가능하지도 않겠죠. 그럴 때에는 당연히 분노의 진지한 표출이 필요한데, 그때조차도 일시적이고 순간적인 격분보다는 그것을 좀 더 격조 있고 지속적인 분노로 승화시키는 게 중요하다고 봅니다.

사적 분노는 오직 자신과 관계되어 있지만, 공적 분노는 대개 자신과 관계없는 사회적 사안에서 비롯됩니다. 물론 그 사회적 사안이라는 것도 궁극적으로 보면 돌고 돌아서 나와 연관되겠지만, 그 분노가 내 것만이 아니라 굉장히 많은 사회 성원들에 의해 공유되는 것, 그게 바로 공적 분노의 특성이라고 할 수 있습니다. 어떤 의미에서 공적 분노라는 것은 자기가 사는 공동체에 대한 관심의 표현, 또 배려의 표현이라고 봅니다. 때로 우리는 자신과 관련 없는 남의 일을 위해서도 분노하죠. 그것은 굉장히 고귀한 일이라고 생각합니다. 그리고 지금 저희가 관심을 갖고 다루는 '화'라는 것도 바로 이런 공적 분노에 해당한다고 봅니다.

아리스토텔레스는 비극의 효과에 대해서 공포와 연민을 이야기합니다. 먼저 공포를 '포보스(Phobos)'라고 합니다. '포보스'는 우리가 생각하는 것보다는 훨씬 강한 공포 상태입니다. 거의 경악에 가까운 개념이죠. '엘레오스(Eleos)', 즉 연민이라는 것도 다른 사람을 보면서 '저 사람 정말 안됐다' 정도가 아니라, 그리스 사람들은 그걸 굉장히 직접적으로 느꼈답니다. 저 사람의 불행이 곧 나의 불행이 될 수도 있다고 느끼는 겁니다. 나와 그 사람이 잘 구별되지 않는 상태에서 그 사람의 불행을 볼 때 느끼는 것이 엘레오스(연민)라고 한다면, 저는 어느 정도 그런 것이 필요하다고 생각합니다.

용산 참사를 보면서 보통 사람들은 남의 일이라고 생각하잖아요. 하지만 어떻게 보면 저 일이 곧 나의 일이 될 수도 있다고 느끼는 것, 이런 것이 우리가 갖고 있는 공적 분노의 토대가 되지 않나 하는 생각이 듭니다.

짜증의 집단적 표출과 공적 분노

일반론을 이야기했고요, 이제 대중의 '화'에 대해서 말씀드리겠습니다. 대중이 화를 내는 현상을 우리 사회에서 특히 많이 봅니다. 바로 인터넷을 통해서 대중적 분노를 아주 흔하게 접하게 되는데요, 거기에 우리 사회의 특수성이 있습니다.

특수성은 크게 두 가지 차원으로 나타나는데, 그 첫 번째가 공과 사의 구별이 다른 나라와 좀 다르다는 거예요. 그건 우리 사회의 공동체적 정서가 굉장히 강하기 때문입니다. 우리에게는 구술문화 전통이 무척 오래 남아 있거든요. 서구 같은 경우에는 500년 전부터 문자문화로 진입하기 시작하여 합리주의를 거쳤고, 17~18세기에 경험주의가 있었고, 그 다음에 소수 지식인들의 정신 상태나 정신구조가 계몽주의를 통해 일반 대중한테까지 뿌리를 내렸죠. 그렇게 된 지가 서구는 100~150년 정도입니다. 하지만 우리나라는 아시다시피 일제시대가 끝난 다음에 문맹률이 70~90%에 달할 정도였단 말이죠. 사실 문자문화로 넘어온 지 50년이 채 안 된 겁니다. 그러다보니 구술문화의 전통이 강하게 남았는데, 그게 공적 분노가 터질 때도 어떤 특수성으로 나타납니다.

나라마다 공과 사의 구별이 상당히 다릅니다. 예를 들어서, 배우자에게 폭력을 행사했다면 서구에서는 그게 공적 영역에 속해요. 그 사람들은 가족보다 개인을 우선하기 때문에 개인의 인권이 침해됐다면 국가가 당연히 간섭해야 할 사안이지만, 우리나라에서는 "우리가 부부싸움 하는데 무슨 상관이야?" 이런 거죠. 그 다음에 서구 내에서도 또 다른 게 있습니다. 예를 들어서 클린턴과 르윈스키의 스캔들은 유럽에서는 말도 안 됩니다. 그건 사생활이거든요. 절대 건드리면 안 되는데 미국에서는 거기에 6000만 달러를 들인다는 겁니다. 그러니까 쉽게 말하면 대통령 팬티에 묻은 정액을 검출하기 위해서 국민 예산 몇 천만 달러가 들어가는 거죠.

이렇게 공사의 구별이 나라마다 좀 다르긴 하지만, 특히 우리나라는 과거 구술문화의 영향으로 공과 사가 겹쳐 있는 경우가 많습니다. 도시문화는 상당 부분 개인주의적이에요. 서로 신경을 안 씁니다. 하지만 시골에 내려가면 서로 굉장히 간섭해요. 옷 입고 다니는 거라든지, 서로 다 압니다. 저 집에 숟가락이 몇 개나 있는지 다 알거든요. 그게 겹쳐 있다 보니까 좋게 말하면 참여의식이 굉장히 강한 거고, 나쁘게 말하면 좀 참견을 하는 경우가 있습니다. 그래서 도시 사람들이 볼 때 시골 사람들의 행동이 조금 황당한 경우가 많아요. 하지만 시골 생활은 사람들의 협업 아래 이루어지거든요. 모든 일을 같이 하기 때문에 서로 참견하는 게 너무나 당연한 겁니다. 반면에 도시는 분업 체계죠. 도시에서는 자기들의 사생활에 절대적인 가치를 두기 때문에, 예컨대 시비를 걸면 굉장히 싫어하죠. 시골 할머니들이 젊은 여성들에게 "치마가 왜 이리 짧아" 하면서 시비 걸고 그러면 짜증나죠. 시골에서는 너무나 당연한 겁니다. 도시에서는 안 통하죠.

그와 마찬가지로 농촌 공동사회는 하나의 공동체로서 도덕과 풍속, 가치관을 공유합니다. 그러니까 간섭의 정도가 다른 거죠. 도시에서라면 '저 사람은 나랑 살아온 게 다르니까' 하고 넘어가는 부분이 있는데, 그런 게 농촌 공동체의 삶의 조건에는 안 맞는 거죠. 그런데 그런 농촌 공동체식 정서가 우리나라에 아직 강하게 남아 있습니다. 그러다보니 사회에 대한 정당한 관심 한편으로 타인의 삶에 대한 불필요한 간섭, 이게 잘 나눠

지지 않는 경우가 있어요.

일례로 우리나라에서는 공인이라는 말이 너무 남발되는 것 같아요. 심지어 저를 공인이라고 그러더라고요. 그래서 "그럼 봉급을 줘. 봉급 주면 내가 공인할게"(청중 웃음) 그랬습니다. 연예인들 보고도 흔히 공인이라고 이야기하잖아요. 저는 굉장히 황당하거든요. 연예인들이 출마를 했습니까, 뭘 했습니까? 그냥 공적으로 알려졌다고 하면 바로 '공인'이라고 해버린다 말이죠. 그러면서 거의 정치인들에게 요구되는 도덕적 수준과 행동양식을 요구하는 거예요. 많은 경우에 연예인들은 대중의 인기와 지지를 먹고살기 때문에 그런 것에 굴복합니다. 그래서 사과하라고 하면 "예" 하고 사과를 합니다. 사실상 버텨볼 여지가 있는데도 뭐랄까, '모난 돌이 정 맞는다'고 할까요. 문화예술인이라고 한다면 모가 삐쭉삐쭉 나서 돌출적인 일들을 많이 해야 되는데 너무나 매끄럽게 차돌처럼 다듬어지는 경우가 좀 있는 것 같습니다.

예를 들어서, 사적인 것으로 보아 넘길 수도 있는 연예인들의 특정 언행이 졸지에 사회적인 파문으로 확산되어버리거든요. 최근에 권상우 씨가 "나는 한국이 싫다"고 발언했는데, 그냥 싫은가 보다 하고 넘어가면 되거든요.(청중 웃음) 아니, 왜 우리는 한국을 좋아해야만 합니까? 그럼 한국이란 나라를 좋아할 만하게 만들어놓든지, 그것도 아니면서 왜 싫다고 말하지 못하게 하느냐는 거죠. 결국 나중에 권상우 씨가 "왜곡이 됐다"는 둥 그랬는데, 저는 좀 짜증나거든요. "난 싫다" 하고 치고 나가도 되는 거예요. 설사 내 말이 왜곡됐다 하더라도 나는 싫다고 말할 권리가 있다고 관철시켜나가는 것, 그것이 중요하다는 거죠. 그런데 그냥 굴복해버린다는 겁니다. 그리고 싫다는데 굳이 좋다고 말하게 해놓고 만족하는 그 심리는 뭐예요? 나는 이해가 안 가요.(청중 웃음) 왜 그렇게 만족이 될까요? 그게 왜 좋아요? 한국이 싫다는 그 사람의 사적 주장이 졸지에 공적 분노의 대상이 되는 것, 그런 것들은 제가 굉장히 이해할 수 없는 부분이에요. 그래서 우리 사회에서는 연예인마저 대중 앞에서 특정 코드에 맞춰서 언행을 해야 합니다.

신해철 씨가 자기가 욕을 많이 먹는다고 하는데, 바로 그런 부분에서 대중이 불편해하는 거죠. 옛날에 토론회장에 공연복을 입고 나갔거든요. 대중들이 난리가 난 거예요. 그랬더니 신해철 씨 왈. "그럼 토론복이란 걸 따로 맞춰야 하냐?"(청중 웃음) 사실 제가 신해철 씨의 바로 그런 부분을 예쁘게 보거든요. 그런 발언을 할 줄 아는 몇 안 되는 연예인 중의 하나입니다. 아니나 다를까, 얼마 전 모 대학에서 강연을 하는데 "졸라"라든지 "새끼"라는 표현을 썼다고 하더라고요. 당연히 난리가 났습니다. 포털사이트 대문에 걸려버렸어요. 클릭해봤더니 또 〈조선일보〉더란 말입니다. 재밌는 건 뭐냐면, 신해철 씨가 그 강연에서 말한 내용은 하나도 없다는 거예요. 아무 내용도 없습니다. 딱 그 단어를 썼다는 것 하나예요. 그건 뭘 의미하냐면, 기자들이 그의 강연을 들으러 간 게 아니라 풍속의 감시자가 되어서 간 거죠. 그런 다음에 대중의 분노를 부추기는 기사를 쓰고요. 그런 걸 보면 짜증이 납니다.

이게 첫 번째 특성이에요. 공과 사의 구별이라는 게 굉장히 애매모호하다는 것. 그래서 사람들은 스스로 굉장히 정당한 공적 분노를 표출하고 있다고 생각하는데 제가 볼 때 그건 사적 취향의 차이에서 나오는 짜증을 집단적으로 표출하는 것에 불과한, 정당한 의미에서의 공적 분노가 아니라는 느낌이 들어요. 그런 경우가 참 많습니다.

구술문화에 사는 대중의 격정성

두 번째로는 그 분노가 매우 격정적으로 표출된다는 거예요. 우리나라에 모욕죄라는 것이 있지 않습니까. 머지않아 사이버 모욕죄까지 도입한대요. 기가 막힐 노릇입니다. 모욕죄 있는 나라가 거의 없습니다. 명예훼손이라는 것도 외국에서는 형사처벌하는 예가 거의 없거든요. 그냥 민사 사안이에요. 국가가 간섭할 일이 아니에요.(웃음) 내 명예가 훼손된 만큼 돈을 받으면 되는 문제거든요. 그런데 우리는 모욕죄, 명예훼손죄 모두 형사처벌을 하고 그것도 모자라 사이버 모욕죄를 만든단 말이죠. 재밌는 건 여기에 대한 지지율이 상당히 높다는 겁니다. 대중의 70%가 지지를 해요. 도대체 왜 그럴까요? UN에선 '명예훼손'까지 폐지하자고 요구하는 판에, 한국의 대중들은 왜 그럴까요? 격정에 휩싸여 있는 겁니다. 그건 우리나라 사람들이 감정적이고, 정서적 구조가 굉장히 발달해 있기 때문입니다. 이 역시 조금 전 이야기했듯이 구술문화의 잔재예요.

구술문화는 굉장히 격정적이거든요. 논리적이라기보다는 정서적입니다. 남의 말을 듣고 모욕감을 느끼는 정도가 굉장히 강하다는 거예요. 문자문화 사람들은, 예컨대 누가 나한테 욕설을 퍼부으면 '그건 걔 문제야' 하고 넘어가지만 우리는 발끈합니다. 그리고 받아쳐요. 이러면서 거의 전쟁이 되는 거죠. 물론 모욕당하고 기분 좋을 사람은 어느 나라에도 없겠지만 우리나라의 경우는 그 반응의 정도가 상당히 남다른 것 같아요. 한국의 인터넷에 유난히 모욕적인 언사가 넘쳐나는 것은 바로 그런 말이 실제로 효과가 있기 때문일 겁니다. 정말로 사람이 모욕감을 느껴요.(웃음) 그러니까 모욕하는 것이고요. 모욕을 당하면 당한 만큼 돌려주고, 그러다

'고소'까지 가는 것 같고요. 검찰과 법원도 불쌍한 게, 이런 걸 사건이라고 들고 오면 난감하다는 거죠.(웃음) 굳이 그럴 필요가 없거든요. 사실 윤리적인 영역에서 얼마든지 해결이 가능한 건데 말이죠. 그런데 왜 이게 안 될까요? 격정의 구조가 너무 강하기 때문입니다. 가끔 이런 문제의 해결까지 국가에 요구하는 게 과연 온당한가 하는 생각도 듭니다.

저 같은 경우에는 남이 욕을 해도 화를 안 내는 편이거든요. 상대가 막 욕을 합니다. 그럼 저는 그 사람이 어떤 의식 상태에 처해 있으면 저런 욕설을 할 수 있을까 하고 분석을 해요. 그래서 그걸 드러내면 상대방이 창피해지겠죠. 그런 겁니다. 그럼 상대가 싱거워져요. 대꾸도 반응도 없이 실실 웃고 있으면, 안 하게 됩니다. 그런데 발끈하고 반응하면 재밌어서 자꾸 하게 되는 거죠.

호러블 보이라고, 〈디워〉를 보고 '호러블! 호러블! 호러블!' 하는 동영상을 찍어서 올린 흑인소년이 있었는데, 한국의 디빠들이 거국적으로 몰려가서 그 소년의 블로그에 온갖 욕설을 다 썼거든요. 걔가 흑인이니까 '니그로, 검둥이' 별 욕을 다 했는데 애가 절대 흥분을 안 하더라고요. 그러면서 뭐라고 이야기하냐 하면 "너희가 왜 흥분하는지 이해가 안 된다. 나는 한국을 욕한 것도 아니고, 한국 영화를 욕한 것도 아니고, 한국 사람을 욕한 것도 아니고, 그 영화를 욕한 건데 니들이 왜 흥분하는지 이해를 못 하겠다"는 거예요. 디빠들이 "그러면 〈300〉은 잘났냐?" 했더니 "아 그래? 그럼 내가 다음 편에서 〈디워〉와 〈300〉이 어떻게 다른지 가르쳐줄게" 하고 2탄 날리고……. 초등학생인데 흥분하지 않고 반응하는 걸 보면서 정서 구조가 다르구나 하는 걸 느꼈습니다.

공적 분노가, 이유와 근거에 해당하는 이성적인 부분과 정서적인 에너지가 실리는 감성적인 부분으로 이루어진다고 하면, 우리나라에서 공적 분노는 감성적인 부분이 상당히 압도하는 느낌을 받습니다.

이것이 우리가 공적으로 분노할 때 유의해야 할 두 상황이 아닐까 싶습니다. 어떻게 보면 이건 역사적 산물이거든요. 저는 나쁘다고까지 이야기하지 않아요. 다만 때로는 잘못 표출될 수 있기 때문에 이 두 가지 측면, 공과 사의 구별을 분명히 해야 한다는 것과, 공적 분노를 표출할 때에도 그게 얼마나 적절한 수준인가 염두에 두어야 한다고 생각합니다.

파토스(Pathos), 정념이라고 하죠. 정념은 인간을 움직이는 엔진에 비유할 수 있습니다. 이성은 아마 운전대라고 할 수 있겠죠. 그 중에서 분노라는 정념은 매우 강력한 엔진입니다. 정치에서도 포지티브보다 네거티브 캠페인이 훨씬 효과적인 건 아마 그렇기 때문일 거예요.

흔히 우리가 '선정적(煽情的)이다, 선동적(煽動的)이다'라는 말을 하죠. '선정적'이라는 말은 문자 그대로 감정을 부추긴다는 이야기죠. 부채질하는 것처럼 부추긴다는 뜻이고, '선동적'이란 말은 행동을 부추긴다는 뜻입니다. 선정적인 것, 선동적인 것이 그 자체로 나쁜 건 아니에요. 문제는 선정과 선동이 진리와 이성으로 뒷받침되지 못할 때 발생하는 거죠. 사실상 오늘날 전 인류의 자산이 된 프랑스 대혁명이라든지, 우리나라에 민주주의를 가져온 4·19혁명이라든지, 또는 5·18 광주항쟁 같은 것들의 바탕엔 굉장한 선정과 선동이 있었습니다. 그것 자체가 나쁘다고 볼 수는 없죠. 그것이 없었다면 아마 우리는 민주주의라는 걸 누리지 못했을 겁니다. 또 사회구조를 바꾸는 혁명이라는 것은 관찰자의 입장에서 평론을 하는 게 아니라 행동의 문제거든요. 공적 분노를 일으켜서 행동을 끌어내고 잘못된 사회구조를 바꾸어가는 것. 그건 너무나 당연하다는 겁니다.

흔히 '선정, 선동' 하면 여러분은 빨갱이를 떠올릴 거예요. '프롤레타리아' 같은. 역사적으로 그건 맞지 않습니다. 왜냐하면 역사적으로 선정, 선동의 원조는 '부르주아'들이거든요. 프랑스 혁명도 부르주아의 혁명입니다. 그리고 프롤레타리아트는 그 기법을 넘겨받은 것에 불과하죠. 지금도 이 사회를 지배하는 권력자들은 일상적으로 선정, 선동을 합니다. 예를 들어서, 그들이 '세금폭탄'이라고 말하는 종부세가 있죠. 내가 4억 주고 산 아파트가 10억이 됐어요. 그래서 1000만 원을 세금으로 내라고 했더니 그걸 세금폭탄이라고 이야기를 해요. 이 표현은 굉장히 선정적인 것입니다. 감정을 부채질하거든요. 이는 또한 선동을 위한 겁니다. 아니나 다를까 강남에 집 가지신 분들, 플래카드 써 붙이고 "세금폭탄이 웬 말이냐" 하며 조세저항에 나서잖아요. 이게 바로 선정, 선동이죠. 그것이 바로 보수 시민들의 일상입니다. 항상 선정, 선동을 합니다. 빨갱이다 뭐다, 이런 식으로요.

그들은 진보정당이나 노동조합, 시민단체를 향해서 아주 일상적으로 선정, 선동을 해요. 매일 합니다. 대중을 향해 자기들 몫의 선정, 선동을 하는 거죠. 다만 그들이 못 참는 게 뭐냐 하면, 그 반대편이 선정과 선동을 하는 거예요.(웃음) 사실 그들도 대중의 분노를 이용하거든요. 하지만 대중의 분노가 자기들과 다른 방향에서 이용되는 건 원치 않죠. 그래서 싸움이 좀 있는 것 같습니다. 대중의 분노를 활용하다가 그 대중의 분노가 자칫 자기들을 향하게 될 때, 그것을 상당히 두려워하는 겁니다. 특히 억압과 착취가 있는 곳, 또 그것이 강화되고 있는 곳에서는 언제나 대중의 분노가 폭발할 위험성과 가능성이 있고, 그것이 바로 자기들을 향할 가능성이 있는 거죠. 그때는 권력의 위기가 초래되죠. 그래서 이 사람들은 역사적으로 오랫동안 대중의 분노를 관리하는 노하우를 쌓아왔습니다. 축적해왔고요. 그들이 아직도 권력을 갖고 있다는 것은 그들이 대중의 분노를 관리하는 데에 지금까지 상당히 성공했다는 것을 의미합니다.

대중의 분노를 관리하는 세 가지 방식

제가 볼 때, 기득권 세력이 대중의 분노를 초래하는 방식에는 세 가지 정도가 있는 것 같아요. 첫째는 통제할 수 없는 사회적 분노의 방향을 슬쩍 바꿔놓는 것입니다. 그것은 의식적일 수도 있고, 무의식적일 수도 있습니다. 가령 용산 참사의 경우를 보면 아주 의식적으로 이루어졌습니다. 누가 봐도 공권력의 과도한 진압에 의해 무고한 시민들이 죽은 사건이거든요. 그런데 그걸 어떻게 바꿔놓았냐 하면, 최근에 경찰이 폭행당한 사건 있죠? 물론 폭행당한 건 굉장히 유감스러운 일이지만, 시민 5명이 죽은 것에 비할 수 있는 일이 아니죠. 그런데 그걸 부각시켜요. 그리고 유포합니다. 공권력의 위기라는 말로. 그런데 제가 보니까 공권력의 위기라는 말을 쓸 근거가 없어요. 경찰이 폭행당하는 건수는 오히려 줄어들었거든요. 데이터로 입증이 안 되는데 그걸 계속 부각시켜요. "미국 같으면 저건 총으로 쏴 죽인다"는 식으로 대중의 감정을 선동합니다. 공권력의 위기라는 담론을 보수 언론과 정부, 여당이 만들어내면서 선정, 선동을 하는 거죠.

그런 경우가 있는가 하면, 반대로 오랜 관리와 통제의 결과 대중들이 자발적으로 선정, 선동되는 경우가 있어요. 대표적인 예가 '황우석 사태'였던 것 같습니다. 황우석 사태의 특성 가운데 하나가 분노의 대부분이 자발적인 것이었다는 겁니다. 권력자들이 생체공학을 통해서 대중의 신체에 아주 오랫동안 각인시켜놓은 두 가지 코드가 있습니다. 하나는 국가주의 코드입니다. "황우석 박사님, 노벨상을 받아줘요" 이런 것. 또 하나는 330조라는 화폐로 환산시킨 시장주의 코드. 이게 대중의 몸속에 기입됐고, 대중은 그것을 자기 욕망으로 착각하는 거예요. 그런데 그것이 방해를 받자 굉장히 격노하게 됐다는 거죠. 여기에는 물론 보수 언론들의 선정, 선동도 한몫했지만, 언론은 사실 대중들이 자발적으로 표출하는 분노에 슬쩍 편승했다고 생각합니다. 항상 이런 식으로 돌려놓는 거죠. 굉장히 우익적인 겁니다. 쉽게 말하면 그 분노 자체가 권력에 포섭되어 있는 거예요. 그런 식으로 관리를 하는 것입니다.

둘째는 그런 식으로 큰 문제에 분노하지 못하게 막아놓고 그 분노가 아주 사소한 데로 흐르게 만드는 거예요. 어느 여성 문인이 이렇게 물었더라고요. "왜 우리는 사소한 것에만 분노하는가?" 당연합니다. 그렇게 코딩되어 있기 때문이에요. 큰 문제에 분노하면 바로 탄압을 받습니다. 처벌을 받습니다. 그런 경험들이 쌓이고 쌓이다 보면 제대로 분노해야 할 대상에서 분노하지 못하고 쌓인 감정의 에너지가 엉뚱한 데로 흘러버리게 되죠. '왕따 현상'도 그런 것 같아요. 아이들이 학교에서 스트레스를 받습니다. 많은 경우에 그 원인을 자기들도 몰라요. 억압을 받는데 본인은 모를 때, 만만한 대상을 보고 거기에 표출해버린다는 거죠. 이건 아이들만의 문제가 아니에요. 아이들이 그렇게 한다는 건 어른들도 일상적으로 그렇게 한다는 거예요. 누구한테 배웠겠어요. 부모한테서 배웠지. 그런 문제입니다. 왕따, 이지메 같은 현상들이 일상적으로 벌어지는 이유는 이 공적 분노의 에너지가 대상을 찾지 못해서예요. 왜? 그쪽으로는 비판, 비난

이 허용이 안 되거든요. 그럴 때 쌓이고 쌓인 것은 탈출구를 찾아야 하거든요. 그렇기 때문에 인터넷을 떠돌아다니다가 만만한 상대를 보게 되면 거기에 폭발적으로 퍼붓는 현상이 벌어지는 거죠. 이것은 상당히 오랫동안 식민지배자들이 써먹었던 수법이기도 합니다.

프란츠 파농이 '수평 폭력'이란 이야기를 했습니다. 식민지에서는 식민지배를 받는 사람들이 지배 권력에 대항하는 게 아니라 그 폭력을 자기 동료들 내지 가족한테 퍼부어대요. 그걸 수평 폭력이라고 하거든요. 자기 억압의 근원을 향해 분노가 표출되는 게 아니라, 그게 허용이 안 되니까 옆으로, 만만한 사람 혹은 자기보다 권력이 약한 사람한테 퍼부어대는 거죠. 우리 사회에서도 마찬가지일 겁니다.

그리고 셋째는 아예 분노 자체를 못하게 만들어버리는 거예요. 10년 전쯤엔가 강준만 씨가 대중을 향해서 이런 말을 했어요. "왜 당신들은 분노할 줄 모르는가? 사회에서 이렇게 많은 일들이 벌어지고 있는데 왜 당신들은 침묵하는가." 아마도 이 사회에 팽배한 냉소주의를 지적한 것이라고 봅니다. 그 당시에 냉소주의가 팽배했죠. 지금도 마찬가지지만요. 왜냐하면 소위 좌파나 진보 지식인들이 사회주의 몰락 이후에 몽땅 다 회의주의적인 분위기로 가버렸단 말이죠. 그러면서 사회에 대한 관심을 끊어버린 상태였어요. 아마 그런 맥락에서 나온 것 같은데 그때는 강준만 씨 혼자서 논객을 할 때 아닙니까? 거의 1인 매체 만들고. 그러니까 굉장히 답답했던 모양이에요. 지금도 이런 냉소주의는 강할 거예요.

며칠 전에 어느 분이 쓴 칼럼 하나를 읽었는데 '주머니 속에 손 집어넣기' 신드롬이란 표현을 썼더군요. 그러니까 자기 손은 딱 집어넣고 평을 하는 거예요. "한나라당은 이래서 문제야, 민주당은 이래서 문제야, 그러는 진보신당은 별 수 있어? 다 도둑놈들이야." 아주 쿨하게 나가는 거죠. 이것도, 저것도, 아무것도 안 하는 태도입니다. 아마 권력이 볼 때는 이게 가장 바람직한 태도겠죠. 가장 착한 태도고요. 재밌는 건 이런 태도를 대단히 쿨한 자세라고 착각하는 사람들이 있다는 거예요. 정치에 관심을 두고, 특정 당파의 편을 드는 행동을 낡은 것으로 간주하고 자기는 아무 일도 안 하고 평론만 하고.(웃음) 그것이 대단히 쿨한 것인 양 착각하는 것이죠. 그런데 문제는 그 사람은 자기의 그런 태도가 어떤 생체공학에서 만들어졌는지 의심하지 못한다는 거예요. 그것도 만들어진 거거든요.

우리는 푸코의 말을 생각해야 합니다. "나의 사고방식, 나의 행동방식, 나의 정서구조, 이 모든 것들이 한편으로는 사회에 의해서 만들어졌다." 그래서 우리는 주체이기 이전에 소셜 엔지니어링, 혹은 바이오 엔지니어링(생체공학)의 대상이라는 생각을 먼저 해야 합니다. 그럴 때 비로소 주체가 될 수 있어요. 그런 인식 위에서, '내가 이제까지 남에 의해, 권력의 망에 의해서 만들어져왔다면 이제부터는 나를 어떻게 형성할 것인가? 나를 스스로 어떻게 형성할 것인가'라는 존재의 미학을 가져야 하는 것이죠. 조금 전에 말한 식의 쿨한 태도 있잖아요, 자칭 쿨한 태도.(웃음) 제가 볼 때에는 멍청한 태도라는 생각이 들어요. 자기가 왜 그런지, 자기의 그런 태도는 어떤 경로를 통해 누구에 의해서 어떤 목적으로 만들어진 것인가를 인식해야 한다는 거죠. 그 다음에 그것이 과연 온당한가 판단해야 하는데 그렇지는 않잖아요.

제가 볼 때 이렇게 크게 세 가지가 대중의 분노가 권력이 아닌 엉뚱한 방향으로, 권력을 위해 표출되는 방식입니다. 첫 번째 방식은 상당히 파시스트적이에요. 두 번째 방식은 사소한 것으로 돌려서 분노가 권력을 향하는 게 아니라, 지배를 받는 사람들이 자기들끼리 싸우게 만드는 것이고요. 세 번째는 아무것도 안 하게 만들면서 자기 스스로 쿨하다고 착각하게 만드는 겁니다. 이처럼 세 가지 분노의 관리 방식이 있었다고 생각을 합니다.

다른 한편으로는 분노할 수 있는 풍부한 감성을 갖는 것도 아주 중요하다고 봅니다. 왜냐하면 분노할 에너지가 없을 경우에 소위 'SO COOL' 족들처럼 사회의 관찰자가 됩니다. 사실은 자기가 사회라는 장기판의 관찰자, 혹은 훈수 두는 사람이 아니라 장기판의 말인데도 그 점을 의식하지 못하는 거죠. 자신도 장기판에서 벌어지는 일에 직접적으로 영향을 받고 그것에 의해 고통 받을 수 있다는 사실을 망각하게 되는 겁니다. 그래서 참여라는 건 굉장히 중요하죠.

분노하는 대중은 바보이자 신의 아들이다

"대중의 화"라고 제목을 붙였는데, 제 개인적으로는 세 번 경험해봤습니다. 하도 많이 이야기해서 반복하기도 좀 그래요. 첫 번째는 황우석 사건이었고요, 둘째는 심형래 사건이었고요, 셋째는 촛불집회였습니다. 다 제가 개인적으로 개입된 사건인데 앞의 두 사건은 저로 하여금 이 사회에 대해 절망하게 만들었습니다. 세 번째는 그 절망 속에서 다시 희망을 갖게 만들었죠. 사실 우리가 잊지 말아야 할 것이 있습니다. 촛불집회 때도 그런 이야기를 했었습니다만, 촛불집회의 그 대중이 황우석 때의 그 대중이고, 〈디워〉 때의 그 대중이에요. 어디 가는 게 아닙니다. 그래서 제가 시쳇말로 "그놈이 그놈"이라고 말해요. 나한테 그렇게 욕하던 그 사람들이 촛불집회에선 나한테 환호를 보냈단 말이죠. 그러니 자기들도 감정의 혼란을 느낄 거 아니에요? 불과 1년 전만 해도 막 욕을 했던 그 인간이 또 갑자기 나오니까. 당시에 보니까 그들이 혼란을 처리하는 방식엔 두 가지가 있어요. 약간 종교적입니다. '사제형 방식'과 '신도형 방식'이 있어요. 신도형 방식은 뭐냐면 고해성사를 합니다. "제가 진중권 님을 몰라 뵙고 그때 너무……."(청중 웃음) 그렇게 자기 죄를 뉘우치는 겁니다. 사제형은 "진중권, 너 옛날엔 그랬지만 네 죄를 사하여 주노라"(청중 웃음) 이런 식입니다. 그런 방식으로 자기들의 정서적 모순을 해결하는 거죠. 어쨌든 그 대중이 그 대중이라는 겁니다.

저는 대중은 어떻게 보면 굉장히 파시스트적인 군중이 될 수 있다고 봐요. 추적 군중이죠. 막 쫓아다니면서 폭력을 가하는……. 또 다른 한편으로는 상당히 자율주의적인 다중이 될 수도 있습니다. 이번 촛불집회에서 발현된 것처럼. 모순적이죠. 정말 극과 극이지 않습니까. 상당히 극우적인 것과 상당히 극좌적인 무정부주의랄까, 이 두 가지 성향이 공존하는 것이 또한 대중이라는 생각이 들어요. 제가 좋아하는 일본 컴퓨터 예술의 아버지 가와노 히로시 씨가 이런 이야기를 하더라고요. "대중은 바보다. 하지만 동시에 그들은 신의 아들이다." 이 말이 대중이 갖고 있는 두 측면을 정확하게 보여주는 것 같습니다. 그들의 분노는 어떤 면에선 정당하지 못하고 어떤 면에선 굉장히 위험할 수도 있지만, 또 다른 한편으로 대중의 분노는 이 사회를 긍정적인 방향으로 바꿔놓는 아주 생산적이고 창조적인 힘을 가지고 있는 것 같습니다.

저는 황우석 사건을 계기로 정치적인 글쓰기를 안 한다고 2년 동안 절필한 적이 있었습니다. 대중의 분노를 보면서 제가 절망했던 것은, 그전까지만 해도 박근혜빠와 노무현빠가 서로 싸웠거든요. 그런데 노빠와 박빠가 합쳐져서 황빠가 되는 거예요. 그 바탕이 국가주의 코드와 시장주의 코드였어요. 돈을 위해서라면, 국가적 목적을 위해서라면, 노벨상을 위해서라면 여성의 생명권은 희생되어도 된다는……. 다른 한편으로는 여성의 신체에 대한 기술적 개입인데, 그것도 국가적 개입이거든요. 그걸 330조라는 돈으로 쉽게 환산해버리고, 심지어 여성들이 자발적으로 난자를 기증하겠다고 나섰을 때 정말 절망스러웠죠. 그걸 보는 순간 국가주의적 코드와 시장주의적 코드에 완벽하게 포섭되어 있는 대중의 모습이 눈에 보이는 겁니다.

거기서는 소위 개혁세력이라고 하는 노무현 지지자나, 보수세력이라고 하는 박근혜 지지자나 아무 차이가 없었습니다. 사실 그 사건이 터지기 전까지 저는 한나라당이 재집권하기란 불가능하다고 생각했었습니다. 그러나 사건이 터지는 순간 '아, 이건 어쩔 수 없다'는 걸 느꼈습니다. 그 코드가 누구의 철학입니까? 바로 'MB철학'이에요. 소위 개혁세력이라고 하는 사람들이 자기도 모르는 사이에 MB철학에 완벽하게 투항한 겁니다. 한나라당과 열심히 싸우고 있었지만 정작 한나라당이 내세우는 가치에 완벽하게 자기들 스스로 포섭되어버린 거죠. 그래서 희망이 없었던 겁니다. 아니나 다를까, 2년 후 MB의 압도적인 완승. 왜 MB가 대통령이 되었느냐, 국민들이 '명박스럽기' 때문이죠.(청중 웃음)

그래서 상당히 좌절했다고 해야 할까요. 왜냐하면 내가 글을 쓰는 게 큰 도움이 되지는 않더라도 몇 명의 수신자라도 있어서 그들이 세상을 조금씩 바꿔나가는 모습을 기대했는데, 그게 전혀 소용없다는 느낌이 드는 거예요.

하지만 촛불집회를 보면서 다시 희망을 갖게 됐습니다. 완전히 다른 상황이 벌어진 거죠. 그건 생명을 위한 시위였고, 권력에 대항하는 시위였습니다. 굉장히 올바른 표출이라고 생각했습니다. 대중이 느끼는 어떤 고통의 근원들을 정확하게 봤고, 그 분노의 토대가 생명권과 민주주의적 소통, 혹은 우리가 흔히 말하는 사회적으로 바람직한 가치들을 위해서였죠. 그런 가치들을 위해 100만 명이 거리로 나올 수 있다는 사실을 보면서 '아, 대중한테는 이런 측면이 있었구나' 깨달았고 또다시 희망을 갖게 됐습니다. 더욱이 그 분노는, 격정이 아니었습니다. 물론 격렬한 시위를 하는 사람들도 있었지만, 상당 부분 축제랑 비슷했죠. 월드컵 때 일상이 깨지는 듯한 느낌이 있었잖아요. 아마 촛불집회에 나온 분들 중에는 사안보다는 그 분위기 때문에…….(웃음) 왜냐하면 대한민국엔 축제가 없어요. 삼바 축제도 없고 뭐도 없고. 하여튼 월드컵이 참 좋았던 게 그거거든요. 우리가 폴란드를 이긴 날, 사람들이 갑자기 튀어나가요. 버스를 막 멈춥니다. 두들겨서 "내려요!" 이러는 거예요. 마구 올라타도 버스 운전기사가 신경질을 안 내요. 클랙슨 울리면서 길바닥에서 같이 노는, 일상이 정지되고 축제의 공간으로 바뀌는 그런 체험들. 저는 문화적으로도 굉장히 앞선 체험이었다고 생각합니다. 말하자면 한국의 디지털 문화가 갖고 있는 잠재력이란 게 예술적, 문화적으로 표출됐거든요. 분노의 표출 방식이라든지 모든 면에서 뛰어났다, 무척 창의적이었다는 판단에서 희망을 가졌던 것 같습니다. 물론 거기에도 한계가 있겠죠.

저는 대중이 화가 났다는 사실 자체가 중요한 건 아니라고 봅니다. 굉장히 화들 많이 나 있으리라 봅니다. 이명박 정권 들어와서 막 짜증이 나죠. 하겠다고 벌려놓는 건 많아요. 경제, 정치, 문화, 사회…….(한숨) 정말

© 한겨레

2008년 촛불집회는 생명을 위한 시위, 권력에 대항하는 시위였다.

창의적이었고 문화적이었다.

올바르게 표출된 분노는 생명권과 민주주의적 소통이라는,

사회적으로 바람직한 가치들을 위해서였다.

100만 명이 거리로 나왔다.

그것은 '희망'이었다.

웬만해야죠. 상식 이하의 일들이 벌어지니까 스트레스도 많이 받았던 것 같습니다. 그런데 무엇보다 지금 분노의 대상이 올바르게 선택되었는가, 또 그 분노의 표출 방식은 적절한가, 이런 걸 차분하게 따져보는 게 중요할 것 같습니다.

작년 촛불집회를 겪으면서 정권은 대중의 화에 대해 대단한 위협을 느낀 것 같아요. 어떻게 보면 '자라 보고 놀란 가슴 솥뚜껑 보고 놀랐다' 이런 느낌이 들거든요. 지금 모든 정책이 촛불집회의 재발을 막기 위한 안간힘으로 보입니다. 때로는 불필요할 정도로 오버액션들이 많습니다. 원래 정권의 행태에 대한 분노는 개인적 분노잖아요. 집에서 뉴스 보면 짜증나고 이러는 거. 그런데 이게 대중적 분노로 전환될 수 있었던 것은 매스미디어 때문입니다. 하나로 묶어주는 것, 그것은 바로 인터넷이거든요. 정권이 지금 인터넷을 공격하는 것을 보면 알 수가 있어요. '네이버' 아시죠? 네이버 뉴스캐스트에서 신문 기사들을 볼 수 있잖아요. 그런데 신문 기사 밑에 붙어 있던 수백, 수천 개의 댓글들이 다 사라졌습니다. '아고라' 아시죠? 아예 초기 화면에서 지워버렸어요. 찾아가기 힘들게 만들었습니다. 네티즌의 활동이 위축될 수밖에 없죠? 네이트 같은 경우에는 실명으로만 글을 쓰게 만들었습니다.

손꼽히는 세 개의 포털사이트에서 동시에 갑자기 이런 일들을 하는데, 과연 우연의 일치일까요? 그 바탕에 어떤 권력이 작용하고 있다고 판단해야 할까요? 후자일 겁니다. 그렇겠죠? 대중이 아예 분노하지 못하게 막고 있다는 생각이 듭니다.

그렇다고 매일 반대만 할 게 아니라, 이런 제안을 하고 싶어요. 제가 가끔 하는 생각인데, 사이트를 하나 만드는 겁니다. 지금 포털사이트가 죽어가고 있고, 탄압받고 있거든요. '다음' 같은 경우에도 IP를 그냥 검찰한테 넘겨주는 게 일상이 되었어요. 그런데 검찰에서 서버 달라, IP달라 그랬을 때 "잡아가도 못 줘"라고 버틸 수 있는 건 역시 정당밖에 없는 것 같아요. 진보정당 같은 데서 서버를 하나 마련하는 거예요. 검찰에서 뭐라고 해도 투사들이 나서서 "잡아가, 구속돼도 서버는 못 넘겨줘" 이렇게 버텨서 대중들의 안전을 보장해주는 거죠. 동시에 그 한계를 넘어서서 한나라당을 지지하는 사람이든, 민주당을 지지하는 사람이든, 진보당을 지지하는 사람이든, 아니면 지지하는 정당이 없는 사람들도 안심하고 정치 이야기를 할 수 있는 공간을 하나 마련했으면 좋겠다는 생각이 듭니다. 말하자면 일종의 포털을 만드는 거죠. 그 다음에 사이버 공간의 독립선언 같은 것을 했으면 좋겠습니다. "너희는 현실에서 충분한 권력을 갖고 있다. 하지만 너희의 권력은 거기까지다. 사이버 안에는 들어오지 말아라."

글쟁이들도 좀 많이 들어오고, 저도 들어가서 쓰고, 그러면서 대중과 어우러지는 거죠. 정치를 떠나서, 대중들이 자발적으로 분노를 표출하고 즐거움을 표출하는 한국의 인터넷 문화 자체가 계속됐으면 좋겠습니다. 이건 전 세계에서 가장 앞선 현상이거든요. 미네르바처럼 프로 빰치는 아마추어들의 등장도 인터넷이 있기에 가능한 겁니다. 그게 바로 한국의 힘이라고 생각합니다. 저들이 말하는 그놈의 경쟁력이란 거, 그게 바로 국민들 사이에서 자발적으로 형성되는 능력들, 인터넷에 넘쳐나는 프로 빰치는 아마추어들이잖아요.

촛불집회를 보면 우리의 한계가 보이지 않습니까. 왜냐하면 컴퓨터 게임에는 끝이 없잖아요. 영화는 끝이 있는데. 사실은 대중들 스스로가 갈 곳을 몰랐어요. 이건 목표를 정해준다고 대중들이 따라가는 시위가 아니었잖아요. 대중들이 자발적으로 했기 때문에. 그래서 한계가 있었던 것 같습니다. 촛불집회에서 나타난 분노, 그 즐거운 분노는 굉장히 중요하지만, 그것이 우리를 목표로 데려다주는 건 아닌 것 같습니다. 그래서 이제부터는 오늘 얘기했던 '대중의 화', 그 너머를 기획해야 할 것 같습니다. 우리가 촛불집회에서 경험했던 것의 성과와 한계를 분석해서 그 너머를 기획하는 것. 그 대안이 조금 전에 제가 말씀드렸던 포털일 수도 있고요. 아주 작은 대안이에요.

지금 대중은 경제 위기로 인한 실업의 증가, 악화하는 고용조건과 매일 뒤로 후퇴하는 정치문화와 사회적 커뮤니티의 억압 속에서 모종의 무력감을 느끼며, 권력이 주는 하중들을 묵묵히 받아들이고 있습니다. 그렇게 차곡차곡 쌓이는데 언젠가는 터지겠죠? 그런 상황에서 분별력 있는 고귀한 분노, 격렬하진 않으나 지속적인 분노, 분노의 창의적인 표출, 그리고 그것이 분명한 방향성을 갖고 사회 자체를 바꿔놓는 분노가 될 수 있도록 지금부터 고민해봐야겠습니다. 감사합니다.

장기적인 분노가 필요하다

사회자 포털이라는 대안을 말씀해주셨잖아요. 정말 솔깃하지 않습니까? 그 말씀을 들으면서 "닭의 모가지를 쳐도 새벽은 온다"는 말이 떠올랐습니다. 억압한다고 해서 그게 없어질 거라고 믿는다는 게 참 알량한 생각 같아요. 인혁당 사건이니 이런 것들, 그 사람 머릿속의 생각이 맘에 안 든다고 해서 죽이는 시절이 있었잖아요. 그런데 지금 생명을 빼앗지는 않지만 생명처럼 소중한 자유를 뺏는 걸 보면 다시 정말 거꾸로 간다는 생각이 들었습니다.

누가 욕하면 "반사!" 그러잖아요. 결론적으로 사적인 화는 그렇게 반사시키고 공적인 화에는 적극적으로 참여해야 한다고 이야기하셨습니다. 무슨 주제를 드리든 항상 진 교수께서는 대중에 대해 큰 관심을 갖고 계신 것 같아요. 그래서 정혜신 박사 같은 분은 개인의 심성, 개인의 정신을 분석해서 치료해주신다면, 진 교수님은 전체, 대중의 집단 무의식을 항상 진단하고 방향까지 제시하는 치료를 해주시지 않나 싶습니다.

아까 〈한겨레21〉 칼럼의 '주머니 신드롬'이라고 하셨나요? 김진 변호사의 글입니다. 제가 아주 좋아하는 분인데요. 그리고 이런 이야기도 하셨잖아요? 화에 대해서요. 표현하기 싫지만 '냄비 근성'이랄까, 쉽게 확 끓어오르고 확 식는다고요. 그래서 많은 분들이 용산 참사도 그렇게 잊혀질까 두렵다는 말씀을 하세요. 브레히트는 장기적인 분노가 필요하다고 이야기했는데, 대중은 왜 그렇게 쉽게 흥분했다가 쉽게 식는 걸까요? 치료법 같은 것도 제시해주세요.(웃음)

진중권 제가 말씀드렸듯이 구술문화의 잔재입니다. 감성을 이성으로 승화시키는 부분이 약하거든요. 감성을 이성으로 승화시켜야 오래갈 수 있는데. 앞서 말씀드렸듯이 정념을 둘로 구별해요. 굉장히 강렬하지만 짧은 것 하나와, 그렇게 강렬하진 않지만 은은하게 지속되는 것. 유럽은 합리화 과정 속에서 이른바 '문명화' 과정을 거치면서 사람들의 심성도 그렇게 많이 변했거든요. 우리나라는 구술문화가 강하다 보니 그것 자체가 안 되는 부분이 좀 있죠. 저는 그것 때문이라고 생각합니다.

사회자 그럼 구술문화가 많이 없어져야 하는 건가요?

진중권 문자문화의 합리성이 들어와야 한다고 생각해요. 확 끓어오르다가 확 식어버리는 사람들한테 뭐라고 이야기해야 하나요? "너 그러지 마?" (웃음) 뭐라고 이야기해야 할까요? 저는 왜 그런지 그 근원만 알려드릴 수 있고요. 서구 사람들도 옛날엔 그랬고 지금도 여전히 많은 사람들이 그럴 것이라는 것 정도. 글쎄요, 제가 대안까지는…….(웃음)

사회자 하긴, 브레히트도 "장기적인 분노가 필요하다"고 절규한 걸 보면, 그쪽 양반들도 그렇게 오래가진 않나 봐요?(청중 웃음) 열심히 강연 들으셨는데요. 지금부터 질문을 받을까 합니다.

청중1 오늘 강연하신 내용이랑 직접 관계없을지도 모르겠는데요. 저는 우리 사회의 큰 문제 가운데 하나가 정당이 되었건 어떤 지식인 그룹이 되었건 간에 우리가 신뢰할 수 있는 집단이 없다는 사실이라고 봅니다. 그래서 대중의 공적인 분노가 오래 지속되지 못하고, 방향을 잘못 찾고, 촛불시위도 흐지부지되고. 이런 문제에 대해 진 교수님도 정당에 몸담고 있으니까 일정 부분 책임이 있지 않나……. 물론 우리 모두의 책임이기도 하지만요. 우리나라의 유일한 진보정당이 분열하게 된 주된 이유가 '종북주의'라는 이야기를 했을 때 제 주위에는 '종북주의'라는 말 자체를 처음 듣는 사람들이 많았어요. 모른단 말이에요. 그렇다고 지금 와서 "진보신당은 왜 분열했나" 하는 이야기보다 신뢰받는 집단이 되기 위해서, 대중의 공적인 분노를 올바른 방향으로 이끌기 위해서 과연 어떤 노력을 하고 있는지, 그런 부분들에 대해 질문드리고 싶습니다.

진중권 진보정당의 분열은 필연적이었습니다. 아까도 말씀드렸듯이 저는 4년 전부터 따로 가야 한다고 이야기했고요. 개인적 견해이긴 하지만, 민주노동당의 노선 갖고는 안 된다는 생각을 했어요. 주류들이 갖고 있는 친북 노선이란 이념 자체가 이미 더 이상 진보적일 수 없기 때문에 빨리 떨어져 나와야 한다는 게 4년 전부터의 제 신념이어서 넘어간 거고요.

저는 진보신당의 가장 중요한 역할이 어떤 사회상을 제시하는 것이라고 생각해요. 우리가 그리려고 하는 사회, 추구하는 사회, 이루려는 사회가 어떤 사회냐 하는 것. 저는 유럽식 사회국가라고 보거든요. 그 모델이라면 우리가 갖고 있는 평등한 사회에 대한 이상들이 현실에서 구현 가능하다는 게 입증됐단 말이죠. 그런 사회를 어떻게 이룰 것인가에 대한 전략을 마련하는 게 굉장히 중요하다고 보고요. 대중의 그런 욕망들을 부추길 필요가 있다고 생각합니다. 물론 지금은 진보신당이 비전을 제시하지 못하고 있어요.

두 번째로는 아까도 말했듯이 완전히 다른 부류의 사람들이 등장했다는 겁니다. 지금은 산업혁명 시대가 아니에요. 노동인구의 절반 이상이 컴퓨터 앞에서 일하고 있거든요. 보시면 아시겠지만 성향이 달라요. 모든 게 오락과 섞여버리잖아요. 정보화 시대의 특성 중 하나가 노동의 수단과 오락의 수단이 일치한다는 겁니다. 그러니까 사람들은 컴퓨터 앞에서 일하고, 컴퓨터 앞에서 놀아요. 결합될 수밖에 없거든요. 완전히 다른 네트워크적 인간들, 그런 대중과 진보신당이 결합해야 한다고 생각합니다. 그런 점에서 희망은 있다고 봐요. 아까 말했듯이 6대4 아닙니까?

요약하자면 바람직한 사회상을 제시하고, 그 다음에 그 사회에 어떻게 도달할 것인가를 제시해야 합니다. '강령' 같은 게 아니라 대중에게 다가갈 수 있는 구체적인 방식들을요. 텍스트가 아니라 이미지도 좋고 사운드, 동영상도 좋아요. 제가 바라는 건 EBS의 〈지식채널e〉 있죠? 그런 형태가 됐으면 좋겠고요. 진보신당만이 아니라, 모든 정당의 미래가 거기에 달렸다고 생각해요. 사실 한나라당은 당원이 거의 없거든요.(웃음) 진짜 당원들을 어떻게 확보할 것인가, 거기에 사활을 걸면 희망이 보이지 않을까요. 그 정도만 말씀드리겠습니다.

사회자 작년에 '배신'이라는 주제를 가지고 진 교수께서 이야기하실 때도, "진보신당만이 정말 답이 아니다. 나는 진보신당도 언제든 배신을 때릴 수 있다" 그러셨거든요. 진보라는 게 그런 거잖아요. 대안을 제시하는 거지요. 아직 가보지도 않았는데 그게 꼭 정답이라고 어떻게 알겠어요? 1초 앞도 모르는 게 인생인데. 일단은 이렇게 가보는데 가다가 문제가 생기면 우리는 서로를 배신하면서 또 다른 진보를 만들어가야 한다고 말씀하셨죠. "이제는 진보신당이 정말 최고입니다. 여기만이 정답입니다"라고 하지 않으셨거든요. 그러니 '정말 믿을 만하고 기댈 만한 정당이 왜 안 생기지'라고 답답해하지 마시고 직접 몸으로 부딪쳐가며 우리가 같이 만드는 게 더 빠르지 않을까 싶네요.

진중권 한 말씀만 더 드리자면요. 엄마들이 아이한테 이렇게 이야기하잖아요. "좋은 친구를 사귀어라." 그렇게 하지 말라는 겁니다. "네가 남한테 좋은 친구가 되어주렴." 이렇게 이야기하라고 하더라고요. 같은 이야기인 것 같아요.

청중2 안녕하세요. 이성묵이라고 하는데요. 제가 진중권 교수님한테 관심을 가졌던 건 〈디워〉 사태 때입니다. 제가 개인적으로 주식투자를 하고 있는데, 그때 〈디워〉에 투자를 했어요.(청중 웃음) 저는 잘되기를 바라는 마음이었는데, 〈100분 토론〉에 나오실 때 이미 예상은 하고 있었습니다. 그래서 〈100분 토론〉이 끝난 후 아고라에 글을 올렸어요. 제가 개인적 투자와 관련해선 〈디워〉를 옹호하는 쪽이었지만 영화를 본 후 저의 착잡한 심정을 교수님이 대변해주셨기 때문에 나름 진중권 교수님을 지지한다고 썼는데, 역시 엄청난 공격을 받았거든요. 저는 자발적으로 닉네임도 실명으로 쓰고 있었는데 그때 너무나 심한 공격을 받아서 닉네임을 바꿨습니다. 부모님 이야기에서부터 "너 백수지?"(청중 웃음) 이런 다양한 이야기들이 너무 괴로웠기 때문에. 저 같은 경우, 그때 댓글에 대한 반응이 저의 분노였거든요. 혹시 이런 단기적인 분노를 장기적인 분노로 가져갈 수 있는 비책을 개인적으로 가지고 계신지, 저한테 알려주실 만한 노하우가 있으신지 여쭤보고 싶습니다.

진중권 쉽게 말하면, 사회적으로 어떤 부정적인 현상이 벌어졌을 때 그것을 어떻게 저지하느냐는 문제가 있겠죠. 예를 들어서 국립오페라합창단을 해체시킨다는 소식이 있었죠. 그분들은 그냥 노래만 하던 분들인데, 이게 또 이상하게 좌파척결 비슷한 코드가 된 거 같아요. 그걸 옛날 정권의 사람이 만들었다고 해서 그 사람 쫓아내고 그 사람이 만든 것까지 없애버리래요. 국립오페라합창단 사람들도 황당해하면서 전화해서 하는 이야기가 "내가 노동자라는 걸 처음 깨달았다" 그러는 겁니다. 그 상황이 참 안타깝더라고요. 그런 문제는 싸우려면 굉장히 오래 걸려요. 법적으로 가면 2년씩도 갈 수 있어요. 그런 싸움을 할 때는 당장 확 한판 붙고 흥분하고 끝나는 게 아니라 구체적인 전략들을 세워야 할 것 같아요. 누구를 쳐야 하고, 어떻게 쳐야 하는가 하는 것들에 대해서. 누구를 만나고 어떤 글을 쓸 것인가 등등. 또 다른 한편으로는 건설적인 부분들 있잖아요. 예컨대 문화정책을 어떻게 수립해야 한다든지, 그런 방식으로 승화시켜내는 거요. 그게 더 중요한 것 같아요. 순간적으로 사람들을 흥분시키는 건 가능합니다. 그런데 그게 오래 갈까요? 하루만 지나도 안 돼요. 왜냐하면 한국은 항상 딴 일이 터져요.(웃음) 몇 시간에 한 번씩 일이 터지거든요. 그래서 한계가 있는 거 같아요. 중요한 것은 지속성입니다. 싸움은 굉장히 오래 간다는 것이고요. 여러분이 연대를 표명했다고 한다면, 그 싸움에서 자기가 굉장히 분노했다고 한다면, 그게 진정한 의미의 분노라면 그 지난한 싸움을 끝까지 밀고 가겠다는 끈기가 필요하지 않나 생각해요.

사회자 작년에도 제가 이대, 고대가 아닌 연대가 필요하다고,(청중 웃음) 그러한 세상이 됐다고 했는데요. 혹시 '박상우'라는 시인 아세요? 박상우 시인의 시 중에 "새로운 라면에 속지 않으려면 심오한 정신이 필요합니다"라는 구절이 있거든요. 새로운 라면에 쉽게 속지 않으시려면 심오한 자기 정신을 가져야지 않을까 싶습니다.

분노의 유희적 표출

청중3 강연을 들으면서 조지 레이코프의 프레임 이론을 떠올렸습니다. 저는 대중이 프레임에 계속 갇혀 있는 것 같습니다. 제가 09학번 새내기인데요. 지금 당장 대학에서도 시시각각 시장주의 코드에 맞춰지도록 유무형의 압박을 받고 있는데, 어떻게 하면 그 프레임을 파괴할 수 있는지 먼저 질문드리고 싶고요. 두 번째는 촛불집회 같은 것이 분노의 유희적인 표출이라고 하셨는데, 사실 놀이나 게임 같은 게 일시성이 강하잖아요. 유희처럼 표출된 분노가 지속적으로 유지될 수 있을지, 현실적 가능성 대해서 질문드리고 싶습니다.

진중권 네. 두 번째는 그런 측면이 있겠죠. 놀이는 사실 진지한 게 아니거든요. 그런데 현실 자체가 그렇게 변해가는 것 같아요. 어디까지가 진지함이고 어디까지가 놀이라는 구별 자체가 모호하거든요. 예를 들어서 컴퓨터 게임이라는 게 프로게이머들한텐 노동이거든요. 그렇다고 컴퓨터 게임하는 사람들이 지속적이지 않은 건 아니죠. 거의 몰입하다시피 며칠씩 밤새서 하는데, 그게 또 그들의 삶을 결정하더라고요. 저도 놀랐던 일이, 게임방에 갔더니 중고생 애들 네댓 명이 같이 팀을 짜서 게임을 하고 있더라고요. 그런데 그중 가장 작고 왜소한 애가 권력을 가진 거예요. 요만한 애가 큰 애들을 부리는 거죠. “야 이 병신아, 이 바보야!” 이러면서.(웃음) 현실과는 다른 권력관계가 형성되는 겁니다. 그걸 보면서 굉장히 재밌다는 생각을 했습니다. 가상과 현실이 뒤섞이는 현상은 앞으로 계속될 거라고 생각해요. 게임은 어디까지나 게임이지만 어쨌든 게임 자체가 굉장히 많은 현실이 되어간다는 것, 그 점을 강조하고 싶고요.

학생들에 대해서는 두 가지 이야기를 하고 싶어요. 유시민 씨가 그랬던가요? "니들 책임이다. 니들이 정치에 참여하지 않았다. 그런데 왜 툴툴거리느냐?" 그 지적도 옳다고 생각합니다. 다만 기성세대가 젊은이들한테 그런 요구를 할 자격이 있는가 하는 생각이 들어요. 두 가지가 있습니다. 개인적 차원의 해결 방법과 사회적 차원의 해결 방법이 있어요. 아마 지금 학생들은 대부분 사회적 차원의 해결 방법은 찾지 않으려고 할 겁니다. 왜냐하면 개인적 문제를 해결하는 것만으로도 굉장히 힘들거든요. 예를 들어서 학점 4.0에 토익 점수가 900인데 취직이 안 된다면 그건 내 노력이 부족하기 때문이 아니에요. 그건 사회적 문제고, 구조적 문제고, 그렇게 풀어야 할 문제입니다. 그런데 학생들이 거기에 대해 관심을 안 갖는다는 건 뭐랑 비슷한 거냐면, 야바위꾼들의 놀이 있잖아요. 결코 이길 수 없는 게임이죠. 그 안에서 자기 혼자 열심히 해보려고 해도 한계에 부딪치는 측면이 있고요. 젊은이들이 이런 처지에 놓이게 된 것은 자기 자신과 자기 부모가 내렸던 정치적 결정의 결과란 말입니다. 우리가 할 수 있는 건 딱 하나예요. 달랑 표 하나 던지는 건데, 그거라도 제대로 했더라면 그 처지가 되지 않을 수 있었거든요. 그런 문제의식들을 가져야 할 것 같고요.

개인적 차원에서는, 학교의 프레임에 맞추다 보면 희망이 없다고 생각합니다. 대학생들을 보면 완벽히 획일적이에요. 졸업학점 평균이 대충 3.7이라고들 해요. 옛날에 3.7이면 단과대 수석이었어요.(청중 웃음) 그 다음에 스펙 관리라고들 하죠? 똑같아요. 학점 관리하고, 토익 점수, 인턴활동 아니면 봉사활동 몇 개. 수십만 대학생들의 포트폴리오가 완벽히 일치한다는 거예요. 그것은 뭘 말하느냐 하면, 언제라도 다른 사람과 교체될 수 있다는 거예요. 나사니까요. 대량생산되는 나사니까. 그렇게 되지 않으려면 결코 다른 사람과 대체될 수 없는 자기만의 전공, 스페셜리스트 있죠? 그 영역을 확보해야 됩니다.

여러분이 취직해서 삼십대 후반쯤 되면 회사에서 나가라고 할 거예요. 한국은 인재를 알아주는 사회가 아닙니다. 사람의 고귀함을 알아주지 않아요. 경제가, 생산력이, 사회적 생산이 사람들 하나하나에서 나오는 게 아니라, 자기를 천재라고 생각하는 소위 CEO라는 인간들의 머릿속에서 나온다고 믿고 나머지는 톱니바퀴라고 믿어버리거든요. 그러니까 언제든지 대체 가능한 겁니다. 그래서 쫓겨나면 뭘 하냐는 거예요. '제너럴리스트(Generalist)'라고 하죠? 넓은 영역들을 두루 알아야 합니다. 자기만의 스페셜한 영역과 제너럴한 영역을 접속해서 하이브리드를 만들어내는 것, 다시 말하면 어떤 상황에서라도 다른 것으로 분화될 수 있는 줄기세포의 잠재 상태로 자신을 유지하는 게 중요합니다. 때문에 학교 공부만 해서는 안 됩니다. 남들 다 하는 거 하면 망가져요.(웃음)

한국은 쏠림이 너무 심해요. 뭐 하나 한다고 하면 다 그것만 해요. 공포감 때문이죠. 그 공포감에서 벗어나라고 말하고 싶어요. 공포감이라는 건 사람을 획일적으로 만듭니다. 길을 가는데 사람들이 일제히 어떤 방향으로 뛰잖아요? 제일 안전한 건 같이 뛰는 거예요. 그게 뭔지도 모르면서. 공포감이 그런 상태로 만들거든요. 지금의 생존 공포에서 벗어나야 합니다. 굶어죽진 않는다고 생각하고 여유를 갖고 남들 안 하는 것을 하겠다, 이런 생각을 가져야 합니다. 홍세화 선생님께서 말씀하셨잖아요. "남의 욕망을 욕망하지 말라." 진정한 의미의 특권층은, 소위 말하는 1%에 들어가는 게 아니라, 내가 좋아하는 일을 고르고 그걸로 밥을 먹을 수 있으면 그거야말로 특권층이거든요. 후자의 1%는 원하기만 하면 누구나 될 수 있어요.

여러분 모두 욕망을 갖고 있죠? 그런데 그 욕망이 진짜 자기 욕망인지 생각해보세요. 어렸을 때부터 공부 잘해야 한다고 해서 공부 잘했을 뿐이에요. 좋은 회사에 들어가라고 해서 좋은 회사 들어갔을 뿐일 겁니다. 어떤 면에서 남의 욕망을 욕망했을 거예요. 진짜 내가 하고 싶은 일, 남들이 안 하는 일을 하려는 용기가 필요한 것 같아요. 어떤 '캐릭터'도 필요하고요. 개인적인 차원에서 준비하는 한편, 동시에 사회적 차원에서 문제를 해결하려는 의지가 있을 때 모든 문제가 풀릴 거라는 생각이 듭니다.

청중4 안녕하세요. 저는 한국이 정말 싫습니다. 지난 32년 동안 한국에서 열심히 살아왔는데 요즘 몇 달 동안 특히 견디기 힘듭니다. 택시를 탈 때마다, 돈이 많아서 타는 게 아니라 아침에 늦어서 어쩔 수 없이 타는데 제가 기사님께 "라디오 볼륨 조그만 줄여주세요" 하면 오히려 더 크게 트시는 겁니다. 그래서 제가 항의를 하면 "너는 에미, 애비도 없냐?" 하시고요. 제가 어쩌다보니 영어를 조금 잘하는데요. 한번은 택시에서 영어로 전화를 받았습니다. 제가 나중에 전화하겠다고 하고 끊었어요. 그랬더니 기사님이 "영어 잘하시네요" 하면서 온갖 친절을 베푸시는 겁니다. 저는 영어를 어쩌다 잘하는 거고요, 운전 못합니다. 그런데 영어를 잘하는 게 이 나라에서 잘난 걸로 대접받는 것도 싫고요. 영어로 밥벌이를 하면서 살고 있지만 그런 거 정말 맘에 안 듭니다. 그럼에도 한국을 사랑하거든요. 한국에서 살아야 하는 이유가 뭘까요?(전원 웃음) 복잡다단한 질문을 드려 죄송합니다.

진중권 굳이 이 땅을 사랑해야 할 필요는 없는 것 같아요. 저는 그렇게 생각하거든요. 자꾸 자본의 국제화만 이야기하는데 그놈의 국경도 없애서 노동력도 국제화하고, 이 나라 저 나라에 가서 취직도 자유롭게 해야 한다는 생각이 들고요. 내가 이 땅에 사는 것은 내가 한국말을 하기 때문에, 내가 모국어를 쓰고 있고, 여기에 독자들이 있기 때문이에요. 내가 영어를 잘하고 영어로 글을 쓴다면 그쪽으로 가고 되고요. 그건 전혀 큰 문제가 된다고 생각하지 않습니다. 굳이 좋아할 필요가 없어요.

욕설에까지 법을 들이대지 말라

청중5 중권이 형을 보기 위해서 주번도 친구한테 맡기고 야자도 몰래 빠져 나온 고등학생 김세환이라고 합니다.(전원 웃음)

사이버 모욕죄가 제기된 게, 어떻게 보면 사람들이 보편적인 도덕성마저 잃어가고 있기 때문이라고 생각해요. 그로 인해 피해가 생겨나고 있기 때문에 그걸 구형화해서 피해를 막으려는 것 같은데, 물론 사이버 모욕죄를 도입하는 것 자체가 잘못된 거잖아요. 그러면 사이버 모욕죄 없이, 저 같이 곧 사회에 진입할 네티즌은 무엇에 의해 교육되어야 하는지 궁금한데요. 저는 지금 고등학교 2학년인데 중2, 중3, 고1 때 다 교육을 받았거든요. 학교에서 6년 전에 초등학생용으로 만든 EBS의 화면 돌아가는 거 보면서 깨우쳤다기보다는 그냥 자고 떠드는 시간이었어요. 아무 도움이 안 되는……. 인터넷을 대하는 올바른 윤리관을 갖기 위해서 어떻게 해야 할지 묻고 싶습니다.

진중권 일단 법은 윤리의 극한만을 규제해야 합니다. 윤리의 극한만을 규제하는 게 법이거든요. 그런데 우리나라의 가장 큰 문제가, 일단 모든 게 다 법이에요, 법 만능주의. 뭐만 해도 경찰에서 전화하고 법원에서 구속 영장 때리는 것들. 그럼 나중에 숨을 못 쉬게 되거든요. 상당 부분 윤리적으로 규제하고, 그 다음 법으로 규제하는 건 아주 극소수의 제한적인 경우에 한해서여야 하는데, 지금처럼 모욕죄와 명예훼손죄까지 형사 처벌한다는 것 자체가 과잉이죠. 그건 뭐냐 하면, 국민들을 어린애들로 보는 거예요. 국민들은 모든 문제를 자율적으로 해결할 능력이 없으니까 위에서 하겠다는 사고방식이 그 사람들한테 있어요, 보수주의자들한테. 그들은 항상 자기들이 사람을 가르쳐야 한다고 믿거든요. 풍속의 감시자가 되어야 하고, 교육자가 되어야 한다고 믿기 때문에 그런 거죠. 제가 볼 때는 일단 그 사람들부터 교육을 받아야 하는데……. 그런 측면이 있고요.

그 다음에 인터넷 공간에서 과격해지는 것은 한국의 문화적 전통이 원래 그렇기 때문이에요. 일본만 해도 욕하는 것에 굉장히 엄한데 우리는 문화 자체가 욕설에 너그러워요. 우리 아이가 독일에 있는데, 어떤 애가 학교에서 굉장히 심한 욕을 했대요. 그러자 학교에서 수업받는 동안 아이 책상을 따로 떼놓고 학교가 끝나자마자 3일 동안 교사와 대화를 하더랍니다. 우리 사회는 그렇게 안 하죠. 이런 문화 전체를 뜯어고쳐야지, 인터넷만의 문제가 아니죠. 인터넷 문화가 따로 생기는 겁니까? 그건 바로 자연적 표출이거든요. 또 다른 한편으로, 욕설을 없앤다는 건 불가능합니다.

그건 무균실을 만들겠다는 거거든요. 어떤 부분은 우리가 포기해야 해요. 역사적으로 형성된 그 부분은요. 인터넷상의 욕설은 사실 일상생활의 욕설이 그냥 넘어오는 거거든요. 일상생활에서 굉장히 많은 욕을 하는데, 그렇다고 앞으로 그마저도 무슨 '현실 모욕죄'니 '리얼리티 모욕죄'니 만들어서 규제할 수도 없는 거고요.

모욕죄의 가장 큰 문제점은 친고죄가 아니라는 겁니다. 쉽게 말하면 누가 고소하지 않아도 검찰과 경찰이 찾아온다는 거죠. 그런데 대한민국 검찰과 경찰이 할 일 없는 조직이 아니잖아요. 제한된 비용과 제한된 시간과 제한된 인력을 가지고 여러분 모두의 명예를 절대로 보호해줄 순 없다는 거예요. 이번에 방통심의위원회에서 보호받은 사람들 있잖아요. 인터넷 글 차단하는……. 그거 절대 다수가 여당 의원들이에요. 쉽게 말하면 그것은 '최진실법'이 아니라 '전여옥법'이에요.(청중 웃음) 그 법 자체가, 전여옥 씨가 최진실 가면 쓰고 이야기하는 가증스러운 법률입니다.

사회자 제가 전여옥 씨한테 편지 한 번 썼다가 홈페이지가 없어진 사람입니다.(청중 웃음)

청중6 얼마 전 평일 낮에 지하철을 탔는데, 그때 진중권 교수님이 쓰신《네 무덤에 침을 뱉으마》를 꺼내서 읽고 있었어요. 그런데 그 책을 보신 분들은 아시겠지만 표지에 박정희 대통령, 조갑제, 이문열 씨의 얼굴이 나와 있어서 좀 보기 싫은…….(청중 웃음) 그때 제 앞에 앉아 계신 할아버지께서, 한 오십대 정도 되어 보이는 분이셨는데…….

사회자 오십대가 할아버지인가요?(웃음, 청중 웃음)

청중6 그분께서 사진을 용케 알아보셨는지 저를 보고 박정희에 대해서 학생이 아느냐며 일장 연설을 하기 시작하셨어요. 제목이 굉장히 도발적이잖아요. 그 제목에 대해서 계속 시비를 거시고, 제가 자리를 피했는데도 계속 뭐라고 하시길래 제가 더 말하기 싫어서 그 책을 집어넣으니까 조용해졌어요. 방금 전까지 격정적으로 화내던 모습과는 반대로 정말 무기력한 모습으로 가는 내내 조용히 앉아 계시더라고요. 그래서 제가 꿈을 꾼 줄 알았거든요.(청중 웃음) 어떻게 저런 분께서 박정희 사진만 보시고도 저한테 그렇게 격정적으로 화를 내실 수 있는지. 박정희 대통령이 죽은 지 오래됐는데도 아직까지 대중이 그 이야기만 나오면 화를 내는, 화가 지속되는 이유가 뭔지 궁금해요.

진중권 저는 그런 분들은 그럴 수도 있겠다는 생각을 해요. 저만 해도 1980년대를 겪었잖아요. 친구들이 데모하다 끌려가고, 떨어져 죽고, 군대 가서 안 돌아오고……. 그런 경험들은 평생 가거든요. 전쟁을 겪은 사람들도 그럴 거구요. 그런데 오십대면 전쟁도 안 겪었는데?(청중 웃음)

전쟁에 가까운 세대들은 그 경험이 안 잊힐 거라고 저는 이해를 해요. 그 문제의 해결은 대자연의 섭리에 맡길 수밖에 없다,(청중 웃음) 그런 생각이 들고요. 그런데 그 경우만 봐도 완벽한 동원 체제 속에 들어가 있잖아요. 어떤 권력자와 자신을 동일시하고 그 사람이 비판받으면 자기가 비판받는 것처럼 느끼는 걸 보면 좀 안타깝죠. 실제로 그런 경우도 많습니다. 제가 얼마 전에 방송에서 "지금 공권력의 위기는 없다. 공권력의 과잉이 문제다. 공권력의 위기가 있다면 정당성의 위기다"라고 이야기했거든요. 그랬더니 누가 "진중권 이 자식 말이야, 나는 단칸방 월세에 딸 둘이랑 정부보조금 받고 살아가고 있는데, 내가 데모하면 같이 싸워줄 거야?" 이런 글을 썼더라고요. 그래서 "당연히 해주지" 그랬거든요. 그런데 그 사람이 도로에서 데모하면 안 된다고 해요. 이런 거 보면 굉장히 슬프더라고요. 나는 그래서 그런 이야기를 다뤄보고 싶어요. '저 사람이 왜 저러는가. 저 사람은 자기에 대해서 어떤 이야기를 할까.' 물론 그 사람이 그렇게 사는 데에는 자기 책임도 있지만, 저는 절반 이상이 사회 책임이라고 보거든요. 그런데 왜 그 사람은 그렇게 자학적일까요. 그 자학은 또 가학성으로 나타나는 거 아니에요. 다른 사람들 데모 못하게 만드는 아주 징후적인 사건이라고 생각하니 정말 가슴이 아팠어요.

사회자 그건 나중에 그야말로 세월이 흘러서 인생의 연륜이 쌓이면 저절로 이해가 될 부분인 것 같아요. 저희 부모 세대한테 박정희 대통령이라는 사람은 국부의 개념이니까요. 저도 육영수 여사가 돌아가셨을 때 그분처럼 자애로운 분은 이 지구상에 없는 줄 알았고, 너무 슬퍼서 학교 가는 길에 빵이 다 젖을 정도로 펑펑 울었거든요.(청중 웃음) 제 나이에도 그런데 저희 부모 세대에겐 거의 종교 같은 거죠.

진중권 남한 사회도 1970년대에는 북한하고 비슷했어요.

지속적으로 표출하는 공적 분노의 힘

청중7 저는 09학번 새내기인데요, 작년에 고3 수험생활을 하면서도 시위에 지속적으로 참여했어요. 그때 또래 친구들을 만나면서 '아직 그래도 우리가 미래의 꿈나무가 맞구나' 생각했는데 학교에 돌아왔을 때는 느낀 게 '적은 가까이에 있다'더라고요.(청중 웃음) 제가 시위에 나갔단 이유만으로 친구들은 벌써부터 진보와 보수라는 두 단어로 저를 평가하더라고요. 제가 보기에 그들은 주머니에 손을 넣은 방관자거든요. 제가 진중권 교수님을 좋아하는 이유는 유명하기 때문이에요. 왜 유명하기 때문에 좋아하냐 하면, 지속적으로 관심을 가지고 발언하시기 때문에 지속적으로 유명세를 타고 계신 거잖아요. 저도 대학생으로서 사회의 공적인 부분에 대해 지속적인 화를 품고 살고자 하는 마음이 있는데요, 지금 대학생들이 100% 신뢰할 수 있는 정당이나 단체가 없는 게 현실이에요. 솔직히 대학 친구들이 말만 하고 행동할 수 없는 이유가 올바른 곳에 쏟아지는 화에는 항상 위험이 따르기 때문이에요. 그것에 대한 두려움이 있거든요. 지금은 개인적으로도 너무 살아가기 힘든 시대니까요. 주머니 속에 손을 넣은 쿨한 방관자가 되지 않기 위해, 대학생으로서 사회에 대해 올바른 관심을 가지고 올바른 곳에 지속적인 화를 표출하기 위해 앞으로 어떻게 해야 할지 방향을 알려주시면 감사하겠습니다.

진중권 용기를 가지셨으면 좋겠어요. 저는 사실 이상하게 낙관적이었거든요. 제가 유학 갈 때도 학교에서 쫓겨난 상태에서 갔고, 학위를 따봤자 받아줄 데도 없었어요. 지금도 서울대 같은 데선 아예 강의 자체가 안 들어오잖아요. 《미학 대계》라고, 대한민국에 존재하는 모든 미학 연구자들이 같이 책을 냈는데, 마이너스 진중권이에요.(웃음) 그래도 저는 공부하고 싶어서 했거든요. 그런데 나중에 하다 보니까 통하더라고요. 마찬가지로 여러분도 두려워하지 않았으면 좋겠어요. 책에 나오는 시험문제만 푸는 게 아니라 정말 현실에서 감당할 수 없는 문제들과 부딪쳐보고, 때로는 싸우고, 때로는 타협도 해보고, 그러면서 얻은 것이야말로 진짜 경험이고 진짜 공부가 아닌가 생각해요. 대학생이 됐으면 사회에 대해 지속적인 관심을 갖고 자기만의 견해를 세우라는 거죠.

교육의 목적이란 게 두 가지가 있는 것 같습니다. 하나는 사회적 노동력의 재생산입니다. 그건 사회를 위한 부분이고, 더 중요한 건 '자기교양'이에요. 내가 무슨 자본 확대 및 재생산을 위한 역사적 사명을 띠고 태어난 건 아니잖아요. 내 자신을 위해 살아야 하잖아요. 그 부분을 대학 시절에 키워야 한다고 생각해요. 당장 취직하는 데 도움 되는 차원의 것들이 아니라 오히려 많은 정치 활동 내지는 사회과학에 대한 연구, 이런 것들이 상상력의 한계를 넓혀주고 장기적으로 문제해결 능력과 진취성을 키워주지 않을까 생각합니다.

사회자 글 쓰시는 재일동포 서경식 선생님께서 "교양은 타인에 대한 상상력"이라고 말씀하셨어요. 참 좋은 말 같아요. 지금 여러 가지 질문 나온 것들을 추려보면 이십대 초반 분들의 중론이 이런 것 같습니다. "장기적인 분노를 가져야 한다는 건 알겠는데, 그런데 불안하고 너무 무섭다, 나 혼자 하다가 나만 바보 되면 어떡하냐, 뭐 좀 연대할 힘, 기댈 영웅이 필요하다." 진 교수님 말대로 좀 더 용기를 가지시고, 손 안 대고 코풀려고 하지 마시고 한번 뛰어들어보시고요. 아까 어떤 남학생이 촛불집회의 유희성이 지속적으로 이어질 수 있겠냐고 물어보셨잖아요. 놀이가 갖는 힘을 너무 간과하신 것 같아요. '호모 루덴스'라는 말도 있잖아요. 축제가 갖는 힘은 상상 외로 세니까요.

자, 이제 진 교수님의 마무리 말씀 듣겠습니다.

진중권 여러분이 답답해하는 것 알아요. 우리와는 조건이 다르다는 것도 알고요. 우리 때는 한국 경제가 개발도상국 수준이었기 때문에 완전고용 상태였고, 대학 졸업장만 있으면 취직은 걱정 없었습니다. 바로 그렇기 때문에 우리가 데모도 할 수 있었고, 시위도 할 수 있었고, 학점과 상관없이 사상 책, 교양 책들을 읽을 수 있었던 것인데 여러분한테 그런 선택권이 없다는 걸 저는 이해합니다. 하지만 그럼에도 거기에 굴해서는 안 된다고 생각해요. 일단 자기 욕망을 긍정하는 게 굉장히 중요합니다. 남의 욕망이 아니라 내 욕망을 욕구하고, 남이 안 간 길을 가는 것. 한국이란 곳이 쏠림이 강하기 때문에 조금만 넘어가면 정말 뻥뻥 구멍이 뚫려 있거든요. 굉장히 많은 기회가 있어요. 서구 같은 경우에는 전문가가 되려면 10년씩 걸립니다. 도제 일을 해야 해요. 그런데 한국은 쏠리는 곳에서 조금만 벗어나서 한 3년 하잖아요? 그럼 벌써 전문가 소리 나와요. 5년쯤 되면 전화가 걸려옵니다. 그러면 선생님 소리 들어요. 그런 경우가 굉장히 많습니다.

중요한 것은 시험문제를 푸는 능력이 아니라 문제를 해결하는 능력이고, 그보다 더 중요한 것은 문제를 던지는 능력이에요. 제기하는 능력입니다. 미래는 창의력의 시대입니다. 상상력이 생산력이 되고, 창의력이 생산력이 되는 시대이기 때문에 남들이 다 하는 공부, 지금 시대가 딱 원하는 공부만 해서는 오히려 뒤처질 수가 있습니다. 그래서 캐릭터가 필요해요. 저는 천재라는 말을 믿지 않아요, 왜냐? 지난번에도 보니까 천재가 되기 위해 필요한 IQ는 115에서 130 사이라고 하더라고요. 그 다음에 IQ 160, 170 된다는 애들은 나중에 어떻게 살고 있단 얘기가 없어요. 그렇죠?

중요한 건 '캐릭터', 즉 성격이고, 두 번째로는 집요함이라고 해야 하나요? 고집이라고 해야 하나요? 같은 이야기일 수 있는데 노력과 캐릭터라고 하죠. 결국 이 두 가지가 있어야 진취적으로 자기의 길을 개척해낼 수 있다고 봅니다. 우리나라는 모든 게 다 생존 정글의 논리예요. 생존, 생존, 생존……. 심지어 내가 창의력이 중요하다고 이야기할 때 설득력을 얻으려면 "창의력 아니면 이제 살아남을 수 없다"라고 이야기해야 비로소 설득력을 얻는 사회거든요.(웃음) 사람은 생존의 공포에서 벗어나야 창의적일 수 있을 것 같습니다. 감사합니다.(청중 박수)

사회자 이것으로 〈한겨레21〉 창간 15돌 기념 제6회 인터뷰 특강, 그 첫 번째 시간을 마치겠습니다. 여러분, 함께해주셔서 감사합니다. 안녕히 가십시오.(청중 박수)

인터뷰 특강 2 – 정재승

과학, 화를 말하다

| 우리 뇌에서 '화'가 만들어지는 메커니즘 |

지금 우리 사회에서는 나를 화나게 하는 상황이 자꾸만 벌어지고 있습니다. 그때마다 부르르 떨며 흥분하지 마시고 상대를 향해, 세상을 향해 내가 지금 굉장히 화가 나 있음을 쿨하게 알려주는 방식으로 자신의 화를 관리하시며 사시길 바랍니다.

정재승 한국과학기술원(KAIST)에서 물리학 박사학위를 받고, 미국 예일대학교 의과대학 정신과 연구원, 고려대학교 물리학과 연구교수, 미국 컬럼비아대학교 의과대학 정신과 조교수를 거쳐 현재 KAIST 바이오및뇌공학과 교수로 재직 중이다. 다보스 포럼 '2009 차세대 글로벌 리더'로 선정됐으며, 지은 책으로는 《정재승의 과학콘서트》, 《물리학자는 영화에서 과학을 본다》 등이 있다.

과학, 화를 말하다

| 우리 뇌에서 '화'가 만들어지는 메커니즘

2009년 3월 17일 화요일 늦은 7시

사회자 대한민국 최고의 인문학 파티 〈한겨레21〉 15돌 기념 제6회 인터뷰 특강 '화', 그 두 번째 시간에 오신 걸 환영합니다. 반갑습니다.(청중 박수) 어제 진중권 교수님의 강연을 듣고 집에 가는데 MBC 〈뉴스데스크〉에서 이런 뉴스가 나오더라고요. 요즘 일선에서 은퇴한 우리나라 50~60대 남성 분들이 인문학 강연을 그렇게 많이 들으신대요. 예전에는 아내 손에 이끌려가서 창피해하면서 계시다 잠시 후 졸다 나오는 그런 수준이었는데, 요즘은 본인들이 자발적으로 인문학 강연을 많이 들으러 다니신다고 그러더라고요. 그 이유는 사방에서 '경제, 경제', '돈돈돈' 하니까 '이러다 내 영혼과 지성이 황폐해지겠다' 싶어서 인문학 강연을 들으러 간다는 거였습니다. 지금 이 자리에 50~60대 남성 분들 계시면 손 좀 들어봐 주시겠어요? 아, 네. 감사합니다. 오늘 이 시간이 여러분의 영혼과 지성에 촉촉하고도 건강한 힘이 되기를 진심으로 바랍니다. 맞아요. 정말 사방이 너무 '돈돈돈' 하죠. 인문학이 없으면 그 국가의 미래는 어둡습니다.

지금부터 화를 주제로 여러분께 멋진 강연을 선보이실 두 번째 강연자를 소개해드릴게요. 물론 다들 알고 오셨을 거예요. 과학책도 베스트셀러가 될 수 있다는 걸 증명해주신 분이죠. '과학자가 강연하는데 나의 감성과 지성이 촉촉해진다는 건 좀 무리가 아닐까' 걱정하시는 분이 계시다면 걱정 꽉 붙들어 매셔도 됩니다. 웬만한 인문학자보다도 더 인문학적으로 우리의 뇌 속을 열어 보여주실 분입니다. 카이스트의 정재승 교수님을 여러분께 소개해드립니다. 박수로 맞이해주시죠.(청중 박수)

사회자 오늘 조금 지각하셨죠? 마음의 준비는 하셨어요?

정재승 죄송합니다. 제가 늦어서 '화'나셨습니까?(청중 웃음)

사회자 (웃음) 근황 먼저 알려주세요.

정재승 작년과 크게 다르지 않게 지내고 있습니다. 제가 가끔 대중 강연도 하고 많은 분들과 이야기할 기회가 종종 있는데, 사실 이 자리가 1년에 하는 강연 중 가장 떨리는 자리인 것 같습니다. 왜냐하면 대부분의 다른 강연들은 제가 들려드리고 싶은 이야기를 준비해서 가는데, 이건 〈한겨레21〉 기자 분이 어느 날 전화를 해서 이번 주제는 뭐라고 숙제를 던져줍니다. 그러면 섭외를 받은 날부터 강연장에 오는 이 시간까지 계속 그 생각을 하거든요. 그런데 저한테는 '상상력' 같은 걸 물어보시는 게 아니라 '배신'이라든가 '화'라든가 이런 주제를 던져주시기 때문에 지난 한 달간 굉

장히 화를 내면서 지내왔습니다.(청중 웃음)

사회자 이 자리에는 정재승 교수님을 알지 못하시는 분들도 계실 테니, '바이오및뇌공학'이라는 교수님의 전공과 하시는 일에 대해서 간략하게 소개해주시죠.

정재승 저는 원래 물리학을 전공했고요. 그 중에서도 복잡한 시스템을 다루는 이론을 공부했는데요. 하다 보면 자연스럽게 제가 공부한 걸 적용할 분야를 찾게 되겠죠? 그래서 선택한 복잡한 시스템이 바로 사람의 뇌고요, 그 중에서도 사람이 어떻게 의사결정을 하는가에 관한 연구를 하고 있습니다. 주로 직업병이라고 하면, 어떤 사람이 어떤 행동을 했을 때 '저 사람의 뇌는 도대체 어떻게 생겼기에 저런 행동을 할까' 하는 생각을 합니다.

오늘 말씀드릴 '화'는 우리가 의사결정을 하는 데 방해가 되기도 하지만, 때로는 굉장히 강력한 메시지를 전달하는 유용한 도구가 되기도 합니다. 그래서 화가 우리 뇌에서 어떻게 출발해서 세상에 던져지는가 하는 이야기를 드리려고 합니다.

사회자 간혹 다리를 하나 잃으신 분도 계실 거고, 눈이 안 보이시는 분도 계시겠지만 뇌 없이 여기 앉아 있는 분은 안 계시겠죠. 그러니까 누구에게나 있는 그 뇌에 대해서 오늘 공부를 해볼 텐데요. 강연과 저술활동을 하시는 건 짐작이 가는데, 저랑 같은 방송국의 녹을 먹고 계시다는 건 최근에 알았어요. MBC 라디오의 진행자로 활동하고 계시더라고요. 프로그램 제목이 〈정재승의 도전 무한지식〉이래요. 〈무한도전〉 같은 건 아닐 테고, 어떤 방송인가요?

정재승 많은 주부님들이 오전에 집에서 일을 마무리하고 9시 10분에 하는 〈여성시대〉를 기다리고 계시는데 그 막간을 이용해서 잠시 긴장하게 만드는 프로그램입니다. 꼭 과학이 아니라도 우리가 살면서 궁금한 것들이 굉장히 많잖아요. 그런데 딱히 물어볼 데도 없고요. 요즘은 과학 프로그램들이 하나둘 없어지는 추세이기도 하고요. 어느 리서치 회사에서 과학 지식을 주로 어디서 얻느냐는 설문조사를 했더니 라디오를 통해 과학 정보를 얻는다는 답변이 0%래요.

사회자 1%도 아니고요?

정재승 예. 우리나라에서는 한 번도 과학 지식을 라디오에서 음파의 형식으로 전달한 적이 없는 거예요.

사회자 그렇죠. 제가 편성국장이라도 그런 편성은 안 하는 쪽이 유리한 거 같아요. 광고주들을 생각해보면요.

정재승 그러니까요. 그래서 한번 도전해보자, 해서 〈정재승의 도전 무한지식〉이라는 이름을 붙였고요. 과학을 포함해 이 시대를 살아가는 사람들을 위한 필수적인 정보들을 5분 동안 이야기해주는 프로그램입니다.

사회자 보통 어떤 질문들을 보내오시나요?

정재승 아주 다양합니다. “라면이 왜 꼬불꼬불한가요?”와 같이 그냥 농심에 전화해서 물어보면 될 것을 꼭 저한테 물어보신다거나,(웃음) 방송국에 물어보면 될 텐데 “9시뉴스는 왜 9시에 합니까?” 물어보시고…….(웃음)

사회자 거의 ‘무엇이든 물어보세요’ 수준인데요.

정재승 제가 거기에 정답을 말씀드리는 게 아니라 그 질문을 좀 더 풍성하게 만들어서 거기에서 추가로 생각해볼 수 있는 다양한 것들을 제시합니다. 그 중에서 어떤 분들은 마음에 드는 답을 찾기도 하고, 방송을 듣다가 더 기발한 아이디어를 스스로 만들어내시는 분들도 많고요.

사회자 일주일에 한 번 가서 쭉 녹음하시죠? 이거 너무 선수들의 영업비밀을…….(웃음)

정재승 매주 대전에서 올라와서 5분간 방송하고 대전으로 내려간다고 생각해주시기 바랍니다.(청중 웃음)

사회자 네, 그렇게 생각하겠습니다. 제 프로그램은 일요일 날 〈여성시대〉 끝나고 하는데, 정 교수님과 저는 거대한 프로그램의 양쪽에서 기생하는 프로그램을 맡고 있네요.(웃음)

사적인 영역의 화를 말하다

사회자 항상 남의 뇌를 연구하시는데, 살다 보면 본인의 뇌 속이 궁금해지실 때가 있지 않을까 하는 생각이 들어요. 그런 적 있으신가요? 그러니까 예를 들면 다음과 같은 거죠. '도대체 정재승, 나의 뇌는 어떻게 생겨먹었기에 수재들만 간다는 고등학교를 조기 졸업하고 세계적인 학교에 가서 어깨를 나란히 하면서 엄청난 학위를 따갖고 와서 이른 나이에 수재들을 가르치나. 도대체 내 뇌 속에서는 무슨 일이 일어나는 걸까?' 궁금하신 적 없으신가요?

정재승 제가 하는 실험에 피험자로 참여하는 일이 종종 있습니다. 'Functional MRI'라는 장치 안에 들어가서 실제로 제 뇌가 제대로 반응하는지를 보거든요. 처음에 저의 뇌 사진을 봤을 때는 매우 충격적이었습니다. '뇌가 이렇게 조그맣다니.'(웃음) 저는 뇌가 크고 주름이 많아야 머리가 좋다고 들었고, 그래서 제 뇌가 조금은 클 줄 알았는데 남들보다 작은 것 같고, 뇌 표면도 탱탱해 보여서 굉장히 실망했어요. 그 다음에 여러 가지 테스트를 해봤는데 보통 저희가 모시는 피험자들보다 퍼포먼스가 좋지 않아서 학생들이 제 데이터를 별로 안 좋아합니다.

사회자 보통 머리 큰 사람들이 머리 크면 똑똑하다고 굉장히 자위하면서 살잖아요. 약간 허탈해지는 순간이기도 하네요.

정재승 머리가 크다고 뇌가 큰 건 아니니까요.

사회자 그런가요.(웃음) 머리 크기랑 뇌 용량은 다를 수도 있겠군요. 그나저나 과학자들이 스스로를 실험 대상으로 쓰기도 하는군요. 지원자가 많이 없을 때 그러신가 봐요.

정재승 아닙니다. 지원자는 굉장히 많습니다.

사회자 작년에 강연을 들으신 분들은 기억하실지 모르겠는데 사람이 실연했을 때처럼 극심한 슬픔에 빠졌을 때 뇌에 어떤 변화가 일어나는지를 연구하는데, 그게 실제 사람이 있어야 실험이 가능하답니다. 정 교수님께서 그 실험의 지원자를 기다리시더라고요. 그래서 제가 어떤 정신 나간 사람이 실연당해서 슬퍼죽겠는데 "저 실연했습니다"라며 거길 찾아가느냐고 했었는데, 있었나요?

정재승 작년 강연의 성과 중 하나가, 그때 강연을 들었던 분이 바로 다음날 이메일을 보내셨어요. 최근에 실연했다고.(청중 웃음) 그래서 그분의 뇌를 찍었으면 해서 여러 가지 이야기를 나눴는데 그분이 왼손잡이여서 저희 실험에는 참여를 못했죠.

사회자 황우석 박사의 연구 때는 국가적으로 굉장히 큰 이익이 있는 일이기 때문에 자신의 난자를 기증하겠다고 스스로 나섰다지만, 정재승 교수님의 연구결과가 경제적인 이익을 초래할 거라는 보장도 없는데 그분이 자발적으로 그렇게 메일을 보내신 거군요.

정재승 맞습니다. 작년에 실연당한 분과 된통 배신당한 분, 그렇게 두 분을 찾다가 못 찾았고요. 오늘은 주로 굉장히 화난 상태의 뇌를 찍는 일을 한번 해봤으면 하는 바람입니다.

사회자 오늘 강연 열심히 들어보시고, 혹시 마음이 동하신 분은 나중에 정재승 교수님의 이메일을 살며시 물어봐주시기 바랍니다. 우리나라 과학 발전에 큰 도움이 될 것 같습니다. 오늘 강연의 메시지를 한마디로 짧게 말씀해주신다면?

정재승 이번에 강연하실 분들 리스트를 봤어요. 올해도 화려하시던데 주로 사회적 분노, 공분(公憤)에 관한 말씀들을 많이 하시더라고요. 저는 그런 이야기를 할 능력은 없는 것 같고요. 저는 사람들이 살면서 어떨 때 화를 내고, 왜 화를 내고, 그 화를 어떤 방식으로 표출하는지, 아주 사적인 영역의 화에 대해서 말씀드리려고 합니다. 또 제가 "화는 이런 거니까 앞으로 이렇게 사세요" 이런 말씀을 드릴 처지는 아닌 것 같습니다. 저도 제 화를 잘 컨트롤하지 못하거든요. 그래서 우리가 화를 내는 뇌의 메커니즘에 대해 말씀을 드리려고 합니다.

사회자 네, 박수로 강연 청해듣도록 하죠.(청중 박수)

가까운 사람에게 한없이 잔인해지는 이유

정재승 다시 제대로 인사드리겠습니다. 안녕하세요. 카이스트의 정재승입니다. 반갑습니다.(청중 박수) 제가 예전에는 안 그랬는데 점점 글을 쓸 때도 그렇고, 강연할 때도 그렇고 약간 강박이 생겼어요. 교수가 돼서 학생들과 자주 이야기하다 보니 그렇게 된 것 같은데 글이나 강연에서 되도록이면 많은 정보를 전달하려고 노력하는 것 같습니다. 그래서 오늘 KTX에서 마지막 초치기로 강연 자료를 만들면서 뭔가 여러분에게 삶의 통찰력을 제시해드려야 하는데, 분노에 대한 잡다한 여러 가지 이야기들, 정보만을 전해드리게 될 것 같아서 약간 걱정했습니다. 그렇지만 진중권 선생님이 아마도 사회적으로 아주 통찰력 있는 말씀을 하셨으리라 믿고, 그 뒤로 줄줄이 김어준 선생님까지 그런 말씀을 많이 해주실 것 같습니다. 그래서 저는 도대체 화란 무엇인가, 우리는 왜 화를 내는가에 대한 여러 가지 말씀을 드리려고 합니다.

이런 류의 이야기들은 대부분 굉장히 사적이고 내밀한 주제죠. 제가 그런 주제를 건드리는 걸 좋아합니다. 작년에 〈한겨레21〉에 연재했던 '사랑학 실험실'처럼 아주 사적인 영역의 감정, 욕구와 욕망들을 보편적으로 사람들은 어떻게 받아들이고 반응하는가에 관심이 많은데요. 오늘 제가 여러분께 소개해드릴 내용도 지극히 사적인 영역의 '화'입니다. 사람들이 왜 화가 나고, 언제 화를 내고, 화에 어떻게 대응하며, 그때 뇌 안에선 무슨 일이 벌어지는가에 관한 이야기입니다.

과학자들은 화를 어떻게 정의하느냐 하면, 내가 어떤 행동을 하거나 상대가 어떤 행동을 했을 때 그것이 적절하지 않다고 판단돼서 상대에 대해 혹은 나 자신에 대해서 불쾌감을 느끼거나 적개심을 갖는 것을 '화'라고 부릅니다. 혹은 분노라고 부르기도 하고요. 그러니까 일이 좀 안 풀려서 투덜거리거나 짜증내는 정도는 화라고 이야기하지 않고요. 얼굴이 벌게지면서 혈압이 올라가고, 손이 부르르 떨리면서 말을 논리적으로 하지 못하며 주저하는 정도의 상태가 여기서 이야기하는 화, 혹은 분노라고 하겠습니다.

화와 분노가 어떤 건지 알아보기 위해 여기서 간단하게 실험을 한번 해보려고 합니다. 두 분의 지원자가 필요한데 보통은 자원해서 잘 안 나오시죠. 그래서 제가 선정하겠습니다. (청중 한 분을 지목하며) 네, 일어나시죠. 너무 어색해하지 마시고요. 실험에 참여해달라는 게, "누가 나와서 하면 참 좋겠다" 이걸 말씀해주시면 됩니다. 저는 제 손에 피를 안 묻히기 때문에.(청중 웃음)

청중1 열 번째 줄. 왼쪽에서 두 번째 분이요.

정재승 네, 감사합니다. 나와주십시오. 한 분을 더 선정해주셔야 하는데 기왕이면 이성이면 좋겠는데요.

청중1 여덟 번째 줄에 앉으신 남자 분이요.

정재승 잠시 나와주시죠. 성함이 어떻게 되시죠?

청중1 정경희입니다.

정재승 정경희 씨가 지목한 두 분 나오셨습니다. 여러분은 지금 화난 표정을 직접 보고 계십니다.(청중 웃음) 화 안 나셨죠? 괜찮으시죠?

청중 남 네, 얼떨떨합니다.

정재승 실험은 아주 간단합니다. 제가 두 분께 정확하게 3분을 드릴 겁니다. 그럼 시간 내에 남자 분께서 저 여자 분을 화나게 하시면 됩니다. 그래서 만약 화를 내게 만드시면 제가 현금으로 10만 원을 드리겠습니다. 진짜 드립니다. 그리고 여자 분께는 만약 화를 내시면 제 책 세 권에 직접 사인을 해서…… 별로 관심이 없으시군요.(웃음)

청중 남 저한텐 너무 어려운 일이네요. 역할을 바꿔보는 게…….(청중 웃음)

정재승 자, 시작하시면 됩니다.

청중 남 강의 들으러왔다가 이거…….

정재승 저한테 화내지 마시고요.(웃음) 저 분을 화나게 하시라니까요.

청중 남 대책이 없는데요. 역할을 바꿔봤으면 좋겠습니다. 저를 좀 화나게 해주십시오.

정재승 이미 선생님은 충분히 화가 나셨는데요.(웃음) 웃고 즐기는 사이에 30초가 갔고요. 일단 3분은 채워야 합니다.

청중 남 주제가 없다 보니까 생각이 안 나네요. 어떻게 화를 유도할지.(침묵)

정재승 평소에 남을 화나게 잘 못하시는군요?

청중 남 엄청 화나게 하죠.(청중 웃음)

정재승 그걸 보여주시면 됩니다.

청중 남 하아(한숨), 집이 어디세요?(청중 웃음)

청중 여 혜화동입니다.

청중 남 혜화동이요? 전 경기도 구리시에서 왔습니다.

정재승 분위기는 점점 화기애애해지고 있고요.(청중 웃음)

청중 여 마지막에 펀치를 날리시지 않을까요.

정재승 1분 남았습니다.

청중 남 여러분도 이 자리에 서면 비슷할 거예요. (청중 여에게) 나름 예쁘시네요.(청중 웃음)

정재승 분위기는 점점 '화'랑 멀어지고 있습니다. 네, 10초가 남았네요.

청중 남 접촉해도 돼요? 말로는 영…….(청중 웃음)

정재승 네, 3분이 지났습니다. 수고하셨습니다. 이따 끝나고 저에게 오시죠. 제가 화나게 해드릴게요.(웃음) 3분 동안 애쓰셨습니다. 감사합니다. 여러분이 지금 보신 이 장면이 과학자들이 흔히 하는, 사람들을 불러놓고 상대를 화나게 하는 실험인데요. 지금 두 분의 모습이 그런 실험에서 누구나가 보이는 전형적인 반응입니다. 이래서 화를 연구하기가 어렵습니다. 우리는 주로 자기가 싫어하고 무관심한 사람한테가 아니라 자신과 아주 가깝거나 무언가 많이 기대하는 사람들에게 화를 냅니다. 일단 모르는 사람을 화나게 만드는 재간이 없습니다. 지금 여러분은 그걸 보신 겁니다. 그리고 상대에 대해서 내가 아는 게 없기 때문에 딱히 상대를 화나게 할 만한 요소나 아무런 정보도 가지고 있지 않습니다. 그래서 모르는 사람에게 화를 내기는 상당히 어렵고요. 특히나 "자, 제가 지금부터 시간을 재겠습니다. 3분 안에 화를 내시죠"라고 하면 이런 상황에선 도무지 화가 나지 않습니다. 주로 실험하는 사람들을 원망하죠. 지금 보신 것처럼 어떻게 해야 할지 몰라서 당황하고, 실없는 이야기나 던지고, 특히나 남녀일 때 더욱 그렇습니다. 남성 둘, 혹은 여성 둘을 부르면 분위기가 상당히 좋아집니다. "어떻게 여기까지 끌려오셨어요?", "끝나고 뭐 해요?"라며 굉장히 많은 담소를 나눕니다. 그게 '억지로 상대를 화나게 하세요'라는 실험을 할 때 사람들이 보이는 전형적인 반응입니다. 바로 이런 이유 때문에 화를 연구하기가 굉장히 어려운 거죠. 화라는 건 지극히 개인적인 감정이고, 사람들이 화가 나는 이유나 상황도 천차만별이니까요.

그렇기 때문에 보편적이고 객관적인 진리를 탐구하는 과학자가 보기에, 그 사람을 화나게 하는 상황을 만드는 게 어렵습니다. 그러다보니 화를 어떻게 연구해야 할지 잘 몰라서 지금까지 사람들의 화 혹은 분노에 대한 연구가 많이 진행되지 않았습니다. 화 실험의 효과를 높이기 위해서 보통 과학자들이 쓰는 방법이 두 가지 있습니다.

우선 피험자들에게 "이건 화 실험이 아니"라고 하고, 간단한 테스트를 하겠다며 불러다가 굉장히 화가 나는 상황을 제시하는 방법이 있고요. 다음으로 "각자 돌아가셔서 화가 언제 나는지 잘 보셨다가 화를 내는 상황이 되면 내가 왜, 언제, 얼마나, 누구한테, 얼마나 오랫동안 화를 냈는지 기록하십시오"라고 하는 겁니다. 그걸 모아서 사람들은 이럴 때 화를 내더라고 이야기하는 거죠. 제가 지금부터 여러분께 말씀드릴 내용은 정말로 화가 나는 상황에 대해 실험 당사자가 세밀하게 기록한 것들을 모아서 그 안에 어떤 보편적인 내용들이 담겨 있는지를 탐구한, 과학자들의 연구 성과입니다.

나를 화나게 하는 사람들

우리는 얼마나 자주 화를 낼까요? 이건 사람마다 다릅니다. 1년에 서너 번 화를 낸다는 사람부터, 매일 열 번 이상 화를 낸다는 사람에 이르기까지, 사람들이 화를 내는 빈도 수는 매우 다양합니다. 설령 집에 혼자 콕 박혀 있는 사람이라 하더라도, 요즘 신문을 보거나 텔레비전을 보면 화나는 일이 굉장히 많죠? 심지어 누군가와 커뮤니케이션을 하거나 소통을 하게 되면 화를 내는 빈도가 높아지는데요. 많은 사람들이 일주일에 한두 번은 화를 낸다고 이야기를 합니다. 여기서 말하는 화는 그걸 굉장히 강렬하게 표현한 경우만이 아니라, 감정적으로 엄청난 분노가 쌓였는데 씩씩거리면서 누구한테 표현하진 않아도 스스로 그 분노의 상황을 감지하고 있는 경우까지 포함해서입니다.

말씀드렸듯이 사람들은 주로 가까이 있는 사람, 가깝다고 느끼는 사람, 무언가를 크게 기대하는 사람들에게 주로 화를 냅니다. 그래서 남편은 아내에게, 아내는 남편에게 주로 화를 내죠. 연인들끼리 싸우고, 형제들, 가까이 지내는 사람들, 직장동료, 선후배에게 주로 화를 낸다고 이야기합니다.

제가 강남역에서 여기까지 한 35분 만에 왔거든요. 차가 엄청나게 막히는 상황에서 "아저씨, 저 6시 45분까지 안 가면 사고 나요. 빨리 가주세요" 했더니 이 아저씨가 거기서부터 온갖 법이란 법은 다 위반하시면서 저를 위해 여기까지 와주셨거든요.(청중 웃음) 그런데 이 분이 엄청난 내공의 소유자신데, 누가 앞에 끼어들기라도 하면 깜빡이를 마구 껐다 켰다 하면서 그 사람의 정신을 시끄럽게 하고요. 앞에서 꾸물대면 가차 없이 빵빵거리고요. 도착할 때까지 35분 동안 100번쯤 끼어들기를 하고, 불법유턴과 신호무시를 서너 번은 한 것 같아요. 아저씨는 백미러와 사이드미러를 번갈아보면서 옆 운전자에게 막 화를 내다가도, 제게 〈한겨레〉 측에서 "지금 어디쯤 오셨어요?"라고 전화가 걸려올라치면 라디오 볼륨을 줄이면서 저를 배려해주시는 거예요. 시끄럽지 않게 창문도 닫아주시고. 그러다가 또 옆 사람한테 뭐라고 막 소리치시다가 또 라디오를 줄여주시고. 이 분은 창밖을 볼 때 엄청나게 화를 내시다가 창 안을 볼 땐 그걸 삭이는 과정을 반복하신 셈이죠.(청중 웃음) 그런데 대부분의 사람들은 그러기 어렵죠. 밖에 있는 사람한테 막 화를 내고 나면 안에 있는 사람한테 그 화를 투영하게 되죠. 그래서 흔히 우리는 누군가가 무엇을 잘못했기 때문에 그 대상에게 화를 낸다고 믿는데, 그것이 명백히 화를 낼 만한 이유였는가 따져보면 사람마다 달라서 어떤 기준을 찾기가 무척 어렵습니다.

그럼에도 통상 사람들이 화를 내는 경우들이 몇 가지 있는데요. 자신의 행동이 제약을 받거나, 혹은 무언가를 하려고 했을 때 좌절당하거나, 자신의 영역이라고 생각되는 것들이 침범당하거나, 자신이 지금 공평하지 않은 대우를 받고 있다고 느낄 때 사람들은 주로 화를 냅니다. 그리고 내가 아닌 누군가가 그런 취급을 받는 걸 보는 것만으로도 우리는 그 사람이 느낄 화를 공유합니다. 공감합니다. 희한하게도 내가 화를 내게 되는 뇌의 영역과 남이 화를 내고 있는지를 감지하는 뇌의 영역이 같습니다. 같은 영역에서, 내가 화낼 때도 똑같은 반응을 보이고 남이 화내고 있다는 걸 감지할 때에도 똑같은 반응을 보입니다.

실험실에서 화를 내게 만들기 위해 어떤 상황을 연출하는지, 예를 하나 들어보겠습니다. 사람을 불러서 퍼즐을 맞추게 합니다. 퍼즐을 몇 분 안에 다 맞추면 10만 원을 드리겠다고 해서 막 맞추고 있는데 실험자가 모르고 툭 쳐서 퍼즐이 왈칵 쏟아지는 거죠. 그리고 "어머 죄송해요. 10만 원 날아갔네"(청중 웃음) 이런 류의 황당한 멘트를 하면 이제 화가 나겠죠. 그 사람에 대해 적개심이 생기죠. 내가 어떤 행동을 하는데 그것이 상대방의 잘못으로 인해 좌절됐다고 느끼는 거죠.

이번엔 상황을 바꿔서 아까 팔을 쳤던 사람이 어딘가 안에 들어갑니다. 그리고 퍼즐을 맞췄던 사람이 반대의 입장에서 상대에게 단어를 가르쳐줍니다. 상대방이 잘 기억하면 빨대로 음료수를 한 입 먹을 수 있게 해주고, 잘 못 맞히면 상대방의 손에 전기충격을 가합니다. 내 퍼즐을 망쳤던 그 사람이 들어가서 문제를 못 맞히면 전기 자극을 주는데, 점점 그 강도가 세집니다. 자극의 강도를 높이라고 말하지 않아도 알아서 "상한선이 어디까지예요?"라고 물어본 다음 그 범위 안에서 점점 더 세게 전기 충격을 가합니다.

말하자면 실험자는 이제 소심한 복수를 하는 거죠. 전기 충격의 강도를 조금씩 높여가면서 상대가 부르르 떠는 걸 즐기는 거죠. 그건 이 사람이 상대에 대해서 굉장히 화를 내고 있다는 증거죠. 그게 과학자들이 흔히 진행하는 화 실험입니다. 그리고 그 상황 전체를 모니터링합니다.

화에 대한 행동실험에 따르면, 우리가 가장 화를 많이 내는 경우가 불공평한 대우를 받았을 때입니다. 남과 다르게 대우받아서 자신의 자존감이 아주 심하게 훼손됐을 때 사람들은 굉장한 분노를 느낍니다. 실제로 이 이야기는 제가 예전에도 한 번 말씀드린 적이 있는데요. '자존심' 강연 때요. 이게 자존심과 연관이 있는 내용이거든요. 우리 뇌에는 아주 어렸을 때부터 만들어진 '인슐라(Insular)'라는 영역이 있는데, 보통 길을 가다가 똥을 봤을 때, 전봇대에 술 먹은 아저씨가 피자를 만들어놓은 걸 봤을 때 활발하게 활동하는 뇌 영역입니다. 다시 말해 역겨움이나 정신적 고통을 표상하는 영역입니다. 이 영역이 언제 또 활동을 하냐 하면, 사회적으로 내가 굉장히 부당한 대우를 받았을 때입니다. 그래서 사람은 아주 어린아이 때부터 심하게 화를 내는 것입니다.

어렸을 때부터 우리는 형제간에 기계적인 평등을 많이 요구합니다. 그래서 왜 오빠가 며칠 전에 똑같은 일을 했을 때는 엄마가 별로 야단 안 쳤는데 내가 지금 이 일을 했더니 나는 크게 야단 치냐고, 아이들은 그런 걸 다 기억합니다. 이처럼 인슐라라는 영역은 분노를 자극하는 가장 강력한 소스이며, 그래서 사람들은 이런 불공정한 대우에 굉장히 민감합니다.

나의 욕망을 자극하는 사람들

아까 제가 말씀드린 대로라면, 뭔가 불공평하다고 느끼거나 상대의 행동이 나에게 피해를 줄 때 적개심이나 불쾌감이 생길 텐데, 아니 애가 무슨 적개심이나 불쾌감이 있을까 싶잖아요? 그렇지만 실제로 4~6개월 되는 아이도 전형적인 분노 반응, 화 반응을 보입니다. 제가 처음 그 내용을 읽고 정말 그런지 알아보기 위해서 제 딸이 7~8개월쯤 됐을 때 직접 실험을 해보았습니다. 아이가 엉금엉금 기어가고 있는데 제가 팔을 탁 걸어서 팍 꼬꾸라지게 한 거예요.(청중 웃음) 그러자 아이가 울면서 막 소리를 질렀어요. '저게 지금 분노 반응라고 할 수 있을까? 그냥 아파서 우는 건 아닌가? 명백히 분노임을 증명하기 위해 어떻게 해야 하나?' 해서, 아이가 의자에 기대고 서 있을 때 의자를 빼본다거나 과자를 먹으려고 할 때 과자를 뺏어보는 식으로 화 반응을 지속적으로 아이에게서 유발했습니다. 그랬더니 아이가 요즘도 아빠를 보면 분노 반응을 일으킬 준비를 합니다. 제가 가만히 있어도, 저 사람은 나의 무언가를 좌절하게 만들 사람이라는 적개심을 눈동자에서 보이고요. 그리고 아주 사소한 장난에도 곧바로 화로 이어집니다. 제가 보기에는 그런 게 아마도 어렸을 때부터의 학습효과가 아닐까 싶은데요. 한마디로 아주 어렸을 때부터 아이들이 이런 분노 반응, 화 반응을 일으킨다는 거죠. 그런데 왜 아이에게 화 혹은 분노라는 감정을 코딩해주었느냐 하면, 그런 감정이 아이로 하여금 무언가 동기를 가지고 추구하게 만드는 역할을 하기 때문입니다.

이번엔 루이스라는 사람이 했던 실험을 소개해드리겠습니다. 장난감 오리에 줄이 매어져 있고, 아이가 그 줄을 끌고 다니면 오리가 '꽥꽥' 하고 웁니다. 아이들은 대개 이 장난감을 매우 좋아하죠. 그렇게 줄을 끌고 가는 아이 뒤에서 몰래 가위로 줄을 자릅니다. 더 이상 오리가 꽥꽥거리면서 따라오지 않으니까 아이는 막 화가 나겠죠. 소리 지르고 울기도 하면서 분노 반응을 보이는데 그때 몇 분간 화를 내도록 아이를 방치해두었다가 다시 줄이 잘 연결되어 있는 장난감을 줍니다. 그러면 아이는 아까 별 생각 없이 오리를 끌고 다녔을 때보다 훨씬 오랫동안 그 장난감을 가지고 놉니다. 이처럼 한 번 어떤 일이 좌절된 것에 분노하고 나면, 그 다음 기회가 왔을 때 그것을 굉장히 강하게 추구하게 됩니다. 분노의 경험이 강한 동기부여 기제로 작용하는 것이죠.

코카인을 많이 하면 코카인을 하고 있는 동안에는 '업'되지만 평소에는 굉장히 '다운'되는 상태에 있거든요. 마약이 아니고서는 딱히 어떤 기쁨을 느끼기 어려운 상황이 되는데, 그런 임산부가 낳은 아이들은 줄을 끌고 다니다가 그 줄을 자르잖아요. 그래도 별로 화내지 않고, 다시 줄이 연결되어 있는 장난감을 줘도 그 장난감에 그다지 반응하지 않습니다. 좌절의 경험이 심각한 정신적 고통으로 이어지지 않습니다. 없으면 그만인 거죠. 특별히 추구하지 않고요. 좌절당해도 별로 기분 나빠하지도 않습니다. 두 집단의 삶을 대하는 태도가 전혀 다르기 때문에 성취하는 것도 다르겠죠.

옛날 사람들은 현대인보다 화를 덜 냈을까?

그렇다면 남녀 중에 누가 더 많이 분노할까요? 대개 남자들이 분노를 많이 하는 것처럼 생각되죠. 주로 남자들이 화를 내니까요. 그런데 실제로 분노의 빈도 수를 따져보면 남성과 여성의 성차가 별로 없습니다. 여성도 남성만큼이나 화를 잘 낸다는 거죠. 사람이 화가 많이 나는 상태에서 정말로 남을 위협하거나 공격적인 상황까지 가는 경우는 10%가 채 되지 않습니다. 그런데 그 10%가 대부분 남자들입니다. 남자들은 아주 강하게 상대를 밀치거나, 심지어는 살인을 저지르거나 하는 공격적인 반응을 보일 확률이 여성들에 비해 무려 27배나 높다고 합니다. 어떤 여자가 막 화가 나서 남자를 죽였다, 그런 일은 잘 일어나지 않는다는 거죠. 대신 여성들은 소극적 공격 성향을 보입니다. 그냥 관계를 끊습니다. 상대방을 안 만납니다. "나 없이 살아봐라." 이게 여성들이 보이는 소극적 공격 성향인 데 반해, 남성들은 치고받고 싸울지언정 "재랑 안 놀아" 이러지는 않는다는 거죠. 반면 여성들은 관계를 끊는 방식으로 공격 성향을 드러낸다는 게 남녀의 차이라고 볼 수 있습니다.

우리 조상들이 우리보다 화를 더 많이 냈을까요? 아니면 우리가 더 많이 화를 내며 살고 있을까요? 이런 질문을 학생들에게 던지면 70%는 우리가 더 화를 많이 낸다고 얘기합니다. 그 이유를 물어보면 패스트푸드, 조미료, 폭력적인 영화 등의 원인 때문이라고 답하는 애들이 많습니다. 그러나 아직 조미료가 어떤 사람의 폭력적 성향이나 분노에 영향을 준다는 연구는 없고요. 인스턴트 음식도 마찬가지입니다. 지금까지 알려진 바로는, 이에 관한 철저한 연구가 없어서 정확히 답하기는 어려운데, 사람들이 분노하는 정도나 빈도는 예나 지금이나 크게 다르지 않으리라는 것이고요. 만약에 차이가 있다면 현대인이 갖고 있는 스트레스, 그 스트레스가 옛날보다 굉장히 높은 상황이어서 그것이 화로 이어질 가능성이 좀 더 높다는 생각인데요. 화를 내는 상황이 달라졌을 뿐, 그렇다고 현대인이 더 많이 화를 내는 건 아닌 것 같다는 게 과학자들의 생각입니다. 예를 들어 옛날에는 "아, 오늘 빨래해야 되는데 왜 하필 비가 와" 하면서 하늘에 대고 화를 냈다면, 요즘은 세탁기를 돌려야 하는 상황인데 세탁기가 고장 나서 애프터서비스하는 회사에 전화를 걸어서 화를 내는 식이죠.

옛날 사람들은 어떨 때 화를 냈는가를 보여주는 기록들이 굉장히 많이 조사되어 있는데, 그 중에 하나가 이런 겁니다. "글씨가 너무 작아서 읽을 수 없어 화를 내고 문서를 찢었다." 요즘 같으면 그냥 컴퓨터로 글자 크기를 키우거나 확대복사를 하면 해결되는 문제가 그 옛날 누군가에겐 몹시 화가 나는 상황이었던 거죠. 호머가 쓴 인류 최초의 서사시 〈일리아드〉와 〈오딧세이아〉의 도입 부분이 화를 내는 장면입니다. 그만큼 분노라는 것이 아주 옛날부터 자연스럽게 갖고 있는 인간의 강렬한 감정 상태 가운데 하나라는 얘기죠.

나를 살리는 분노 vs 나를 죽이는 분노

분노는 언제 파괴적인가? 제가 오늘 이야기할 내용의 중심인데요. 아마도 많은 경우에 사회적 분노, 그러니까 나만이 아니라 나를 포함한 누군가가, 우리 계층이, 혹은 어떤 집단이, 특히 사회적 약자가 불공정한 대우를 받거나 행동의 제약을 느끼거나 그들의 뜻이 좌절됐을 때 사람들은 분노할 거고요. 그런 사회적 분노는 세상을 바꾸는 중요한 동력이 될 겁니다. 그래서 분노를 굉장히 긍정적인 감정으로 바꿔야 한다, 표현해야 한다는 얘기들을 많이 하시거든요. 그런데 제가 보기에 그건 쉬운 일은 아닙니다. 마치 나의 일인 것처럼 남의 일에 화내는 사람들이 점점 줄어들고 있지요. 대신 자신의 일에 대해서 지나치게 화를 내는 사람들이 점점 늘어나는 사회에서 우리는 살고 있잖아요. 이런 사회에서 분노의 특성을 잘 활용해서 우리가 좀 더 적극적인 방식으로 분노를 표출하자는 게 참 현실적으로 실현하기 어려운 일인 것 같아요.

많은 경우에 분노는 파괴적인 결말을 맞습니다. 관계를 망가뜨리기도 하고요. 대부분의 화가 그렇지는 않습니다만, 특히나 그것이 공격적인 방식으로 표출되는 10%의 경우에는 인간관계가 끊어지거나, 상사에게 찍히거나, 관계가 소원해지거나, 아니면 다투던 누군가와 아주 끔찍하고 비극적인 결말을 맞게 되는 일들이 발생하죠. 실제로 페르시아의 왕이 자신을 화나게 했다는 이유로 시리아 사람들의 코를 벤 사건이 있었죠. 이렇듯 누군가의 분노가 굉장히 끔찍한 파국으로 이어지는 일들이 종종 벌어집니다.

그럼에도 우리는 왜 분노라는 감정을 갖게 되었을까요? 만약 진화론이 옳다면 분노라는 감정을 갖고 있는 것이 내가 살아가는 데, 혹은 내가 이성과 짝짓기를 하는 데 뭔가 도움이 돼야 할 텐데, 과연 현대 사회에서 분노가 그런 기능을 하는가 생각해보면 그렇지는 않은 것 같아요. 왜냐하면 현대 사회에서는 인간관계가 굉장히 중요한데, 분노를 표출하는 게 대개의 인간관계에서 도움이 안 되니까요. 남녀 사이에서도 마찬가지고요. 그럼에도 왜 우리가 분노를 갖게 되었는지는 조금 후에 설명해드리겠습니다.

우리는 스포츠 경기에서 선수들이 분노를 동력으로 활용하는 모습을 자주 봅니다. 일부러 자신이 상대방에게 공격을 당한 것처럼 페인트모션을 해서 동료들의 분노를 일으키고, 그 분노의 힘으로 열세에 몰렸던 상황을 역전시키려고 하는 일들이 축구경기 같은 데서 흔히 일어나죠. 이처럼 분노라는 것이 사람을 발전시키는 원동력이 되기도 합니다.

굉장히 유명한 예가 베켄바워라는 축구선수에 관한 것입니다. 베켄바워는 어렸을 때 그렇게 축구를 잘하는 아이는 아니었습니다. 그런데 자기가 들어가고 싶은 한 클럽의 선배를 약 올리고 따돌려서 골을 넣고는 "나한테도 지면서 무슨 형이야" 하면서 알짱댔어요. 화가 난 그 선배는 많은 사람들이 보는 앞에서 베켄바워의 따귀를 때렸어요. 그 일이 있고 난 후 베켄바워는 자신이 정말로 들어가고 싶은 클럽이었음에도 불구하고 뮌헨의 다른 클럽으로 가서 그 팀을 이기기 위해 밤새 연습을 합니다. 결국은 독일에서 축구황제라는 칭호를 얻게 되는데, '복수는 나의 힘'처럼 분노는 나의 힘이었다는 게 베켄바워의 증언입니다.

앞에서 분노가 인간관계를 망치는 경우가 많다고 이야기했는데요. 누군가가 나한테 화를 내잖아요. 그러면 그 사람이 나한테 화나 있다는 걸 알게 됩니다. 그랬을 때 대부분의 사람들은 자신에게 화를 낸 사람과의 관계를 다시 좋게 하기 위해 많은 노력을 합니다. '아, 그러면 나도 화를 내. 나 걔 안 봐'가 아니라, 관계를 좀 더 돈독히 하기 위해 각별한 노력을 한다는 거죠. 그러니까 분노가 이런 식으로 우리에게 도움이 되기도 한다, 뭐 그런 겁니다.

내 눈과 입은 지금 무슨 말을 할까?

이제 재미있는 실험 하나를 소개해드릴 겁니다. 우리는 어떤 사람의 얼굴을 보고 지금 그 사람이 어떤 감정 상태인지 읽어낼 수 있는 능력을 가지고 있습니다. 그 중에서도 가장 잘 읽을 수 있는 표정이 분노입니다. 상대가 분노의 표정을 하고 있을 때 '쟤 표정이 왜 저럴까'라고 의아해하는 사람은 단 한 명도 없습니다. 화를 내고 있다는 걸 누구나 잘 안다는 겁니다. 거기에 관해 과학자들이 했던 일련의 실험들이 있습니다. 우리가 분노의 표정을 어떻게 읽느냐 하는 건데요. 놀람, 기쁨, 슬픔 등 다양한 표정들이 있잖아요. 그 중에서 분노의 상황임을 알 수 있는 결정적인 단서는 눈, 코, 입, 헤어스타일, 이마, 볼, 보조개, 주름 중에 뭘까요?

눈. 눈이 굉장히 중요한 역할을 하죠. 사실은 이게 사람들 사이에서 논란이 좀 되었습니다. 눈이 아니면 또 뭐가 논란의 대상이었을까요. 입. 맞습니다. 감정 표현에서 눈과 코도 중요하지만, 입의 변화를 통해서도 지금의 감정 상태가 많이 드러납니다. 그래서 미국 사람들은 옛날부터 입이 참 중요하다고 생각했어요. 이모티콘을 예로 들자면, 미국 사람들이 주로 쓰는 이모티콘을 보면 눈은 그냥 두 개의 점으로 표시하고 코는 일자(一)로 표시합니다. 반면에 입은 입을 다양하게 표현합니다. 입이 올라가 있으면 스마일이고, 찡그리고 있으면 짜증나고 기분이 우울한 거고, 가만히 있으면 무표정한 거고, 입을 벌리고 있으면 즐거운 거고, 혀를 내밀고 있으면 '메롱'이고……, 이런 식으로 입 모양의 변화를 통해 사람들의 감정 상태를 표현합니다.

그런데 동양 사람들이 만든 이모티콘을 보면 입은 별로 중요하게 생각하지 않습니다. 우리나라 사람들은 주로 눈에 변화를 주죠. 눈을 삼각형으로 표시하기도 하고, 골뱅이(@) 두 개를 넣어서 눈이 튀어나올 정도로 놀랐다는 뜻을 표현하기도 하고, T자 두 개를 넣어서 우는 모습을 나타내기도 하고요. 일본도 대개 눈에 다양한 변화를 줘서 적절하게 감정을 표현합니다. 그렇다고 입이 별로 중요하지 않다거나 미국 사람들이 틀렸고 우리가 맞았다는 얘기는 아니고요. 단지 동양 사람들은 주로 눈을 강조하고, 서양 사람들은 입을 강조한다는 겁니다.

여담인데요, 유명한 캐릭터 '키티(Kitty)'는 눈은 있는데 입이 없죠. 서양 사람들이 키티를 좋아하는 이유가 입이 안 그려져 있어서 그 속마음을 알 수 없기 때문이랍니다.(청중 웃음) 속마음을 알 수 없는 키티의 신비적 성향이 사람들에게 매력적으로 비친다는 게 키티를 연구하는 이들의 생각입니다.

© 한겨레

우리는 언제 분노하고, 언제 화를 참아야 할까?
분노는 대개의 경우 파괴적이지만, 때로는
사람을 발전시키는 원동력이 되기도 한다.
스포츠 경기를 보자. 일부러
상대방에게 공격을 당한 것처럼 페인트모션을 해서
동료들의 분노를 일으키는 선수들을 종종 볼 수 있다.
실제로 그 분노의 힘은 경기의 전세를 역전시키는
결정적 찬스로 이어질 때가 많다.

소통의 시작, 눈으로 말하기

그런데 감정을 표현하는 데 입이 중요하냐, 눈이 중요하냐 하는 논란에 종지부를 찍은 논문이 하나 있습니다. 영국의 저명한 과학저널 〈네이처〉에 실린 논문인데, 미국의 신경학자 안토니오 다마지오와 그 동료들이 쓴 겁니다. 이 사람이 10년 동안 연구했던 환자가 있습니다. SM이라는 환자인데, 아, 과학자들은 환자를 대상으로 실험할 때 환자의 사생활 보호를 위해서 실제 이름을 쓰지 않고 이렇게 약어를 씁니다. 이 환자는 어떤 사고로 인해 아미그달라(Amygdala), 즉 편도체라고 하는 뇌 영역의 손상을 입었습니다. 뇌를 딱 열고 안쪽을 들여다보면 아몬드 모양으로 한가운데에 양 옆으로 살짝 삐져 나온 두 개의 돌기를 볼 수 있습니다. 이것이 아미그달라입니다. 이 영역이 하는 일이 뭐냐 하면, 분노를 만들어내거나 남의 분노를 읽는 겁니다. 그런데 아미그달라에 손상을 입은 이 환자는 평소에 분노가 없어요. 항상 기분이 좋아요. 그리고 다른 사람의 감정에 별로 민감하지 않아요. 감정적인 변화가 거의 없죠. 안토니오 다마지오와 그 동료들은 이 사람이 도대체 왜 남의 감정을 못 읽는지 알아보기 위해 실험을 해본 겁니다.

어떻게 실험을 했냐 하면 사람의 얼굴 표정을 보여주면서 이 사람이 지금 어떤 감정 상태인 것 같은지 적으라고 하는 겁니다. 그러면서 지금 환자의 눈이 사진 속의 어디를 보고 있는지 1mm 해상도로 시선추적(eye-tracking)을 합니다. 그러면 이 사람의 눈이 상대방의 얼굴 어느 부분을 보고 있는지 알 수 있는 거예요.

정상적인 사람들을 시선추적 해보면 자신이 열심히 살핀 부분, 특히 상대방의 눈이 아주 선명하게 나타납니다. 정상적인 사람들은 보통 사람들의 눈을 보면서 상대방의 감정이 지금 어떤가를 읽는다는 거죠. 반면에 SM 환자가 뭘 보고 있는지 추적해봤더니 한쪽 눈과 코와 입 부분이 흐릿합니다. 거의 제대로 눈, 코, 입을 안 본다는 거예요. 그러니까 감정을 잘 못 읽을 거 아니에요.

여기서 다시 정상적인 사람의 눈은 상대방의 감정을 읽기 위해 어디를 보는지 시선추적을 해보았습니다. 그 결과 눈을 보고 나서 코와 입으로 내려오는 게 확인됐어요. 눈을 보고 코와 입으로, T자 형으로 사람을 관찰하는 거예요. 반면에 SM 환자는 어떻게 하느냐, 주로 코를 보고 있어요. 당연히 코를 보니까 상대의 감정이 어떤지 알 수 없겠죠. 우리가 코로 감정을 표현하긴 참 어렵잖아요.(청중 웃음) 그렇죠? 그나마 코로 표현할 수 있는 감정이 놀라움이거든요. 콧구멍이 약간 커진다든가 하는 반응. 그런 놀라움의 반응만 코를 통해 조금 관찰하고 그 외의 나머지 감정들은 거의 알아내지 못한다는 거예요. 이것이 사람들은 상대의 눈을 통해 그 사람이 어떤 감정인지를 읽어낸다는 걸 증명한 논문입니다.

안토니오 다마지오는 마지막에 이 환자에게 코를 보지 말고 눈을 보라고 가르쳐줍니다. "눈을 봐라. 눈을 보면 그 사람의 감정을 이해하는 데 도움이 될 거야"라고 이야기한 거죠. 그래서 그때부터 이 환자는 눈을 보기 시작합니다. 그런데 진짜 눈만 보고, 이제는 코를 안 봐요. 어쨌든 그 환자가 상대의 눈을 보기 시작한 후로 정상인들처럼 감정을 잘 읽게 됐더라, 그겁니다. 이것으로 상대방의 눈을 보는 게 얼마나 중요한지, 왜 우리나라 사람들이 이모티콘의 눈을 가지고 다양하게 사람의 감정을 표현하는지 알 수 있죠.

사자보다 개가 더 크게 짖는 이유

잠시 사자의 모습을 떠올려보세요. 보통 우리는 사자의 표정을 보면서 분노에 차 있는지 어떤지 그 감정 상태를 알 수 있습니다. 그럼 메뚜기의 경우는 어떨까요? 메뚜기의 감정 상태도 읽을 수 있을까요? 아마 어렵겠죠. 사람들은 왜 사자의 감정은 어느 정도 읽어내면서 메뚜기의 감정은 읽지 못할까요?

그건 내가 메뚜기와 친하지 않아서가 아니라 굳이 메뚜기의 감정을 읽을 이유가 없기 때문이죠. 다시 말해, 사자나 늑대나 개의 감정은 읽을 필요가 있지만, 나한테 전혀 해를 가하지 않는 메뚜기는, 설령 분노한 상태에 있더라도 나와는 아무 상관없기 때문에 그 감정을 읽어내는 능력은 발달하지 않은 겁니다. 이걸 보면 왜 인간에겐 상대의 분노 반응을 잘 읽을 수 있도록, 그것만 전담하는 뇌의 영역이 있는지 알 수 있죠.

생존에 도움이 될 거라는 생각이 들어서일 겁니다. 어떻게 도움이 될까요? 상대가 분노 반응을 보이면 나는 어떤 행동을 취해야 할까요? 도망가야겠죠. 그것이 우리 뇌의 구조가 상대의 분노를 빨리 읽을 수 있도록 만들어진 이유입니다. 그래서 우리의 뇌는 화내는 기능뿐 아니라, 상대방의 화를 읽는 기능도 가지고 있는 거죠.

그럼, 어떤 사람이 주로 화를 낼까요? 강하고 힘센 사람이 주로 화를 낼까요? 강하고 힘센 사람은 굳이 화를 낼 필요가 없어요. 반면에 약한 사람들은 상대에게 위협을 느끼면 화를 내는 반응을 보임으로써 상대가 나를 무서워하도록 만들어야 합니다. 이 같은 현상은 동물 사회에서도 흔히 벌어집니다. 여러분, 개가 많이 짖나요, 사자가 더 많이 짖나요? 누군가가 으르렁거리면서 짖으면 우리는 무서워서 피하죠. 그런데 개가 으르렁대고 짖는다는 얘기는 상대를 무서워하고 있다는 뜻입니다. 사자나 호랑이는 으르렁거리면서 짖지 않습니다. 그냥 달려가서 잡아먹으면 되잖아요.(청중 웃음) 으르렁거리는 것은 그 방법으로밖에 상대를 쫓아낼 능력이 없다는 걸 뜻합니다.

이건 뭘 의미할까요? 화를 굉장히 많이 내는 사람이 사실은 오히려 약한 사람일 수 있다는 겁니다. 강한 사람은 스스로에 대한 자존감이 높은 사람들입니다. 그들은 상대가 자신의 행동을 제약한다고 해서 그 사실에 대해 깊은 적개심이나 분노를 보이지 않습니다. 왜냐하면 그걸 헤쳐나갈 능력이 충분히 있기 때문에 화를 내기보다는 다른 방식으로 문제를 해결하죠. 물론 이것은 지극히 사적인 경우의 이야기입니다.

《감정의 롤러코스터》라는 책을 쓴 클라우디아 해먼드는 "직장 내에서 분노가 잘 표출되거나 다루어지지 못한다"고 말합니다. 무슨 말인가 하면, 직장 내에서 감정을 표현하는 건 적절치 않은 행동으로 여겨지기 때문에 적개심이 생겨도 그냥 감춘다는 거죠. 마치 아무 일도 없었던 것처럼. 그러나 직장이라는 곳이야말로 그런 감정을 잘 풀어낼 수 있는 여건이 반드시 마련되어야만 합니다. 왜냐하면 분노를 제대로 표현했을 때에는 자신이 화를 냈던 그 상황을 말끔히 잊을 수 있지만, 그렇지 못했을 경우엔 그 상황을 다 기억할 수밖에 없는 거죠. 그리고 결국엔 어떻게든 다른 방식으로 해소해야 하기 때문에 문제가 발생하게 되는데, 그게 바로 '화병'이라는 겁니다.

화병은 연세대학교 정신과 민성길 교수께서 전 세계 정신질환 기준표(DSM-IV)에 등재한 질병으로, 이제는 미국 사람들도 화병이 뭔지 압니다.

분노의 감정이 생겼는데 그걸 제대로 표현하지 못해서 생기는 정신질환, 그게 바로 화병인 거죠.

화병의 부정적인 영향들은 많습니다. 흔히 화를 억누르고 있으면 자기 명대로 못 산다고 하잖아요. 그런데 실제로 조사를 해보니, 화를 많이 표현하는 사람이든 억누르는 사람이든 특별히 어떤 경우에 더 암에 잘 걸린다거나 정신질환이 생긴다고 말할 수 있는 근거는 없었습니다. 화를 내면 좋지 않은 이유 가운데 하나는, 감정적으로 흥분해서 아드레날린이 과다하게 분비되면 뇌의 고등한 부분이 제 기능을 못한다는 겁니다. 여러분도 많이 느끼시겠지만, 분노의 상태가 되면 화를 잘 억제하지 못하고 어떤 말을 할 때 자신이 해야 할 말인지 아닌지 구분하지 못하게 됩니다. 판단 기능이 마비된다고 볼 수 있습니다. 그러니까 머릿속에서 이것저것 따지는 데 들어갈 에너지가 모두 화로 분출되어 폭발적인 에너지를 발산하게 되는 거죠. 수렵생활을 할 때라면 모를까, 오늘날처럼 직장 생활을 하는 상황에서는 위험하겠죠. 그래서 화를 잘 관리하는 것이 중요한 문제로 대두된 겁니다.

용의주도하게 계획해서 살인하는 경우는 전체 살인사건의 30% 정도밖에 안 된다고 합니다. 다시 말해서 70%가 우발적 살인인데, 그 대부분이 분노의 상태에서 벌어진다고 합니다. 행동을 조절해주는 기능이 현저히 마비되어 있는 상태에서 범행을 저지른다는 거죠. 살인자들의 뇌를 보면 윤리적으로 인간답게 사고하고 행동하게 하는 전전두엽이라는 영역이 망가져 있더라는 과학자들의 연구도 있습니다.

또, 여성의 분노가 사회적 이슈가 될 수도 있어요. 통계를 보면 아들의 화와 딸의 화를 받아들이는 부모의 방식이 다릅니다. 부모들에게 물으면 아들의 화에는 맞받아쳐도 딸의 화는 무시한다는 답변이 많습니다. 그리고 여자는 화를 내서는 안 된다고 가르치기도 합니다. 그런데 여러분, 화를 억눌러야 한다고 교육받는 순간 화가 쌓이기 시작합니다. 화가 누적됩니다. 우리 사회는 여성의 화를 잘 받아주는 시스템이 마련되어 있지 않기 때문에 의외의 상황에서 여성들의 화가 폭발할 수도 있습니다.

이제 마무리를 하겠습니다. 살아가면서 화를 내지 않고 살 수는 없을 겁니다. 분노를 적절히 표현하고 적절히 가다듬어서 균형 있는 삶을 사는 것이 관건인데, 사실 그러기는 쉽지 않죠. 저도 못하고 있고요. 그나마 제가 주로 쓰는 방법을 알려드리는 걸로 정리할까 합니다. 뭐냐 하면 아이러니를 이용하는 방법입니다.

"나 지금 굉장히 화났거든." 이렇게 말하는 겁니다. 상대에게 아주 차분한 어조로. 사람들에게 가장 많이 화날 때가 언제냐고 물으면, 대부분이 누군가가 자신에게 화를 냈을 때라고 답합니다. 누군가가 나에게 화를 내면, 나는 그 사람보다 세 배 이상 더 화가 난다는 게 과학자들의 연구에서 밝혀진 사실입니다. 누가 나에게 화를 낸다는 건 그 자체로 굉장히 화나는 상황이라는 거죠. 그러니까 상대에게 공격적으로 마구 화를 내는 것은 우리 삶에 별로 도움이 안 됩니다. 그렇다고 화를 안 낼 수는 없잖아요. 그럴 땐 내가 지금 화가 났다는 걸 상대에게 차분히 말해주는 게 좋습니다. 그러면 상대는 그 상황을 개선하려고 노력한다는 거예요. 내가 화가 났다는 사실만 알려주는 방식으로 상대를 배려해줬기 때문에, 상대도 나와의 관계를 위해 노력한다는 겁니다.

지금 우리 사회에서는 나를 화나게 하는 상황이 자꾸만 벌어지고 있습니다. 그때마다 부르르 화내지 마시고, 상대를 향해, 세상을 향해 내가 지금 굉장히 화가 나 있음을 '쿨'하게 알려주는 방식으로 자신의 화를 관리하시며 사시길 바랍니다. 감사합니다.

여자들은 사람에 공감하고, 남자들은 사건에 공감한다

사회자 피부 관리는 쉬워도 화 관리는 어려운 거 같습니다.(웃음) 정재승 교수님께서 얘기하시는 걸 들으면서 이런 생각을 했습니다. 제가 문외한이기도 하겠지만, 교수님께서 우리에게 전달해주시는 내용들이 사실은 심리학자들이나 정신과 의사들의 영역에 속하는 것들이 아닌가 하는 생각이 많이 들었어요. 그분들과 어떤 협업 내지는 세미나 같은 걸 하시나요?

정재승 저는 사실, 우리나라에 있을 때는 물리학과에 있었지만 미국에서는 정신과의 트레이닝을 받고 정신과에서 주로 연구를 했어요. 정신과에 있다가 왔기 때문에 주로 정신과 의사 분들과 연구를 많이 하죠. 심리학자 몇 분과도 같이 일하면서 많이 배우고 있습니다만.

사회자 뇌공학과 정신과의 접점 부분은 어느 정도 예상되는데, 대척점에 있는 경우도 있을까요? 뇌공학자와?

정재승 네. 있습니다. 요즘 제가 학교에서 '예술과 인지'라는 전공 외의 수업을 하나 합니다. 그게 뭐냐 하면 "음악이나 미술이나 문학과 같은 이른바 예술 분야들이 지금과 같은 모습을 띠게 된 것은 우리의 뇌가 이렇게 생겼고 이렇게 작동하면서 비롯된 결과이다" 뭐 이런 걸 알려주는 거예요. 그런데 옛날부터 그런 문제를 연구해온 것은 주로 프로이트나 융 같은 심리학자나, 예술이나 음악을 하는 사람들이잖아요. 저처럼 뇌를 연구하고 뇌의 관점에서 그런 문제를 바라보는 사람들 입장에서는 100년 전 뇌에 관한 지식이 없었을 때 프로이트가 만들어놓은 이론에 굉장히 허점이 많습니다. 그래서 제가 프로이트에 대해 비판적인 얘기를 하면 학생들이 굉장히 당혹스러워하면서 프로이트의 연구가 갖고 있는 문화적 의미 등을 열심히 설명하려 합니다. 정신과 의사들의 경우에도 정신분석 등에선 저와는 의견이 조금 다르다는 것을 발견하긴 합니다.

사회자 참 흥미롭네요. 작년 이 자리에서 어떤 남학생이 "정말로 남자의 마음속에는 여러 개의 방이 있느냐"고 질문했더니 선생님께서 "제가 뇌를 오랫동안 관찰해왔는데 방은 하나밖에 없었어요"라고 답하셔서 웃었던 기억이 납니다. 문화적 개념으로 설명되는 심리학이나 정신과와, 그야말로 해부를 하고, 가시화되어 있고, 임상학적으로 설명할 수 없는 것은 공개적으로 주장할 수 없는 뇌공학과는 어떤 대척점이 있을 거 같습니다. 그런 결과물을 일반 대중이나 젊은 학생들이 알게 되면 상당히 유기적인 지식을 얻을 수 있지 않을까 싶은데요.

정재승 네. 맞습니다. 그렇다고 뇌로 모든 걸 설명할 수 있다는 말씀은 전혀 아닙니다. 다른 것들을 충분히 고려해야 하고요. 다만 지금까지는 뇌에 대한 이해가 부족했기 때문에 우리가 뇌를 아예 고려하지 않았는데, 뇌까지 고려한다면 좀 더 온전히 사람들의 생각과 행동을 이해하는 데 도움이 될 것이다, 이 정도로 생각하시면 좋을 거 같습니다.

사회자 그만큼 다른 인문학이나 과학 분야에 비해서 뇌과학은 연구해온 기간이 굉장히 짧은 거죠? 그러니까 신생 학문 같은 거죠?

정재승 뭘 해도 새롭고요. 제 생각에 앞으로 쭉 열심히만 하면은……. 이 분야는 그냥 '블루오션(Blue ocean)'이랄까요.(웃음) 그래서 여러분께 뇌공학 분야를 강추합니다.

사회자 (웃음) 자, 질문 받겠습니다.

청중1 저는 고등학교 교사인데요. 오늘 저희 반 학생 때문에 제가 좀 화가 많이 났었어요. 이 학생은 자신이 저지른 어떤 부적절한 행동에 대해 제가 제지를 하면 굉장히 폭력적인 성향을 보이거든요. 그 자리에서는 건드릴수록 더 화를 내니까 시간차를 두고 나중에 불러서 상담을 합니다. 상담 자리에서 "내가 너의 이러이러한 행동 때문에 화가 났다"라고 차분히 얘기합니다. 이런 학생들의 특징이, 저를 쳐다보지 못해요. 얼굴을 보면서 눈을 마주치고 얘기하자고 끊임없이 말해도 시선을 절대로 마주치지 않거든요. 매년 반에 이런 학생이 한두 명씩 있어요. 아까 SM 환자가 눈을 보지 못한다고 말씀하셨는데, 이런 학생들을 제가 어떻게 이해해야 할까요.

정재승 아, 그렇다고 해서 아미그달라 영역이 망가진 환자라고 단정하시면 안 되고요. 그럴 수도 있지만, 그렇지 않을 가능성이 높아요. 화를 잘 내는 사람들 중에는 정말로 화가 났을 때 상대의 눈을 잘 못 보는 경우가 의외로 많습니다. 두렵기 때문입니다. 아까 말씀드린 대로 막 으르렁거리는 개의 눈을 빤히 쳐다보면 개가 꼬리를 내리거든요. 그런 것처럼 실은 자신이 약하기 때문에 더 크게 화를 내는 사람들의 전형적인 특징이 상대의 눈을 보지 못합니다. 그렇게 한참 화를 내다 보면 어느새 그 화가 딴 곳을 향하고 있습니다. 그래서 쉽게 다른 곳에 화를 투사하거나, 다른 사람들의 탓을 하거나, 그러다 공격적 성향이 사그라지고 나면 금세 후회한다거나 하는 모습을 보입니다.

그런 사람들을 대하는 좋은 방법, 저는 잘 모르겠습니다. 제가 심리학자나 정신과 의사는 아니어서요. 어떻게 치료해야 하느냐, 그 방법을 말씀드리기는 어렵네요. 《화의 심리학》 같은 류의 책들을 보면, 보통 내가 화가 났을 때 어떤 식으로 표출하는 인간인지를 알려주는 설문지가 들어 있습니다. 분노를 표출하는 방법이 여러 가지 있는데 그 가운데 '당신은 이런 타입의 사람이다' 하는 점을 아는 것이 도움이 많이 됩니다. 상대를 이해하는 데도 도움이 되고요. 내가 화났을 때 그 화를 컨트롤하는 데도 도움이 되거든요.

그래서 저는 여기 계신 분들이 자신이 어떤 타입의 분노 성향을 가졌는지, 또 자신이 대하는 학생이나 동료, 남편이나 아내, 아이들은 어떤 분노 성향을 가졌는지, 자신은 분노를 어떤 방식으로 표출하는 인간형인지 함께 이야기 나눠보시면 어떨까 싶습니다. 그런 다음 "너는 외적 분출형이다"라고 얘기해줬을 때 상대방이 그 말에 막 화를 내면 "아, 또 외적 분출형이 화를 내시는구만" 이 한마디만 던지면 벌써 '깨갱'합니다.

청중2 아까 자신의 화를 감지하는 영역과 타인의 화를 감지하는 영역이 동일하다고 하셨는데요. 그런데 왜 저를 포함해서 사람들은 자신의 화에 대해서는 좀 더 표현하고 강조하려고 하는 반면에 타인의 화에 대해서는 그렇게 쿨한 척하려고 하는 거죠? 예를 들면 용산 참사 피해자 분들의 화를 느낌에도 불구하고 제가 당한 것처럼 직접적인 고통이나 화는 느끼지 않거든요.

정재승 네. 아까 제가 말씀드린 것은, 내가 지금 화를 내는 뇌 영역과 상대가 지금 화를 내고 있다고 인식하는 뇌 영역이 같다는 거고요. 모든 사람이 상대가 지금 화나 있다는 것을 알고 있다고 해서 그 사람만큼 화를 내는 건 아니듯이, 그 사람의 화에 공감하는 역할을 담당하는 뇌 영역은 따로 있습니다. 다른 사람이 어떤 행동을 하는 걸 보기만 해도 그 사람에게 감정이입을 하는, '거울 뉴런(mirror neuron)'이라 불리는 뇌 영역입니다. 주로 상대가 화나 있는 만큼 나도 화를 공유하고 공감하는 영역입니다.
그런데 상대방의 화를 인지하는 영역이 발달했다고 해서 공감하는 영역까지 발달하는 건 아니기 때문에 그게 서로 불일치할 수 있죠. 그리고 그 공감하는 영역은 남성보다 여성이 네 배 정도 발달해 있습니다. 그러니까 아마도 여성들이 훨씬 더 쉽게 상대방의 화를 인식하고 공감하는 반면에, 남성들은 인식은 비교적 잘하지만 공감은 덜 하는 경향이 있죠. 전반적으로 그런 특징이 있습니다.

사회자 그래서 텔레비전 드라마를 볼 때 남성 분들은 드라마 속의 문제를 보며 인식하고 해결하려고 애쓰고, 여성 분들은 인식과 동시에 그 문제를 겪는 드라마 속 인물들에게 공감하게 되는 거죠.

청중3 원래 흥분하거나 쾌락을 느낄 때 도파민이 분출되잖아요. 화를 낼 때도 도파민이 분출되는지 묻고 싶습니다.

정재승 좋은 질문입니다. 우선 화가 날 때 뇌에서 관여하는 신경전달물질이 두 가지입니다. 하나는 세로토닌이고, 하나는 도파민입니다. 사실 더 많이 관여하는 건 세로토닌이라는 물질입니다. 여러분, 프로작(prozac)이라는 우울증치료제 들어보셨죠. 프로작을 먹으면 세로토닌이라는 신경전달물질의 레벨이 올라가는데, 그러면 사람들이 만족감과 행복감을 느낍니다. 그게 부족한 사람들이 우울증에 걸리고 자살을 생각하죠. 그런데 프로작을 먹으면 일시적으로 그 레벨이 올라갔다 떨어지거든요. 일시적인 변화가 아니라, 평소에 굉장히 낮은 수준까지 떨어져 있는 사람들이 주로 분노 반응을 보입니다. 자신의 분노를 참지 못하고 충동적인 반응을 보이고요.

화를 잘 내는 사람들이 밤에 뭐 먹고 싶다고 하면, 잘 못 참습니다. 자신을 한 번 돌아보세요. 자신이 화도 잘 내고 밤에 라면을 자주 먹는다고 하면 '내 뇌의 세로토닌이 떨어져 있구나' 그렇게 생각하시면 됩니다. 평소에 세로토닌의 레벨이 떨어져 있으면 스트레스에 무척 민감하게 반응하고 충동적으로 행동하기 때문에 쉽게 화를 내게 됩니다.

다음으로 도파민은 사랑할 때 나오는 호르몬입니다. 우리를 엄청 예민하게 만들죠. 마약의 대부분이 도파민입니다. 그 달콤한 마약이 바로 우리 뇌 안에서 도파민의 레벨을 높이는 건데요. 도파민은 쾌락을 유발하기도 하지만, 또 한편으로는 사람들이 무언가를 몹시 추구하게 만들고 그 것 때문에 무척 민감해지게 만들죠. 사랑에 빠진 사람들이 상대의 사소한 행동에 쉽게 감정적인 변화를 보이는 이유도 바로 도파민의 레벨이 평소에 올라가 있기 때문입니다. 그래서 도파민이 올라가면 우리가 쾌락을 느낀다고 단순하게 생각하기보다는, 전체적인 상태를 조율하는 신경전달물질이라고 보시면 될 거 같습니다.

제대로 화내려면 전전두엽을 키워라

청중4 어떤 책에 보면 청소년기의 뇌는 성인의 뇌와 달라서 아이들이 흥분도 잘하고 화도 많이 내고, 다음 순간을 전혀 예상하지 못하는 듯 행동한다고 하는데요. 저는 그럴 때 그 아이의 개인적인 성향 때문에 그런 것인지 아니면 그 시기가 원래 그렇기 때문에 제가 좀 참고 기다려줘야 하는 건지 좀 헷갈릴 때가 있거든요. 청소년기의 뇌는 정말로 다른가요?

정재승 좋은 질문입니다. 지금 말씀하신 두 가지 요소, 그러니까 개인적인 차이와 그 시기의 전형적인 특징 둘 다 상관이 있습니다. 옛날에는 십대들의 뇌 속에서 무슨 일이 벌어지는지 잘 몰랐습니다. 왜냐하면 십대가 되기 전 유아기 때 많이 죽었거든요. 그래서 십대의 뇌를 사후에 연구할 일이 없었고요. 십대들이 사고가 나면 부모들은 화장을 해버립니다. 그렇게 연구할 수 있는 여건이 안 되어서 1990년대까지 우리는 십대들의 뇌를 잘 몰랐습니다. 그래서 많은 사람들이 인간의 뇌는 두 살 때까지 발달했다가 그 이후에는 죽어가는 과정만 남는다고 얘기하는데, 실은 그렇지 않습니다.

흔히 살인자들의 뇌에는 별로 없다고 알려져 있는 전전두엽 부분이 비약적으로 발달해가는 시기가 바로 청소년기입니다. 전전두엽은 지금의 상황을 제대로 파악하고, 다음 행동을 결정하고, 도덕적으로 어떤 문제를 판단하고 합리적으로 사고하는 영역입니다. 같은 십대라도 그 영역이 발달해가는 속도는 천차만별이니까 굉장히 어른스러운 아이도 있고, 평소엔 굉장히 어른스러우면서도 한편으로 어떤 부분에서 어린아이 같은 모습을 보이는 청소년들을 종종 목격하게 되죠. 그런데 불행하게도 요즘 청소년들은 육체적으로 몸은 이십대만큼 성장했는데, 뇌 발달은……. 많이 먹는다고 해서 뇌의 발달을 촉진할 수 있는 것은 아니다 보니, 덩치는 이미 성인만큼 컸는데도 행동은 굉장히 어린애 같은 경우를 볼 수 있죠. 그걸 잘 지켜봐주시는 게 선생님들의 가장 중요한 일이라고 생각합니다.

사회자 저도 지금 몇 년 후면 십대가 될 꼬맹이를 키우고 있는데요. 그럼 그 전전두엽을 발달시키려면 뭘 먹여야 돼요?(웃음)

정재승 (웃음) 네. 지금까지 알려진, 전전두엽을 발달시키는 방법에는 네 가지가 있습니다. 첫 번째는 운동입니다. 운동을 많이 하면 전전두엽이 발달합니다. 물론 아무 일도 안 하고 운동만 하면 이 영역이 발달하지 않습니다. 적절한 운동이 이 영역을 발달시키는 데 굉장히 중요한 역할을 합니다.

두 번째는 독서. 이게 두 번째로 중요합니다. 그런데 우리나라는 아시다시피 부모님들이 열 살 때까지는 책을 엄청나게 읽히지만 열 살이 넘어가면 입시 공부만 시키려 들죠. 그러니까 사실은 책을 가장 많이 읽어야 할 시기에 애들이 사교육으로 내몰리는 상황입니다.

세 번째가 놀이입니다. 가만 놔두고 놀게 하면 애들은 대개 스스로 머리를 써서 놀이법을 고안해냅니다. 그렇지만 모든 게 갖추어져 있는 곳, 예를 들면 키즈클럽이나 놀이동산에 가서 그냥 줄서서 놀이기구를 타는 일밖에 없는 환경에선 전전두엽이 전혀 활동하지 않습니다. 아이들은 '정말 아무것도 없는데 여기서 뭐하고 놀지' 하는 상황에서 머리를 써서 기발한 놀이들을 만들어내거든요. 독일에서 하는 게, 애한테 골판지 박스 하나를 갖다 줍니다. 골판지 박스를 가지고 스스로 자동차를 만들어가는 과정이 아주 근사한 자동차를 하나 사주는 것보다 훨씬 더 그 영역을 발달시키는 데 도움이 된다는 거죠.

마지막으로 여행입니다. 새로운 환경에 놓이게 되면 누구나 문제를 겪게 되는데, 그 문제는 평상시에 겪는 문제와는 굉장히 다릅니다. 그 문제를 해결하는 과정에서 우리가 온전히 많이 쓰는 뇌 영역이 바로 전전두엽이죠. 그러니까 이 네 가지를 가장 많이 해야 할 시기가 십대 때고요. 또한 십대 아이들에게 우리 부모들이 가장 안 시키는 것 네 가지가 바로 이거죠.

사회자 그러네요. 특히 요즘 대한민국 교육 현실에서 제일 취약한 부분인데, 대한민국 청소년들의 미래가 상당히 걱정됩니다. 어쨌든 오늘 집에 들어가서 당장 모든 장난감들을 없애야겠습니다.(웃음)

청중5 직접 화와 관련된 질문은 아닐 수 있는데요. 우리가 보통 마음이 아프다는 말을 하지 않습니까. 마음과 뇌가 같은 것인지, 마음이 정말 우리 몸 안에 있는 것인지, 뇌를 연구하시는 분 입장에서 말씀해주시면 감사하겠습니다.

정재승 철학적인 질문이신데요. 20년 전까지만 해도, 그 질문에 뇌가 마음이라고 대답하는 사람의 비율은 5%가 채 되지 않았습니다. 지구상에 살고 있는 67억 인구 가운데 영혼이라는 것이 존재한다고 믿는 사람이 90%가 넘거든요. 그러니까 결국 사람들은 영혼이 마음을 가지고 있다고 생각한다는 거죠.

뇌를 연구하는 사람들, 제가 보기에 그 90%에 들어가지 않은 10%의 사람들 가운데 대부분이 바로 뇌 연구자가 아닐까 싶은데요. 그러니까 우리가 마음이 행한다고 생각하는 대부분의 기능들, 어디에 집중을 하고, 어떤 생각을 하고, 어떤 감정을 갖고, 어떻게 말하고, 그렇게 말하고 있는 나 자신을 인식하는, 이 대부분의 일들이 뇌에서 벌어집니다. 최소한 뇌가 없으면 그런 일이 벌어지지 않습니다. 뇌가 마음이 살고 있는 방인 것은 맞는데, 뇌에서 뭔가를 받아들이려면 그 통로라고 할 수 있는 몸도 중요한 역할을 합니다. 그런 면에서 보면 모두가 다 필요하다고 볼 수가 있고요. 그렇지만 내 손이 잘리고 다리가 잘리고 귀가 잘려도 우리의 마음은 사라지진 않지만, 뇌가 잘리면 마음이 없어지는 걸로 볼 때 뇌가 마음을 만드는 데 가장 중요한 기관이 아닌가 생각하고 있습니다.

사회자 애인에게 사랑을 증명해 보여야 할 때, 사랑싸움을 할 때 "내가 가슴을 열어서 보여줘야 돼?"라는 말은 해도 "'내가 뇌를 열어서 보여줘야 돼?"라는 말은 안하잖아요.

정재승 전 하는데.(일동 웃음)

사회자 아, 뇌공학자는 부부싸움을 할 때 그렇게 하시는군요.

정재승 "내 뇌가 널 사랑하고 있어."(일동 웃음)

사회자 (웃음) 마지막으로 정 교수님의 말씀 듣고 마무리하도록 하겠습니다.

정재승 제가 오늘 화에 대해서 이야기를 한다고 생각하니, 오는 내내 마음이 좀 불편했습니다. 제가 누군가에게 "화란 이런 겁니다"라고 말할 수 있는 인물이 못 되는데……. 이 자리에 오면서 저도 화에 대한 책들을 보고 많이 배웠어요. 여기 계신 분들이 오늘 강의 내용 가운데 어떤 부분들을 가지고 가셔서 앞으로 자신의 화를 다스리는 데 도움이 된다면, 제가 지난 며칠간 굉장히 고민하면서 준비했던 이 강의가 보람 있을 거 같고요. 다음에 기회가 되면 화내지 않고 웃는 모습으로 봤으면 좋겠습니다. 감사합니다.

사회자 네. 수고하셨습니다. 화의 종류도 많고 화를 내는 이유도 여러 가지겠지만, 공통점이 있다면 아마 상대가 용서를 빌 걸 기대하는 마음이 아닐까 싶어요. 여러분이 좋아하시는 법정 스님께서 이런 말씀을 하셨죠.

"용서란, 타인에 대한 배려가 아니라 흐트러지려는 나 자신을 거두어 모으는 일이다." 화를 관리하는 방법 가운데 하나로 용서를 선택해보시는 것도 괜찮을 것 같습니다. 이것으로 〈한겨레21〉 15돌 기념 제6회 인터뷰 특강 '화', 정재승 교수 편을 마치겠습니다. 여러분, 시간 내주셔서 감사합니다. 안녕히 가십시오.(청중 박수)

인터뷰 특강 3 – **금태섭**

분노의 법, 사형제

| 흉악범과 사형제, 누가 더 나쁠까? |

분노의 시대, 불안한 시대일수록 사람들은 모든 일에 극단적인 해결방법을 생각하게 됩니다. 그 와중에 등장한 것이 사형집행이고, 요즘 그 주장이 힘을 얻고 있습니다. 그러나 명심해야 할 것은 10년 이상 사형을 집행하지 않았다는 것 자체가 우리가 지켜내야 할 소중한 가치라는 사실입니다.

금태섭 1992년 사법시험에 합격, 서울 중앙지방검찰청 검사로 재직하면서 사법제도개혁위원회 주최 배심재판에 검사로 참여하는 등 형사사법 개혁 작업에 관여했다. 2007년에 변호사로 변신한 뒤, EBS 시사 프로그램 〈세상에 말걸다〉, CBS 라디오 〈뉴스레이다 스페셜-책과 문화〉를 진행했으며, 지은 책으로는 《디케의 눈》 등이 있다.

분노의 법, 사형제

| 흉악범과 사형제, 누가 더 나쁠까?

2009년 3월 23일 월요일 늦은 7시

사회자 제6회 인터뷰 특강 '화', 그 세 번째 시간에 오신 걸 진심으로 환영합니다. 반갑습니다.(청중 박수) 날씨가 갑자기 쌀쌀해졌습니다. 이렇게 추운 날씨에도 영혼과 지식을 살찌우기 위해서 어려운 걸음해주신 것, 그 걸음 하나하나가 저희한테는 아주 소중합니다. 제가 1998년에 대학로에서 모노드라마를 했었거든요. 입소문이 나서 사람들이 몰려들려고 하던 차에 월드컵이 열려서 상처를 받았던 아픈 기억이 있습니다. 그래서 〈한겨레21〉 인터뷰 특강이 월드베이스볼클래식(WBC)과 만나지 않기를 얼마나 바랐는지 모릅니다.(웃음) 맞닥뜨렸으면 큰일 날 뻔했어요. 우리끼리 할 뻔했어요. 그죠? 어쨌든 볼거리도 많고, 바쁘고, 날씨도 추운데 이렇게 멀리까지 와주셔서 감사합니다. 스포츠가 주는 기쁨과는 또 다른 기쁨을 얻어갈 파티겠지요. 여러분의 인문학적인 지성과 지식을 살찌울 수 있는 시간이 되리라고 믿어 의심치 않습니다.

오늘 강연자는 인터뷰 특강의 새내기세요. 그런데 여기는 벌써 몇 년째 계속 오셔서 선수를 넘어 달인이 되신 청중도 많이 계실 거예요. 저 역시 터줏대감이고요. 오늘 강연자만 신입생이니까, 우리 모두 첫 강연자인 이 분을 성심성의껏 도와드리도록 합시다. 강연자께서 질문이 안 나오면 어떻게 하냐는 어처구니없이 순진한 질문을 해주셨어요.(웃음) 그래서 제가 질문 자르느라고 아주 애먹는다고, 질문하는 분들의 수준이 장난 아니니까 각오하시라고 말씀드렸습니다.

요즘 법조계 '안' 때문에 우리 사회가 들썩이고 있죠. 사법 살인이랄 수 있는 인혁당 사건 같은 부끄러운 역사가 없었던 건 아니지만, 최근에는 그나마 믿을 데가 그 동네밖에 없다고 생각했는데 요즘 와서는 정말 '브루투스 너마저'라는 생각을 하게 합니다. 우리는 누구를 믿고 살아야 하나 싶은 거죠. '공평함'이라는 걸 어떤 존재의 이유로 삼고 살아야 하는 법조인들이 강자의 편에 섰기 때문에 우리 국민들이 허탈해하는 게 아닌가 싶습니다. 제 개인적으로는 영웅이나 희생을 바라는 게 아니라 그저 법대로라도 해주었으면 하는 마음이 있습니다.

여러분, 기억나실지 모르겠어요. 〈한겨레〉 독자분이시라면 아마 다 기억하실 겁니다. 한 3년 전쯤인가요. 현직 검사 분이 쓴 칼럼이 있었습니다. 현직 검사가 칼럼을 쓴다면 어울리는 제목이 뭐겠어요. '범인 제대로 잡는 법', 이게 아주 어울리는 제목이겠지요. 그런데 범인 제대로 잡는 법이 아니라 '수사 제대로 받는 법'이라는 글을 쓰셔서 검찰로부터 천기누설죄, 혹은 괘씸죄로 미움을 사셨던 젊은 검사가 계십니다. 말하자면 자기들끼리 짜고 서민을 등쳐먹는 게 아닐까, 그 전문가 집단은 그런 집단이 아닐까라는 의심을 안 할 수가 없는 사회인데, 그야말로 우리의 눈높이에서 우리의 처지를 돕고자 한 지식인이라고 할 수 있겠지요. 이런 사람이 극히 드물기 때문에 오늘날과 같은 비극이 탄생한 게 아닌가 싶습니다. 용감하고 젊은 검사였던 금태섭 변호사를 여러분께 소개합니다. 큰 박수로 맞아주시기 바랍니다.(청중 박수)

오늘 법조인이 나오신다고 했는데 예상 외로 패셔너블하셔서 당황하셨을 거예요. 저도 오늘 초면인데, 연예인인 저를 무색케 하는 패션으로 절 당황하게 하셨습니다.(웃음) 평상시에도 그렇게 멋있게 하고 다니시나요?

금태섭 아니요. 여기 강의하시는 분들 보니까 양복을 안 입고 오시길래, 그리고 양복을 입으면 아무래도 딱딱해지니까 조금 부드러워지려고 사복을 입은 것도 있고, 또 여학교에 오니까 좀 예쁘게…….(청중 웃음)

사회자 아까도 말씀드렸듯이 오늘 인터뷰 특강에는 신입생이신데 소감 한 말씀해주시죠.

금태섭 굉장히 떨리네요.(웃음) 여기서 많이 강의하시는 정재승 박사님이나 진중권 교수님 모두 훌륭하신 분들인데, 함께하게 되어 영광입니다. 나름대로 준비를 충실하게 한다고 했는데, 최선을 다해서 말씀을 나눠보겠습니다.

사회자 혼자서 뭔가를 다 짊어지실 필요는 없으시고요. 여기 앉아 계신 모든 분이 함께 만들어가는 시간이니까 걱정 안 하셔도 될 것 같습니다. 저는 여태껏 제가 '헌법 제12조'를 읊게 될 거라고는 생각지 못했습니다. 그래서 적어왔어요. 여러분, 들어보세요. "누구든지 체포 또는 구속을 당할 때에는 즉시 변호인의 조력을 받을 권리를 가진다." 이게 헌법 제12조의 내용이래요. 맞나요?

금태섭 네. 맞습니다.

사회자 네. 사실은 말이 어려워서 그렇지 내용은 굉장히 당연한 거예요. "구속당하면 누구든지 변호인의 변호를 받을 권리가 있다." 이 당연한 내용을 글로 썼다가 검찰 내부에서 미운 털이 꽉 박히는 일을 당하셨는데, 게다가 그것 때문에 도중에 칼럼도 못 쓰게 되시고 나중엔 사표까지 제출하셨는데, 왜 그러신 거예요?(웃음, 청중 웃음)

금태섭 글을 써야겠다 하는 것은 오랫동안 생각한 겁니다. 사실 그 글을 쓸 무렵이 검사 생활을 한 지 12년에 가까울 때였는데, 초임 시절과는 달리 우리나라 법조계에 대해서 어떤 책임을 가져야 하지 않나 하는 생각을 했습니다. 주변의 판사들도 그렇고 검사들도 그렇고 변호사들도 열심히 일하고 자부심도 높은데, 과연 우리나라 법조계가 다른 어느 나라와 비교해도 뒤지지 않는 최소한의 서비스를 국민들한테 제공한다고 할 수 있을까 생각해보니 '그렇지 못하다'라는 거였습니다. 그러면 조금이라도 기여하려면 어떻게 해야 하나 고심하다가 검사이기 때문에 조사받으러 오시는 분들이나 참고인, 피의자를 많이 보게 되는데, 법 절차를 몰라서 손해를 보거나 알면서도 잘 처리하지 못하시는 분들한테 설명을 해주면 좋지 않을까, 어렵고 이해하기 힘든 부분에 대해 검사가 이야기를 해주면 용기를 가지고 자신의 권리를 행사할 수 있지 않을까, 뭐 그런 생각에서 기고를 하게 되었던 거죠.

사회자 '검사는 공무원이니까 대민 서비스를 해야 한다.' 그 지극히 당연한 생각에 왜 이렇게 눈물이 나려고 하죠.(웃음) 우리는 그동안 서비스를 못 받는 정도가 아니라, 굉장한 권력 앞에서 잘못한 것이 없음에도 위축될 때가 많았잖아요. 그럴 때 "저 검사인데요. 쫄지 마시고요. 혹시 억울할 땐 아무 말도 하지 마세요" 이런 이야기를 해주니까 저희로서는 참 반가운 일이지만, 검찰에서는 "아니, 이 사람이 지금 정신이 있는 건가" 뭐 이런 분위기였나 보죠. 구체적으로는 뭐라고들 그러시던가요.

금태섭 검찰 내부에서는 굉장히 안 좋아하시는 분들도 있었고, 당연히 할 일을 한 것이라고 보신 분들도 있었는데, 다들 좀 놀라신 것 같았습니다. 놀라는 게 당연한 것이, 검찰은 수사를 하는 입장에 있으니까요.

사회자 그야말로 영업의 노하우를 까발리는 상황이 된 거군요.(청중 웃음) 혹시 사표를 제출하신 데에 무언의 압력 같은 것이 있었나요?

금태섭 글쎄요. 글을 쓸 때엔 혼이 날 거라는 예상은 좀 했습니다. 매일 뵙는 상사들께 말씀도 안 드리고 쓴 거라서 좋아하시지는 않겠지만 그래도 끝까지 쓰게 하실 줄 알았는데, 여러 가지 문제로 못 쓰게 되면서 섭섭한 점도 생기고, 결국은 사표를 쓰고 나오게 됐지만, 지금은 오히려 새로운 삶을 살아가게 된 것 같아 좋은 기회를 맞은 거라고 생각합니다. 그리고

사실 직장을 잃어도 변호사가 됐는데 불평하기는 어렵죠.(웃음, 청중 웃음)

사회자 우리나라 사람들은 사촌이 땅을 사도 배 아파 한다고 하잖아요. 그런 의미에서 봤을 때, 변호사는 하고 싶은데 이유 없이 그만두고 나오기는 뒤통수가 따가우니까 뭔가 멋있는 걸 한 다음에 잘리는 것처럼 하면 폼나지 않을까, 뭐 이런 심리가 아니었을까 하는 의심의 눈초리는 없던가요?(웃음)

금태섭 글쎄요. 전관예우를 받는 데 별 도움은 안 되는 거 같습니다.

'인권 검사' 출신이 본 사형제

사회자 확실하군요. 그런데 대한민국 사회가 말이죠. 정의를 말하겠다고 하는 돌출행동, 맞습니다, 금 변호사님은 조직사회에서 엄청난 돌출행동을 하신 거죠. 이처럼 돌출행동을 하는 사람들을 영웅으로 추대하면서도 한편으로 자기들끼리 술 먹으면서 꼭 그러죠. "조직생활에 적응 못한 찌질이었을 거야." 그러면서 보편적인 사회 정의를 생각하는 이들보다 능글능글하게 조직생활을 잘해내는 사람들을 더 선호하는 경향이 없지 않아 있는데요. 김용철 변호사님도 그런 문제로 스트레스를 상당히 받으셨다고 해요. 금 변호사님, 찌질이셨습니까?(청중 웃음)

금태섭 저는 아니라고 생각하는데요.(웃음) 그런데 검찰이라는 데가 어떻게 보면 군대랑 비슷합니다. 위계질서가 엄존하는 곳이기 때문에 저도 충성심이란 말 좋아하고, 술자리에서 "제가 선배님 나이가 되면 선배님처럼 훌륭한 검사가 되고 싶습니다" 이렇게 말하기도 했고…….

사회자 그런 낯간지러운 멘트도 하셨어요?(웃음)

금태섭 네. 지금 생각하면 그런 게 오히려 찌질한 게 아닌가 싶습니다.(웃음)

사회자 어우, 제가 소름이 다 돋았어요.(웃음) 아무리 술자리지만 면전에서 그런 이야기를 한단 말이에요? 저는 딴따라들만 그러는 줄 알았더니.(청중 웃음) "선배님처럼 훌륭한 배우가 되고 싶습니다." 정말 눈 하나 깜짝 안 하고 그런 이야기들을 하는데, 그 동네도 그러는군요.

오프닝 때도 말씀드렸지만, 지금 회자되고 있는 뜨거운 감자죠. 신영철 대법관에 대해서 묻지 않을 수가 없는데요. 대부분의 언론에서는 '스스로 물러난다, 아니다' 마치 남의 마음을 꿰뚫는 것처럼 얘기하고 있는데, 저는 법에 문외한인 일반 시민으로서 그런 뉴스를 볼 때마다 이런 생각을 했어요. '아니, 물러나는 건 기본이고 그걸로 끝나면 안 되는 거 아닌가? 본인한테야 실직이란 게 엄청난 타격일 테지만, 겨우 물러나는 걸로 국민들이 충격 받은 게 해결이 되나? 법대로 살아온 사람들이니까 뭘 어떻게 잘못했는지 확실히 밝히고 처벌받을 건 처벌받고 나가야 하는 거 아닌가?' 그렇게 생각하던 차에, 금 변호사님께서 한 매체와의 인터뷰에서 비슷한 말씀을 하셨더라고요. 고마운 마음이 들었는데, 다시 한 번 여러분께 같은 법조인으로서 어떻게 생각하시는지 말씀해주시죠.

금태섭 저도 안타까운 일이라고 생각합니다. 판사라는 것이 가장 공정해야 하는 직업인데, 자기 법원에 소속되어 있는 판사한테 어떤 압력을 넣어서 재판에 영향을 끼쳤다는 것은 정말 사법제도의 근간을 흔드는 일입니다. 판사 앞에 서면 사형에서부터 무죄까지 받을 수 있는데, 판사가 법정 밖 다른 사람의 지시나 영향을 받아서 판결을 내린다고 하면, 그것은 어떤 판사의 말대로 재판이라고 부를 수도 없죠. 그런 의혹이 제기됐으면 철저하게 진상규명을 하고, 사실로 밝혀진다면 거기에 대한 책임을 져야지요. 우리나라에서는 많은 경우 그 같은 의혹이 제기되면, "나는 잘못한 것도 없고 다른 의도가 있었던 것도 아니지만 의혹이 더 이상 확대되는 것을 막기 위해서 자진 사퇴하겠다"는 이야기들을 많이 하는데, 그렇게 해결할 문제는 절대 아닙니다. 정말 무슨 일이 생겼는지, 어떤 이유에서 그런 일이 생겼는지, 그런 현상이 없어지려면 어떻게 해야 하는지, 그런 현상을 일으킨 사람들은 어떤 책임을 져야 하는지, 그것이 끝까지 확실하게 밝혀지고 해결되어야 한다고 생각합니다.

사회자 네. 어느 날 지하철에서 읽은 글귀인데요, 출처는 정확히 기억나지 않는데 "당신이 한 걸음이라도 앞으로 진보하고 싶다면 지금 제일 두려워하는 것, 그것을 딱 오픈해라. 그래야 한 발이라도 앞서간다"는 뭐 그런 내용이었어요. 그걸 보고 술이 다 번쩍 깨는 것 같았습니다. 집단이나 사회나 국가도 마찬가지인 것 같습니다. 조금이라도 진일보하려면 우리 사회가 제일 두려워하고 민망해하고 찝찝해하고 금기시하는 것부터 툭 꺼내놓고 이야기를 해야 우리가 조금이라도 앞으로 나아가는 삶을 살 수 있지 않을까 싶습니다.

금 변호사님께서《디케의 눈》이라는 책을 내셨는데요, '법조인의 눈으로 세상읽기'라는 아주 재밌는 책이에요. 심각한 내용인데 재미있기도 해요. 그 책을 보면 영화나 소설 속의 법정 풍경을 굉장히 많이 인용하셨거든요. 그래서 아주 문화적으로 감수성이 풍부하신 분 같다고 생각했는데, 지금도 많이 보시나요?

금태섭 네. 책은 많이 봅니다. 요즘은 영화는 시간이 없어서 많이 못 봅니다. 근데 원래 영화를 굉장히 좋아했어요. 한번은 사법시험에 떨어졌을 때 아버지가 앞으로 뭐하겠느냐고 물으셔서 "저는 이제 시나리오 작가를 해보겠습니다"라고 했다가 된통 혼이 났었습니다.(웃음)

사회자 그 책에 국선 변호사 시절의 웃지 못할 해프닝들이 나오는데요. 제 남편이 〈이대로 죽을 수 없다〉라는 영화로 데뷔하고 〈웰컴 투 동막골〉을 만나서 왕창 깨진 영화감독인데요. 변호사님께서 여러 가지 에피소드들을 서사적으로 풀어내신 걸 보고 남편한테 얘기했더니 좀 친하게 지내놓으라고 하더라고요.(웃음) 글 쓰시는 감각이, 이야기를 드라마틱하게 풀어내는 감각이 아주 뛰어나시거든요. 그래서 제가 오늘 친하게 지내려고 노력하고 있습니다.(웃음)

미국 영화의 한 장면 중에 이런 대화가 나오죠. "이 지구상의 모든 변호사들이 바다에 빠진다. 이걸 다섯 글자로 해봐"라는 퀴즈를 냈는데 정답이 '깨끗한 세상'이었습니다.(청중 웃음) 현직 변호사로서 반박 좀 해주시지요.

금태섭 저희 집은 아버지도 변호사였고, 저도 변호사고, 동생도 미국 변호사라서, 그럼 저희 일족이 멸족할지도 모르겠는데요.(청중 웃음) 제가 나중에 말씀드리겠지만, 변호사들이 기계적으로 사물을 보는 잘못을 저지르기가 쉽고, 묻는 사람한테 항상 맞는 대답만 해주려고 하다 보니까 전체적인 것을 보지 못하는 부분이 있습니다. 그러다보니 변호사들은 돈만 받으면 아무거나 다 하지 않느냐 하는 농담들 많이 하시는데, 실제로는 훌륭하신 분들도 많습니다. 오늘 제가 강연을 준비하면서 굉장히 좋아하는 책을 다시 한 번 읽어보고 왔는데요, 어떤 사형수가 억울하게 사형집행을 당하는 이야기입니다. 거기엔 연세가 많으신 원로 변호사가 돈도 많이 받지 않고 국선 변호를 맡아 최선을 다하는 장면이 나옵니다. 불성실한 변호사도 있지만, 세상에는 훌륭한 변호사가 더 많다는 것을 기억해주셨으면 합니다.

사회자 네. 그 중 한 분이 한국 현대사를 온몸으로 뚫고 나오신, 〈한겨레〉에 "길을 찾아서"를 연재하셨던 원로 법조인 한승헌 변호사님이시죠. 한 변호사님께서 이런 말씀을 하셨어요. "나보고 '인권변호사'라고 하는데, 그거 아니다. 도대체 어떤 변호사가 인권을 변호하지 않을 수 있는가. 이 세상 모든 변호사는 인권을 변호하게 되어 있다. 다만 내가 수임료 나올 일 없는 돈 없고 빽 없는 사람들과 자꾸 인연을 맺다 보니 그렇게 명명되었나 본데, 어쨌든 인권변호사라는 말은 듣기 불편하다." 그만큼 훌륭하신 분이기 때문에 그렇게 이야기하신 거겠죠. 그런데 제가 생각한 금태섭 변호사는 검사 시절 거의 '인권 검사'셨던 것 같아요. 조직 안에서, 그리고 또 공무원 사회 안에서, 게다가 경직되기로 유명한 검사들 속에서 그 같은 글을 쓰셨다는 행동 하나만으로도 충분히 저는 "인권 검사 출신이다"

라고 표현하고 싶습니다.

자, 여러모로 사형제 존폐에 대해서 이야기를 나누기 예민한 시기이죠. 그렇기 때문에 더욱 더 가열 찬 강연이 되지 않을까 싶습니다. 사형제 하나만이 아니라 형벌이 갖는 의미에 대해서 우리가 갖고 있는 선입견과 편견을 깨주실 겁니다. 박수로 강연 청해듣도록 하죠.(청중 박수)

사형을 바라보는 분노의 두 얼굴

금태섭 네. 그럼 시작하겠습니다. 흔히 법이 어렵다고들 말합니다. 어떤 부분에서는 분명히 어려운 것도 맞고, 또 공부를 해야 하는 것도 많지만, 오늘 이야기를 나눌 사형제에 대해서는 모든 분들이 나름의 의견을 가지고 계실 거고 할 말이 있으실 겁니다. 사형제를 정말 폐지해야 하는가, 아니면 집행해야 하는가? 우리나라는 10년 넘게 사형집행을 하지 않고 있습니다. 거기에 대해 많은 정치인들이 "왜 이런 흉악범들을 죽이지 않으냐"고 말씀하시고, 그런 말을 듣는 여러분도 이런저런 생각이 드실 겁니다.

서두에 말씀드리자면, 저는 사형폐지론자입니다. 사형을 다룬 소설이나 영화가 많은데, 그 내용들을 자세히 살펴보면 비슷비슷합니다. '사형수가 흉악한 범죄를 저질렀다. 그런데 이는 어려서 학대를 받았기 때문에, 혹은 억울한 일을 당했기 때문에 점차 어쩔 수 없이 범죄의 길로 접어든 것이다. 그러나 신앙을 갖고 회개를 해서 착한 사람이 되었다, 이런 상황에서 그 사람을 죽일 필요가 있느냐?' 사형폐지론을 이야기할 때 이 같은 사례를 많이 듭니다. 그런데 저는 사형제에 접근할 때, 이런 식의 태도는 약간 위험하다고 생각합니다.

저는 사형폐지론자이지만, 우리나라 국민의 다수가 사형존치론자이고 사형을 집행해야 한다고 이야기합니다. 사형제도 또한 법적인 문제이기 때문에 생산적인 토론을 하기 위해서는 상대방의 의견이 맞을 수 있다는 생각을 해야 합니다. 더구나 사형에 대한 생각은 굉장히 감정적인 것일 수 있고, 사람들의 어떤 극단적인 면에 대한 생각이기 때문에 다른 이들의 의견을 존중해줘야 합니다. 때문에 여기서는 억울한 사례나 회개한 사형수들 이야기뿐 아니라, '사형존치론자들은 왜 존치론을 주장하는가, 그들은 어떤 사람들의 경우에 사형에 처하는 것이 마땅하다고 생각하는가?'에 대해 말하면서 양쪽 의견의 균형을 잡아보려고 합니다. 그러고 나서 우리는 어떤 의견을 가져야 하는지에 대해서 이야기를 해보도록 하겠습니다.

먼저 사형제도란 어떤 의미가 있는지, 또 우리나라의 사형제도는 어떻게 유지되고 있는지 간단하게 말씀드린 후, 왜 사형존치론자들은 사형을 유지해야 하고 또 지금 시점에서 집행해야 한다고 말하는지 그들의 주장을 살펴보고, 그 다음에 사형폐지론에 대해서 말씀을 드리겠습니다.

제 기억이 정확히 맞는지는 모르겠는데, 1983년인가 1984년에 조간신문을 펼쳐본 국민들이 경악하는 일이 벌어졌습니다. 신문에 실린 사진 때문이었습니다. 무슨 사진이냐 하면, 박정희 대통령을 살해한 김재규가 사형당한 장면을 찍은 것이었습니다. 첫 번째가 올가미를 목에 걸고 있는 모습이고, 두 번째가 죽은 다음에 검시를 받는 모습이고, 그 다음이 관의 모습, 그리고 죽어서 옆에 뉘어져 있는 모습이었습니다.

저는 그때 굉장히 이상했습니다. 김재규가 박정희 대통령을 살해한 것은 1979년이고, 사형을 당한 것은 1980년이었습니다. 당시 대법원에서는 김재규가 저지른 범죄를 놓고 내란 목적의 살인이냐 아니면 단순 살인이냐 하는 논쟁이 벌어졌는데, 하여튼 5공화국 정권을 잡은 쪽에서는 하루빨리 사형을 시키기 위해서 굉장히 노력하는 분위기였기 때문에 바로 이듬해에 사형을 시킨 겁니다. 그런데 도대체 왜 이 사진들이 1983년, 아니면 84년에 아무 설명도 맥락도 없이 일제히 조간신문에 대문짝만 하게 실렸을까요?

어린 저는 도무지 이해가 안 되어서 주위 어른들한테 "이게 왜 이렇게 실렸을까요?" 하고 물어봤는데, 한 분이 아주 흥미로운 대답을 하셨습니다. 그게 뭐냐면 "김재규가 안 죽었다는 소문이 있다"였습니다.(청중 웃음) 이런 예가 실례될지 모르겠는데, 1980년대 중반엔 동네 아줌마들 사이에서 이미자 씨가 노래를 너무 잘해서 나중에 돌아가시면 CIA에서 목을 잘라갈 거라는 식의 소문이 돌았습니다. 제가 실제로 그 이야기를 들었습니다.(청중 웃음) 이와 비슷하게 "김재규가 나라님을 죽였기 때문에 나라님을 죽인 사람은 사형을 못 시킨다"는 소문이 퍼져 있었다는 겁니다. 사정이 그렇다 보니 5공화국 권부에 앉아 계신 분들이, 이런 소문들 때문에 '대통령을 살해해도 사형당하지 않는다'고 국민들이 생각할 수도 있겠다고 보셨나 봅니다.(청중 웃음) 그래서 김재규가 진짜 죽었다는 걸 알리기 위해서 이렇게 했다는 것인데, 그 말이 사실인지 거짓인지는 잘 모르겠지만, 제가 이번 강연을 준비하면서 당시 신문기사들을 검색하다 보니까 미국에서 발행되는 교포신문 중에 그런 내용이 있기는 했습니다. 김재규가 실제로 사형당한 것은 아니고, 일반 형사범을 사형시킨 다음에 김재규인 것처럼 가장했다, 그 때문에 교도관이 양심의 가책을 느껴서 미국으로 왔다는 이야기였는데, 저는 설마 그렇게까지 했을까 싶습니다.

어쨌든 사형을 집행하던 시절에는 형 집행 다음날 신문 1면에 "어제 사형집행, 무슨 사건, 누구를 비롯해서 몇 명" 이런 기사가 났는데, 그래도 사진까지 실린 적은 없었습니다. 실제로 김재규의 사형 장면을 보신 분들은 느끼실 테지만, 사형은 정말 극단적인 형벌이라는 강렬한 인상을 사람들에게 심어줍니다. 정말 국가 원수를 살해한 사람은 이렇게 된다는 걸 보여주려는 의도였다면, 사형은 그 이상의 효과를 생각할 수 없는 강한 형벌이 맞습니다. 그래서 사형이라는 것은 가장 극단의 충격을 주는 형벌이며, 사형 중에서 최고조의 형태는 공개 처형입니다. 왕조시대에 공개 처형을 하고 지금도 민주화가 덜 된 국가에서 공개 처형을 하는 것은 그런 효과를 사람들에게 주기 때문입니다. 우리나라에서는 공개 처형을 하지 않습니다.

사형을 하는 방식으로는 다섯 가지 정도가 있습니다. 우선, 교수형이 있습니다. 우리나라는 교수형에 처합니다. 또 가스실이 있고, 독극물 주사가 있고, 총살이 있고, 전기의자가 있습니다. 미국 같은 경우에는 잔인하거나 통상적이지 않은 형벌을 헌법에서 금지하고 있기 때문에 사형제도에 대해 위헌소송을 할 때 '방법이 잔인한가' 또는 '통상적이지 않은가' 하는 논란이 많이 일어납니다. 위 다섯 가지 방법 중에서 가장 고통 없이 사망에 이르게 하는 방법은 독극물 주사라고 알려져 있는데, 최근 미국에서 독극물 주사를 맞으면 의식이 끝까지 살아 있기 때문에 정말 그 괴로움을 말로 다할 수 없다는 연구결과를 토대로 위헌소송이 제기되기도 했었습니다.

지금 보시는 사진이 가스실입니다.(131쪽 사진 왼쪽 위) 저 가스실에 들

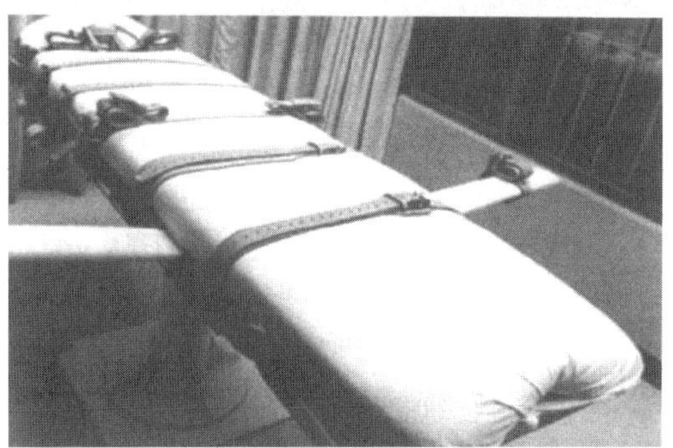

사형집행 방법이 잔인하다고 느껴질 때 대중은 사형제폐지론을 옹호한다.
그러나 유영철 사건과 같은 극악무도한 범죄가 벌어진 순간 대중은
급격히 사형존치론으로 돌아선다. 이처럼 사형제를 감정적으로 바라보는 것은
'오판의 가능성'이라는 문제의 본질을 희석시킨다. 억울한 사람이
희생될 가능성이 존재하는 한 사형집행은 없어야 한다.

어가 의자에 묶인 채 앉습니다. 의자 밑에는 두 가지 화학물질이 있는데, 사형집행 신호가 떨어지고 위에 있는 물질을 밑에 있는 액체에 떨어뜨리면 가스가 나와서 죽는 겁니다. 두 번째는 전기의자입니다.(사진 오른쪽 위) 전기의자는 미국에서 많이 쓰는 방법입니다. 전기의자에 묶어서 머리와 정강이의 털을 깎고 거기에 전선을 연결해서 전기를 통하게 하는 것입니다. 그리고 하나는 사람을 묶어놓고 약물 주사를 놓을 때 쓰는 침대입니다.(사진 아래)

사형 방식 중에 어느 것이 잔인하고 비정상적인지에 대한 논란이 많은데, 실제 사형 장면을 보면 너무도 잔인해서 사형폐지론자가 되기 쉽습니다. 실제로 미국에서 일가족을 살해한 사람이 전기의자에서 사형을 당했는데, 가슴에서 피가 터져 나왔습니다. 그런 모습이 공개되면 사형폐지론이 우세해집니다. 때문에 사형이 너무 잔인하니까 하지 말자는 이야기가 나오는데, 조금 전에도 말씀드렸지만 그런 논리만 가지고 사형폐지론을 주장을 할 경우, 예를 들어 유영철 사건이나 강호순 사건이 터지면 사형폐지론이 다시 쑥 들어가는 것처럼 결국엔 감정적인 논란이 되기 쉽습니다.

우리나라 사형제도의 실제

우리나라의 사형제도를 간단히 설명드리면, 형법에 "사형은 형무소 내에서 교수하여 집행한다"라는 규정이 있습니다. 그 다음에 예전엔 행형법이라고 했던 "형의 집행 및 수용자의 처우에 관한 법률"에 의하면, 교정시설의 사형장에서 집행한다고 되어 있습니다. 그리고 공휴일과 토요일에는 사형을 집행하지 못하게 되어 있습니다. 나중에 다시 한 번 말씀드리겠지만, 사람을 교수형에 처하게 되면 한 20분 정도 매달아놓았다가 사망했는지 검진을 한 다음에 다시 5분 정도 더 매달아놓도록 법으로 규정되어 있습니다. 그리고 군인의 경우에는 총살을 하게 되어 있습니다. 이게 우리나라의 사형제에 있는 규정입니다.

원래 사형집행을 하게 되면 검사가 참관을 하도록 법에 규정되어 있는데, 저는 참관한 적이 없습니다. 참관을 한 사람들로부터 이야기를 들은 적이 세 번 있을 뿐입니다. 그 이야기를 잠깐 해드리겠습니다.

제가 사형집행에 참관한 이야기를 처음 들은 것은 저희 아버지께서 사법대학원에 다니던 시절의 말씀을 해주셨을 때입니다. 그 당시는 지금의 사법연수원을 사법대학원이라고 했는데요, 아버지께서 사법대학원에 다닐 때 사형집행을 참관하시고 난 후 사흘간 밥을 못 드셨다고 했습니다. 그 다음은 실제 사형을 참관한 검사의 이야기인데, 그 검사 말로는 한 번에 여러 명을 하루 종일 처형하기 때문에 중간 중간에 계속 술을 먹는다고 했습니다. 사형을 집행한 날은 다들 괴로워서 집에 안 들어간다고, 집에 들어가면 귀신이 쫓아온다는 이야기가 있어서 모두 밖에서 자고 들어간다고 했습니다.

마지막으로 선배 한 분이 사법연수원을 다닐 때 참관했는데, 그 선배는 구체적으로 이야기해주었습니다. 여러분이 기억하실지 모르겠지만, '서진 룸살롱 살인사건'이라고 있었습니다. 그 사건의 범인 몇 명을 비롯해서 여러 명이 하루에 처형을 당한 날 그 선배가 참관을 한 겁니다. 사형 전에 유언을 물어보는데, 그 자리에 앉아 있던 한 사형수가 이렇게 말하더랍니다. "내가 공산주의 사상을 가지고 있어서 이렇게 처형을 당하게 됐다. 사상 때문에 사람을 죽여서 되겠느냐?" 그러면서 굉장히 오랫동안 사상의 자유에 대해서 이야기를 했다는 겁니다. 선배는 그 모습을 보면서 '아, 이 양반이 간첩이거나 사상범이겠구나'라고 생각했는데, 나중에 알고 보니 일반 살인범이었다는 겁니다. 이처럼, 일단 거기 앉으면 너무 무서워서 정신이 약간 이상해지는데다가 유언하는 동안에는 죽이지 않으니까 길게 이야기한다고 합니다. 그 얘기를 듣고 저도 정말 많은 걸 느꼈습니다.

이제 사형의 실제 모습을 간단히 말씀드리겠습니다. 예전에 우리나라에서 사형을 집행할 때는 매년 스무 명 정도씩 집행을 했고, 한 번에 다섯 명 내지 일곱 명씩 처형했습니다. 사형장의 모습은, 아, 여러분, "나 지금 떨고 있냐?"가 뭐였죠? 네. 〈모래시계〉를 시청하신 분들은 보셔서 아실 테고, 저도 실제로 가본 적은 없습니다.

사형을 하는 건물이 있고, 그 건물 안에 들어가면 강단이 있습니다. 그리고 교도소장과 검사가 앉아 있습니다. 이제 사형수를 데리고 들어옵니다. 앉혀놓고 사형수한테 재판할 때처럼 주소, 주민등록번호, 이름, 이런 걸 물어봅니다. "네가 이 사람이 맞냐?"고 묻고, 맞다고 대답하면 그 사람이 저지른 범죄 내용을 읽어줍니다. 언제 어디를 가다가 누구를 살해하고……. 이렇게 죽 읽어준 다음에 "당신은 1심에서 사형을 선고받고 항소심에서 사형을 선고받고 대법원에서 상고가 기각되어서 사형이 확정됐다. 오늘 법무부장관의 명령에 따라서 사형을 집행하게 됐다. 마지막으로 남길 말이 있냐?" 묻습니다. 그러면 사형수가 거기에 앉아서 유언을 합니다. 뉘우치기도 하고 억울하다고 하기도 하고, 여러 유언을 하고 나면, 대부분의 사형수들이 종교를 갖고 있기 때문에 종교 의식을 치릅니다. 기독교도인 경우에는 예배를 드리고 기도를 하고 찬송가를 부르고, 불교도인 경우에는 스님의 말씀을 듣는다든지 합니다. 이렇게 종교의식이 끝나면 머리에 보자기를 씌웁니다. 그걸 '용수'라고 합니다.

용수를 씌우고 나면 손발을 다 묶고 수갑으로 꼼짝 못하게 한 다음에 뒤로 끌고 갑니다. 전혀 움직이지 못하게 꽉 묶습니다. 끌고 간 뒤쪽에 커튼이 있다고 하는데, 그 커튼 뒤에 마루에 금이 가 있는 네모난 공간이 있습니다. 거기에 사형수를 앉히고 목에 올가미를 겁니다. 교도관들이 물러서면, 밖에 레버 같은 게 있는데 이걸 '포인트'라고 하더라고요. 이걸 끌어당기면 사형수가 바닥에 떨어지면서 교수형을 당하게 되는 것입니다. 밑에 지하실로 떨어져서 매달려 있게 되는데, 사형 전에 종교의식을 치렀던 성직자들은 그동안 지하실 입구에서 계속 찬송가를 부른다든가 독경을 하든가 합니다. 그렇게 한 20분 정도 사형수를 매달아놓습니다. 그런 다음 끌어올려서 사망했는지 아닌지 확인을 합니다. 만약에 안 죽었으면 계속 더 매달아놓고, 죽었으면 법에 따라 5분 정도 더 매달아놓은 다음에 시체를 밑으로 끌어내려서 지하실에 눕힙니다. 지하실에 눕히면 끝난 겁니다. 그러고 나서 한 30분쯤 쉬는데, 대개 그때 술을 바가지로 먹는다고 합니다. 그렇게 쉰 다음에 다음 사형을 집행합니다. 만약 그날 다섯 명이나 일곱 명을 집행한다고 하면, 모든 집행이 끝날 때까지 뉘어놓았다가 관에 넣고 스물네 시간 정도 지난 다음에 유족에게 인도합니다. 이게 우리나라 사형제도의 실제입니다.

그들은 왜 존치론을 이야기하는가

사형제도가 있어야 하는 이유를 학문적으로 이야기할 때 가장 중요한 근거로 드는 것이 '범죄 억지' 효과입니다. 사형제도가 있기 때문에 사람들이 흉악한 범죄를 저지르지 못한다는 것입니다. 흔히 하는 이야기를 예로 들면, 강간죄를 저지르면 무기징역인데 강간한 다음 피해자를 죽이기까지 하면 사형이다, 그러면 강간만 하고 피해자를 죽이지는 않게 되는데, 만약 강간을 해도 무기징역이고 강간살인을 해도 무기징역이라면 억지력이 없어진다는 것이죠. 이렇듯 사형존치론의 가장 중요한 논리적 근거가 범죄 억지이고, 때문에 사형존치론자들은 그걸 입증하기 위해서 굉장히 많은 노력을 했습니다.

그러나 사형제가 폐지되고 나서 범죄가 늘었다거나, 사형제가 생기고 나서 범죄가 줄었다는 것이 학문적으로 입증된 적은 없습니다. 지금은 사형폐지론자나 사형존치론자 모두 이런 범죄 억지 효과가 수치로 입증은 안 되었다는 걸 인정합니다. 왜냐하면 범죄발생률이라는 것은 각 사회나 문화 또는 시대에 따라 달라지기 때문에 완전히 같은 시대, 같은 문화, 같은 국가에서 한쪽은 사형이 있고 한쪽은 사형이 없으면 비교가 가능하지만 사실상 그런 비교는 불가능하기 때문입니다.

그래서 실증적으로 사형을 폐지하면 범죄가 늘어나는지 혹은 그 반대인지는 확인할 수 없기 때문에, 사형존치론자들은 숫자로는 나타나지 않지만 사형에는 분명히 흉악한 범죄, 극한 범죄를 억지하는 효과가 있다고 이야기합니다. 예를 들어서 예전에 우리 사회에서 사형집행한 다음날 조간신문에 어제 몇 명을 사형했다고 썼을 때 이는 분명 범죄자들한테 메시지를 준다는 것이 사형존치론자들의 의견입니다. 반대로 사형폐지론자들은 범죄라는 것이 대부분 극한 상황에서 이뤄지기 때문에 범죄를 저지르는 순간의 합리적인 판단이 불가능하다고 말합니다. 예를 들어 우리나라에서 강간죄는 3년 이상의 징역을 받게 되는데, 강간범이 '내가 강간을 하면 징역 3년 이상을 받게 되겠구나' 이렇게 생각을 한다든지, 혹은 강간범을 줄이기 위해서 형량을 징역 7년 이상으로 올렸을 때 '예전에는 강간하면 3년만 살면 됐는데 지금은 7년이니까 하면 안 되겠구나' 하는 생각을 하지 않기 때문에 범죄 억지력이 없다는 것이 사형폐지론자들의 주장인 겁니다.

저는 사형폐지론자이긴 하지만 사형제도의 억지력은 무시할 수 없다고 생각합니다. 살다 보면 정말 미운 사람이 생기기 마련인데, '죽어버렸으면 좋겠다', '죽이고 싶다'는 생각을 할 수 있습니다. 그럴 때 사람을 죽이면 감옥에 간다는 것과 사형을 당할 수도 있다는 것에는 분명한 차이가 있다고 생각합니다. 그렇다고 입증된 것은 아니고, 여러분 각자 생각의 문제입니다.

범죄 억지력 외에 사형존치론의 가장 중요한 근거는 '극악한 범죄의 존재'라고 생각합니다. 사람이 어떤 범죄를 저질렀을 때 왜 처벌하는지에 대해서는 여러 가지 이론이 있는데 그 중 하나, 범죄가 저질러지면 법질서가 흐트러지고 정의가 깨지는데, 처벌하면 법질서가 다시 살아나고 정의가 세워진다는 생각들을 사람들이 한다는 것입니다.

예를 들어서 제가 누구를 때려서 다치게 했다면, 제가 징역을 산다고 해서 다친 사람이 낫는 것은 아니지만 그래도 사회 구성원들은 '저 놈은 나쁜 짓을 했으니까 처벌을 받았고 이제 정의가 살아났구나. 사회가 다시

원상태로 돌아왔구나. 이제 다시 일상으로 돌아가면 되겠구나'라는 생각을 하게 된다는 것입니다. 그런데 어떤 종류의 범죄들은 너무나 극악무도하기 때문에 사형에 처하지 않으면 사람들을 안심시킬 수가 없다는 것입니다. 요즘은 그런 범죄가 많이 없어졌지만, 1970년대나 1980년대 후반에는 가정파괴범이 굉장히 많았습니다. 그때만 해도 성범죄에 대한 인식이 별로 없어서 강간당한 여자를 비난하는 시선이 있었기 때문에, 신고를 못하게 하기 위해 가족들이 보는 앞에서 강간을 하는 사건이 많이 있었습니다. 당시 국민들은 너무도 큰 충격을 받았기 때문에 이런 범죄자를 사형에 처하지 않으면 안심할 수가 없었던 겁니다. 그런 범죄들을 보다 보면 그런 감정이 자연스럽게 생깁니다.

저도 사형존치론자들의 입장이 이해되기는 합니다. 예전에 '이윤상 군 유괴 살해사건'이라고 있었습니다. 기억하실지 모르겠는데, 이윤상이라는 다리를 저는 중학교 학생이 유괴를 당한 것입니다. 1년 넘게 실체가 밝혀지지 않다가 사건의 범인이 주영형이라는 사람으로 밝혀졌습니다. 주영형은 유괴돼서 살해된 이윤상 군의 체육 선생님이었습니다. 학교 선생인데다 윤상이가 유괴되고 나서 비통해하는 가족들을 많이 위로해주었기 때문에 아무도 그를 범인이라고 의심하지 않았습니다. 범인인 주영형에겐 노름빚이 있었습니다. 빚을 갚기 위해서 어린 제자를 유괴하고 죽인 것인데, 더 기막힌 것은 자기와 불륜관계를 맺은 여고생 제자들을 공범으로 쓴 것입니다. 나중에 그 제자들도 구속됩니다.

저는 오랜 시간에 걸쳐서 이 사건을 해결한 경찰관이 쓴 수기를 읽었는데, 마지막에 이런 이야기가 나옵니다. 경찰관은 차마 선생님이 이런 짓을 했을까 싶어 의심이 가면서도 말 꺼내기를 주저했을 뿐만 아니라, 나중에 범행이 밝혀진 다음에도 선생님이니까 최소한의 대우를 해주었다고 합니다. 그런데 현장검증을 하고 나서 주영형이 자기더러 "앞으로는 시간도 많을 텐데 감옥에 가면 후기나 써서 돈이나 벌어야겠다" 뭐 이런 이야기를 했다는 겁니다. 너무도 화가 난 경찰관은 주영형의 따귀를 한 대 후려쳤다고 했습니다. 저는 아주 당연하다고 생각했습니다. 현직 경찰관이 피의자를 때리는 것은 그야말로 불법이지만, 그럼에도 누구나 그 상황에서는 그 경찰관의 행동을 이해할 겁니다. 그리고 마땅히 주영형을 사형에 처해야 한다고 생각하게 됩니다.

또 어떤 사람들이 있냐 하면, 유영철이니 강호순이니 해서 많이 아시겠지만 사이코패스가 있습니다. 물론 "사이코패스라는 건 없다"고 주장하는 사람도 있습니다. 대개 성선설적인 입장에서 사람들이 원래는 착한데 어린 시절의 어떤 충격이나 학대 때문에 나쁘게 되는 경우가 많고, 어떤 극한 순간에 감정이 격해지거나 판단력이 흐려진 상태에서 범죄를 저지르긴 하지만 나중에는 모두 어느 정도의 후회나 반성을 한다고 이야기하는데, 저는 그렇지 않다고 생각합니다. 사이코패스라는 것이 존재한다고 봅니다.

유영철 사건은 제가 검사를 그만두고 난 이후에 벌어진 일인데, 이건 검사들 사이에서 전해 내려오는 이야기이니까 사실일 가능성이 클 겁니다. 유영철이 서울구치소에 있는데, 거기엔 흉악범들이 많이 있습니다. 그 흉악범들한테 유영철이 자기가 저지른 범죄에 대해 이런 이야기를 했다고 합니다. 영화 〈추격자〉를 보신 분들 많으시니 아시겠지만, 유영철이 피해자인 여성의 목을 잘라서 벽에 걸어놓고 그 아래서 그 여성의 몸을 토막 낸다는 겁니다. 그런데 자른 지 얼마 안 되는 목은 살아 있기 때문에 입술을 움직이면서 말을 하는데 "살려주세요, 살려주세요" 한다는 겁니다. 그러면 자기는 "씨발년아, 시끄러워" 하고 소리치고 계속 그 여성의 몸을 자른다는 겁니다. 그 이야기를 들으면 서울구치소에 있는 아무리 흉악한 범죄자라도 얼어붙는다고 합니다.

그런 사례를 보면 실제로 사이코패스라는 것이 있지 않을까, 도저히 인간으로서 할 수 없는 짓을 하는 범죄자들이 분명히 있지 않을까 생각합니다.

지금 이렇게 사형제도에 대한 논란이 가열된 계기가 유영철 사건과 강호순 사건입니다. 여론은 이런 사람들을 어떻게 살려두느냐는 건데, 그 중에 대표적인 분이 김문수 경기도지사입니다. 그분이 언젠가 한번 "스물 한 명의 부녀자를 죽인 사람이 아직도 살아 있다"고 하셨는데, 저는 김문수 도지사와 정치적인 입장이 같거나 다르거나를 떠나서 충분히 나올 수 있는 이야기라고 생각합니다. 극악한 범죄자들이 나올 때마다 국민 여론조사를 해보면 대다수가 사형제도에 찬성하게 되는 것입니다. 사실은 제가 작년 말과 올해 초에 걸쳐서 사형제도에 대해서 책을 써보려고 했습니다. 그런데 서울구치소에 있는 사형수나 사형수들을 만나시는 종교단체 분들이 만남을 꺼리시는 분위기입니다. 유영철 사건 같은 강력 사건들이 많이 생기니까 사형제에 대한 이야기가 나올수록 불리하다고 생각하시는 겁니다.

어떤 극악한 범죄를 보면 그에 걸맞은 처벌이 필요하지 않나 하는 생각을 자연스럽게 가지게 되고, 그것이 사형존치론의 가장 중요한 근거가 되기도 합니다. 지금까지 존치론에 대해서 이야기를 했으니까, 이제 폐지론에 대해서 이야기해보겠습니다.

오판의 가능성은 언제나 존재한다

왜 사형폐지론을 주장하느냐, 그건 오판의 가능성 때문입니다. 사형폐지론의 가장 중요한 논거가 오판 가능성입니다. 어떤 분은 사형폐지론과 사형존치론 쪽의 근거를 쭉 보고 나면 모든 면에서 존치론이 맞다고 생각하지만, 오판의 가능성 때문에 사형에 찬성하지 못하겠다고 하십니다. 제가 오판 사례 중 몇 가지만 말씀드리겠습니다.

첫 번째 오판 사례는 제가 직접 겪은 사건입니다. 제 책에도 나오는 이야기인데, 사형 선고 사건은 아닙니다. 이 사건에 대해 설명해드리는 이유는 대개 오판이라고 하면 경찰이나 검사가 사건을 조작했거나 판사가 실수를 해서 일어난 일이라고 생각하기 쉬운데, 실제로 오판의 원인이 조작이나 실수 때문만은 아니라는 걸 말씀드리고 싶어서입니다.

제가 지방에서 근무할 때 한 여성이 검찰청에 찾아와 고소장을 제출했습니다. 고소장 내용이 뭐냐 하면, 어떤 남자한테 필로폰 주사를 강제로 맞고 사흘 동안 강간을 당했다는 겁니다. 고소장을 받고 피해자를 불러서 진술을 들었습니다. 피해자는 부산에 있는 휴대폰 회사 대리점 같은 곳에서 일하는 스무 살이 갓 넘은 여성이었습니다. 진술에 따르면, 피해자는 본사 연수회에 참석하기 위해 서울에 며칠 머무는 동안 자신이 살고 있는 부산 인근 지역에서 근무하는 한 남자를 알게 됩니다. 서로 연락처를 주고받으며 사이좋게 지내다가 연수가 끝난 후 헤어졌는데, 어느 날 그 남자 직원한테서 연락이 온 겁니다. "여기 놀러와 회나 한 접시 먹고 가라"고 했답니다. 부산에서 그 남자 직원이 있는 곳까진 한두 시간 정도밖에 걸리지 않아서 피해자는 자기 친구와 함께 그곳으로 갑니다. 그 남자 직원의 선배까지 동석해서 네 사람은 회를 먹었습니다. 회를 먹고 나서 그 남자 직원과 피해자의 친구는 일이 있다며 집으로 돌아가고, 피해자와 남자 직원의 선배 둘이 남게 됩니다. 두 사람은 술을 먹었고, 어느 정도 취기가 돌자 피해자는 집에 가겠다고 했습니다. 그러나 그 선배라는 사람은 잠깐만 쉬었다 가자며 여관에 들어갔고, 피해자는 별일 없겠거니 하면서 따라 들어갔다는 겁니다. 여관에 들어가자마자 그 선배라는 남자는 돌변했습니다. "내가 사실은 부산 칠성파의 일원이다"라고 하면서 가방에서 주사기를 꺼내서는 피해자한테 맞으라고 했다는 겁니다. 피해자는 필로폰 주사를 맞았고, 사흘 동안 세 군데의 여관을 옮겨다니면서 강간을 당했습니다. 이대로는 안 될 것 같다고 생각한 피해자는 남자에게 "사흘 동안 당신과 함께 있다 보니 당신이 좋아졌다. 집에 가서 부모님께 허락받고 당신과 결혼을 하겠다"고 했답니다. 남자는 알았다고 하면서 피해자를 내보내주었습니다. 그때 남자가 피해자에게 자신의 휴대폰 번호를 적어주었는데, 피해자는 빠져나오자마자 경찰관인 사촌오빠한테 그 번호를 알려주었고, 신원조회 후 저희 검찰청에 고소를 했습니다. 검찰청에서 피해자는 소변검사를 받았는데, 필로폰 검사 결과는 음성이었습니다.

제가 이 고소장을 보고 조금 의아했던 게, 아, 강간당한 피해자를 조사할 때는 조심해야 합니다. 왜 반항을 하지 않았느냐고 함부로 물어서는 안 됩니다. 어찌됐든 저는 피해자에게 조심스럽게 물었습니다. 여관을 세 군데나 옮겨다녔는데 구원을 요청하기가 어려웠느냐는 질문이었습니다. 피해자의 말이, 필로폰에 취해서 그런 생각을 못 했다고, 그러면서 덧붙이는 말이 범인이 자기더러 현금카드를 주면서 돈을 찾아오라고 하면 가서 돈도 찾아오고 했다는 겁니다.(청중 웃음) 그럼 그때 왜 도망을 안 갔냐,

그건 좀 이상하지 않느냐고 했더니, 자기는 필로폰 때문에 정신이 없었다는 말만 되풀이하는 겁니다.

저도 필로폰 수사를 좀 했는데요, 사람들한테 마약에 대해서 물어보면 대개 할리우드 영화에 나오는 고운 밀가루 같은 걸 생각하는데, 아닙니다. 굵은 소금이나 미원처럼 생겼습니다. 그래서 가끔 필로폰 사건을 수사하다 보면, 둘 다 필로폰을 맞았다고 하는데 검사해보면 음성입니다. 나중에 알고 보면 한 놈이 폼 잡으려고 밀가루나 이런 걸 필로폰이라고…….(청중 웃음) 그건 조심해야 됩니다. 구속하면 무죄거든요. 밀가루를 맞은 거라서.(청중 웃음)

다시 사건으로 돌아가서 얘기하자면, 피해자는 이렇게 말하더란 말입니다. 자기가 본 것은 아주 굵은 소금처럼 생겼고, 이렇게 생긴 주사기에 들어 있었고……. 필로폰을 맞긴 맞은 것 같았습니다. 그래서 그 남자의 주소를 찾기 시작했고, 알아보니까 거제도에 살고 있는 겁니다. 거제경찰서에 얘기해서 찾아보라고 했더니 며칠 후에 보고서가 올라왔습니다. 예를 들어, 이 사람을 김이철이라고 합시다. 거제 경찰관의 보고서에는 "김이철은 거제에 주소지를 두고 있긴 하지만 고향을 떠난 지 10년이 넘었다. 그 사람 형제가 넷인데 김일철, 김이철, 김삼철, 김사철이다. 첫째 김일철은 대학 교수이고, 나머지 셋은 아주 호가 난 놈들이다"라고 쓰여 있었습니다. '호가 났다'는 것이 무슨 말이냐고 물었더니 망나니로 소문이 났다는 뜻이라고 하더군요. 어찌됐거나 사람이 없으니까, 김이철을 수배해놓고 사건을 일단 기소중지했습니다.

그러고 나서 1년이 지났을 무렵에 퇴근을 하는데 검찰청에서 연락이 왔습니다. 김이철이 잡혔다는 겁니다. 청으로 다시 돌아가 김이철이라는 사람을 만났는데, 자신은 1년 전에 그런 일을 한 적이 없다고 합니다. 피해자한테 적어준 휴대폰 번호를 얘기해도 아니라는 겁니다. 요즘도 그러는지는 모르겠는데, 예전에는 휴대폰을 만들 때 주민등록증도 내보이고 인적사항도 적고 그랬습니다. 그래서 휴대폰은 어떻게 된 거냐고 물어도, 자기도 모르겠다는 겁니다. 사람을 체포하면 몸을 먼저 뒤집니다. 혹시 무기가 있을 수도 있기 때문입니다. 그래서 김이철의 몸을 뒤졌는데, 가짜 명함이 굉장히 많은 겁니다. 삼성전자 무슨 무슨 부장부터 시작해 어느어느 대리점 사장까지. 좀 수상했습니다. 마약사범들은 가짜 명함들을 많이 가지고 다니기 때문입니다. 김이철에게 의심스러운 점도 많고, 피해자가 강간을 당했다고 하니 일단 여기서 하루를 지내고 내일 피해자를 만나보자고 했더니 그러겠다고 합니다. 그리고 다음날 부산에서 피해자가 청으로 왔습니다.

피해자는 가해자로 지목받은 사람을 보더니, 맞는 것 같은데 잘 모르겠다고 합니다. 무슨 말이냐고 물었더니, 예전에 만났을 때보다 살이 좀 빠진 거 같아서 맞는 것 같기도 하고 아닌 것 같기도 하다고. 그래도 사흘을 같이 지냈는데 어떻게 모를 수가 있냐고 그랬는데, 혹시라도 가해자 앞에서 겁이 나서 말을 못하는 것일 수도 있겠다 싶어 옆방으로 데리고 갔습니다. 솔직하게 얘기해보라고 하는데, 남자가 밖에서 욕을 하는 겁니다. 죽여버리겠다는 둥 입에 담을 수 없는 욕을 했습니다. 그러자 피해자가 자지러지면서 저 사람이 맞다고, 저 목소리가 맞다고, 자기를 강간한 사람이 맞다는 겁니다. 정말 실감나게 대답했습니다.

저는 처음에 이 사건을 맡을 때, 남자가 성교를 한 건 인정할 줄 알았습니다. "내가 이 여자와 성교를 한 건 맞지만 강간을 한 건 아니다. 그러니까 은행에도 보내고 여관도 세 군데나 옮겨다닌 것 아니냐." 남자가 이렇게 나오면, 이 사건은 상당히 곤란해지겠다고 생각했습니다. 그런데 남자는 피해자를 본 적도 없다고 하고, 피해자는 당했다고 하니 참 난감해지더란 말입니다.

사람을 구속하면 검찰에서는 열흘을 데리고 있을 수 있습니다. 열흘을 데리고 있다가 그때까지도 해결이 안 나면 한 번 연장해서 최대 20일까지 데리고 있을 수가 있습니다. 그래서 20일간 매일 이 사람을 불러서 조사했는데 계속 아니라고 하는 겁니다. 피해자는 점점 더 확실하다고 말을 하고. 고민이 많이 되었습니다. 할 수 있는 방법을 다 해봤습니다. 그래서 사건이 일어나던 날 이 두 사람과 함께 있었던 사람들을 찾았습니다. 우선 피해자 친구를 찾았더니 그새 결혼을 해서 서울에 있었습니다. 잠깐만 내려와달라고 부탁해서 피해자 친구가 왔는데, 자기는 밥 한 끼 같이 먹은 게 전부라서 잘 모르겠지만 "피해자가 맞다고 하면 맞겠죠"(청중 웃음) 하는 정도의 진술을 합니다. 그리고 피해자가 본사 연수회에서 만났던 남자 직원은 군대에 가 있었습니다. 막 자대배치를 받고 강원도에 있어서 김이철의 사진을 팩스로 보냈더니 비슷한 거 같다고 하는데, 그것만 가지고는 사실을 확인할 수 없죠.

수사관들은 저더러 "그 자식, 정말 나쁜 놈인 거 같다. 그 자식이 저지른 일이 맞는 거 같은데 왜 고민을 하느냐"고 했습니다. 그래도 계속 남자가 부인하니까……. 결국 그 사람 형인 김일철 교수한테 전화를 했습니다. 이러이러한 일로 당신 동생이 구속되었다고 했더니 김일철 씨는 오히려 자기가 죄송하다며 "나쁜 짓을 했으니 처벌받아야죠" 합니다. 그러면서 하는 말이, 자기 동생 중에 마약으로 말썽부린 건 셋째인 김삼철인데 왜 김이철이 그런 짓을 했는지 모르겠다면서, 자기가 알기론 김삼철이 또 마약 관련 범죄를 저질러 교도소에 있다는 겁니다. 순간 저는 '아, 혹시 김삼철의 짓이 아닐까?' 하는 생각이 들었습니다. 그래서 전국의 교도소에 김삼철이라는 사람이 있는지 전산조회를 했습니다. 그런데 없었습니다. 그러니까 김삼철이 지금 어디에 있는지 모르는 겁니다. 앞서 말한 것처럼 20일밖에 데리고 있지 못하는데 오늘이 19일째라서 내일이면 기소를 해야 하는 상황이었습니다. 기소를 하면 틀림없이 유죄를 받을 자신이 있었습니다. 피해자가 자지러지면서 '저 놈이 맞다'고 하니까요.

그런데 언뜻 드는 생각이 만약 범인이 김삼철이라면, 자기 형 이름으로 휴대폰도 개설하고 자기 형 행세를 하고 다녔을 수도 있겠다, 어쩌면 지금 구치소에도 형 이름을 대고 들어가 있을 수도 있겠다 싶은 겁니다. 그래서 김이철이란 이름으로 조회를 했더니 군산교도소에 있었습니다. 그러니까 똑같은 김이철이 제 앞에도 있고, 군산교도소에도 있는 상황이 벌어진 겁니다. 군산교도소에 연락해서 얼른 불러달라고 했습니다. 다음날 저랑 같이 있던 김이철과 군산교도소에서 온 김이철을 한자리에 불러 모았습니다. 두 사람은 서로 자기가 김이철이라고 주장합니다. 그러다가 끝까지 속일 수 없었는지 군산교도서에 온 이가 동생인 김삼철이라고 시인했습니다. 피해자도 그를 보더니 거의 기절하다시피 하면서 저 사람이 진짜 범인이라고 하는 겁니다. 피해자는 가해자와 가해자의 형이 헷갈렸던 겁니다. 여러분은 사흘을 같이 지냈는데도 왜 모르겠냐고 하실 수도 있겠는데요, 진짜로 헷갈릴 수 있습니다. 목소리를 듣고 증거가 있으니까 범인이라고 확신하게 되는 겁니다.

이 사건에서 피해자는 가해자에게 개인적인 감정도 없고, 합의금을 받고 싶어한 것도 아니고, 그저 자신이 강간당했기 때문에 범인을 처벌하고 싶다는 것밖에 없었습니다. 김이철이건 김삼철이건 상관이 없었다는 겁니다. 그리고 피해자가 자기 기억이 맞다고 강력하게 주장했으니, 기소됐다면 유죄였을 확률이 크죠. 돌이켜 생각해보면, 제 생각에 김이철은 이 사건의 범인이 김삼철이라는 것을 알고 있었던 것 같습니다. 그랬기 때문에 조사 중에 그렇게 자신 있는 태도를 취하지 않았나 싶습니다. 계속 입 다물고 있다가 법정에 나가서 동생이 저질렀다고 하면 풀려날 수 있을 거라고 생각했겠지만, 판사 입장에서는 그렇지 않죠. 그러면 왜 처음부터 말하지 않았느냐, 그리고 피해자가 저렇게 확실하다고 말하지 않느냐고 할 텐데 어디 있는지도 알 수 없는 동생 이야기를 하면서 억울하다고 해도 소용없었을 거라는 거죠. 사형 판결을 받을 사건은 아니지만, 이런 식의 유죄 판결도 있을 수 있다는 것을 알리기 위해 이 이야기를 하는 겁니다.

사형당한 오휘웅, 그는 과연 유죄인가

오판 사건을 하나 더 설명해드리겠습니다. '김모 순경 사건'이라고 있습니다. 관악경찰서 파출소에 근무하던 김 순경에겐 술집에 다니는 애인이 있었습니다. 김 순경의 집에서 결혼을 반대해 몰래 만나고 있긴 했지만 당시 사이가 별로 좋지 않았고, 사건 직전엔 낙태도 했습니다. 하루는 김 순경이 밤 근무를 빠지고 애인이랑 봉천동 여관에서 잠을 자고는 새벽에 빠져 나와 다시 파출소에서 근무를 합니다. 그런데 여자가 오후 넘어서까지 여관방에서 안 나오니까 여관 주인이 방문을 열고 들어갑니다. 들어가서 보니 여자가 목이 졸려서 죽어 있더란 말입니다. 여관 주인은 경찰에 신고를 했고, 경찰이 나와 조사를 하다 보니까 숙박부에 자기네 경찰서의 파출소 직원 이름이 적혀 있었습니다. 당장 불러서 물어보니까 김 순경이 자백을 합니다. "내가 그 여자를 죽였다." 그래서 김 순경은 구속이 됐고, 영장이 청구되고 검찰에 오게 되었습니다.

그런데 김 순경은 검찰에 온 후로 자기가 안 죽였다고 주장합니다. "그러면 왜 죽였다고 이야기한 거냐, 고문을 당한 거냐?" 하고 물었더니 고문은 안 당했다는 겁니다. 너무 놀라서 넋을 놓고 있는데, 동료 경찰관들이 와서 "억울하겠지만 너도 경찰이니까 잘 알지 않느냐? 너랑 같이 새벽까지 있다가 목이 졸려 죽은 채로 발견됐다. 누군가 죽인 건 분명한데 침입한 흔적도 없다. 어차피 너는 범인으로 몰릴 것이다. 부인하면 사형이다. 그러니까 자백해서 선처라도 빌어야지 부인하면 안 된다"고 했다는 겁니다. 그래서 자백한 거라고, 실은 자기가 죽인 게 아니라고 합니다. 검사가 보기엔, 일반인도 아닌 경찰관이 살인사건을 자백한다는 게 어떤 의미인지 모르지도 않을 텐데 그 정도 이야기에 자백했을까 싶어서 기소를 했습니다.

이 담당 검사는 지금도 검찰에 있는데 우리나라에서 살인사건이나 강력범죄에 있어서는 굉장한 베테랑입니다. 진짜 훌륭하고 실력 있는 검사입니다. 그래서 1심에서 유죄 선고가 났고 15년형을 받았습니다. 항소심에서도 기각이 되어서 15년형을 받았는데, 대법원에 계류돼 있는 동안 아주 극적으로 진범이 잡혔습니다. 김 순경이 애인과 함께 있다가 문을 열고 나간 사이에 어떤 놈이 들어와 이 여자를 목졸라 죽인 겁니다. 그리고 이 여자 지갑에서 10만 원짜리 수표를 하나 들고 나갔는데, 어쩌다 다른 범죄와 얽혀서 정말 우연치 않게 잡힌 겁니다. 그래서 김 순경은 대법원에서 무죄를 받고 풀려납니다.

대법원 판결을 보면 굉장히 준엄하게 검사와 1심, 2심 판사를 꾸짖습니다. 그런데 제가 봤을 때는 그 아무리 훌륭한 판사나 검사라도 과연 이걸 무죄라고 할 수 있었을까 싶습니다. 경찰관이 죽은 애인과 함께 있었고, 다른 사람이 침입한 흔적도 없고, 자신의 동료 경찰관 앞에서 범행을 자백했는데. 물론 경찰서에서 자백한 것은 부인하면 증거능력이 없지만 그래도 그렇게 자백한 걸 어떻게 무시할 수 있겠습니까.

이런 사건들이 굉장히 많습니다. DNA 감식이 생겨난 게 1980년대 중반입니다. 1980년대 중반 이후 미국에서 유죄가 확정되었다가 DNA 감식을 해서 무죄로 나온 사람이 100명이 넘습니다. 그 중에 사형수도 수십 명 있었습니다. 그런데 DNA 감식이라는 것은 대체로 성범죄에서만 효력이 있습니다. 강간사건에서 정액이 남거나 했을 때, 이 사람이 범인으로 유죄 판결까지 받았는데 나중에 보니 그때 남아 있던 정액이랑 맞지 않는다는 거죠. 그렇다면 성범죄 사건, 특히 강간 살인 사건에서만 오판이 나는 게 아닐 텐데, 다른 사건에선 얼마나 많이 오판이 나는 걸까요? 사법제도 전체에 대해서 큰 의구심이 드는 겁니다. 그리고 이 DNA 감식이 정착되기 전에 이미 형을 다 살고 나왔거나 아니면 사형이 집행된 사람들은 검사를 하지 않았으니까 그전에 얼마나 많은 사람들이 억울하게 유죄를 받았을까 하는 논란들이 벌어지는 겁니다. 실제로 그런 사건들이 많습니다.

《사형수 오휘웅 이야기》라고, 사형제도에 관해 이야기하시는 분들은 다 보시는 책이 있습니다. 지금은 절판돼서 구하기 어려운데, 이 책을 쓰신 분이 바로 '조갑제닷컴'의 조갑제 씨입니다. 제가 법과대학 다닐 때, 1987년에 형법 교수님께서 "이게 우리나라의 형사법에 관한 명저다. 이탈리아의 베카리아가 쓴《범죄와 형벌》에 버금갈 만한 훌륭한 책이다"라고 하셨는데, 정말 그렇습니다.

오휘웅이라는 사람은 남묘호렌게쿄라는 일연정종을 믿는 총각입니다. 수도검침원을 하는 평범한 청년인데, 일연정종에서 만난 두이분이라는 유부녀와 사귑니다. 두이분은 당시 스물일곱 살로, 애가 둘 있었습니다. 그런데 어느 날 두이분의 남편과 애 둘이 목이 졸려서 죽은 채로 발견됩니다. 이걸 두이분이 발견합니다. 두이분이 동네사람 집에 있다가 "우리 집 문이 이상하게 열려 있는 거 같은데 같이 좀 가봅시다" 해서 가보니까, 자기 남편하고 애들이 죽어 있었다는 겁니다. 그래서 처음에는 경찰에서 강도사건이라고 생각했는데 점점 의구심이 드는 겁니다. 두이분을 취조했더니 다음과 같이 실토했습니다. "사실은 내가 일연정종이라는 데서 오휘웅이라는 사람을 만났고 우리는 애인 사이이다. 같이 여관에서 잔 적도 있고, 오휘웅은 매일 우리 집에 온다. 오휘웅과 결혼하고 싶은데 남편이 방해가 되어서 내가 오휘웅과 짜고 남편과 애들을 죽인 거다. 아티반이라는 신경안정제를 약국에서 사서 물에 타 먹여 재우고 난 뒤 오휘웅이 와서 목을 졸랐다." 이 말을 들은 경찰관은 오휘웅과 두이분을 함께 취조해서 양쪽 모두에게서 자백을 받습니다.

그런데 오휘웅은 검찰에서 범행을 부인합니다. "나는 절대 그런 적 없다. 두이분이 애인이었던 건 맞지만, 나는 총각이고 두이분은 유부녀이다. 결혼하려고 다른 사람과 선도 보고 그랬다. 그러니까 내가 두이분의 가족을 죽일 이유가 없다." 이 말을 들은 두이분은 오휘웅한테 배신감을 느낀다고 하면서 "저 남자 때문에 가족까지 죽였는데 저렇게 부인하다니 정말 나쁜 놈"이라고 말합니다. 두 사람은 구속 기소되어서 재판을 받았습니다.

1심에서도 그렇게 티격태격하다가 둘 다 유죄 판결을 받고, 오휘웅은 사형 선고를 받았습니다. 그런데 오휘웅 측 변호사가 이 문제를 변론하려고 벼르면서 항소심을 기다리던 와중에 두이분이 감방에서 목을 매 자살합니다. 이제 오휘웅은 두이분과 다툴 수가 없게 된 겁니다.

오휘웅은 결국 항소심에서도 사형 선고를 받고, 대법원에서도 사형 선고를 받고, 계속 재심청구를 하고……. 당시 참으로 훌륭하신 변호사들이 노력을 많이 하셨음에도 불구하고 결국 형장의 이슬로 사라졌습니다. 그가 남긴 말이 "하나님, 천당 가게 해주십시오. 저는 절대로 죽이지 않았습니다"였습니다. 마지막 유언 자리에서도 이렇게 말합니다. "이것은 하나님도 알고 계십니다. 저의 유언을 가족에게 전하여 제가 죽은 뒤에라도 이 원한을 풀도록 해주십시오. 여기에 검사, 판사 분들 나와 있는데, 정신 바짝 차려서 저처럼 억울하게 죽는 사람이 없도록 해주십시오. 이런 엉터리 재판, 집어치우십시오. 죽어 원혼이 되어서라도 위증한 사람들과 고문한 사람들과 오판한 사람들에게 복수하겠습니다." 그 말에 감동받은 젊은 기자 조갑제가 이 책을 쓰게 된 겁니다. 좀 이상하죠.(청중 웃음)

조갑제 씨가 추적해서 쓴 걸 보면 분명히 알리바이가 있습니다. 저희 아버지께서 이 사건을 변론한 변호사를 만나봤더니, "이건 명백히 무죄다. 시간이 안 맞는다"고 하시더랍니다. 진술을 보면, 사건이 나던 날 밤에 오휘웅이 두이분의 집에 갔다가 종교단체에 들르는데, 그 진술이 맞다면 오휘웅에겐 두이분의 가족을 살해할 만한 시간이 없습니다. 그런데 결국은 밝혀지지 않은 상태에서 죽게 된 겁니다. 앞서 예를 든 두 사건은 억울하게 유죄 판결을 받았다고 해도 징역을 살 뿐이었지만, 오휘웅의 경우엔 사형을 당한 겁니다. 그래서 사형폐지론의 가장 강한 근거는 '오판의 가능성이 있기 때문에'라는 겁니다.

사형의 기준은 합리적인가

사형폐지론자들이 그런 주장을 하면, 사형존치론자들은 말합니다. "누가 억울한 사람까지 죽이자고 했냐. 정말 흉악한 놈, 정말 확실한 놈만 죽이자는 것이다. 강호순이나 유영철 같은 사람이 있지 않냐. 정말 억울한 사람 저기 있고, 좀 애매한 사람 거기 있고, 더 악한 사람 여기 있다고 했을 때 여기 이 사람은 죽여도 되지 않냐. 설령 오휘웅이 억울하다고 한들, 스물한 명을 죽인 유영철은 사형시키는 게 맞지 않냐." 그게 사형집행을 해야 한다는 사람들의 주장입니다. 그래서 김문수 도지사가 스물한 명의 부녀자를 죽인 사람이 아직도 살아 있다는 이야기를 한 겁니다. 여기서 한 가지 짚고 넘어가자면, 김문수 도지사의 말은 틀립니다. 유영철은 스무 명을 죽인 걸로 유죄 판결을 받았습니다. 스물한 명으로 의심받았고 또 본인이 자백해서 기소가 됐지만, 재판 과정에서 이문동 살인사건이라고 알려진 사건은 자신이 하지 않았다고 해서 스무 건의 살인 사건에 대해서만 유죄 판결을 받았고 한 건은 무죄 판결을 받았습니다.

제가 이런 이야기를 하면, 사형존치론자들은 "스무 명이나 스물한 명이나 거기서 거기 아니냐"고 합니다. 저는 그렇게 생각하지 않습니다. 사형존치론자들의 이야기처럼, 어떤 선을 분명히 그어 그보다 중한 범죄를 저지른 사람은 사형을 시키고, 그보다 덜한 범죄를 저지른 사람은 사형을 안 시키고, 그러지는 않는다는 것이죠. 실제로 우리나라에서 사형이 집행된 경우를 종합해보면 그 기준선이 불분명합니다. 제 생각은, 유영철의 범행을 두고 "스무 명이나 스물한 명이나 마찬가지 아니냐"는 식의 태도를 보인다면 그 균형을 찾을 수가 없다는 겁니다.

오휘웅의 경우에 진짜 범죄를 저지른 게 맞다면, 두이분의 남편을 죽인 것도 나쁘지만 아무 죄도 없는 여덟 살과 여섯 살짜리 애들을 죽인 것이야말로 정말로 나쁜 일이죠. 만약 사형에 처해야 한다면, 사형에 처할 만한 범죄라고 생각합니다. 그리고 오휘웅에게 유죄 판결을 내린 판사들도 어쨌든 '무조건 나쁜 놈이겠거니' 하진 않았을 것입니다. 나름대로 굉장히 많이 고민하고 확실하다고 생각했을 것입니다. 저도 검사 때 직접 담당한 사건은 아니었지만, 재판을 하면서 사형 구형을 해본 적이 있는데 굉장히 많은 고민을 하게 됩니다. 그런데 오휘웅은 억울하다고 하소연했고요. 만약 여러분이 오휘웅 사건의 판사라면 어떡하시겠습니까? 두이분은 감옥에서 자살하고, 상황은 정확하게 알 수 없고, 이래저래 고민하다가 아무래도 오휘웅이 죽인 게 맞다는 생각이 들었을 때, '설마 스물일곱 살 먹은 여자가 죄 없는 사람을 끌어들였을까? 같이 했겠지. 어차피 자기도 자살할 거면서' 하는 생각을 하고 유죄를 내릴 때, 어떤 선고를 내리겠습니까?

실제로 많은 논란을 불러일으켰던 사건이 많습니다. 몇 가지만 말씀드리면, 최영호란 사람이 서울대에 다니다가 군대엘 갑니다. 그런데 애인이 보낸 편지를 가지고 고참들이 심하게 놀리고 괴롭히니까 총을 쏴서 고참들을 죽였습니다. 당시 최영호에 대해서 많은 사면 청원이 있었지만, 결국 총살당했습니다. 최영호는 "우리나라 군대가 관료적인 것으로부터 개인의 권리를 보장해주는 민주적인 군대가 되기를 바랍니다"라는 유언을 남겼습니다. 또 조경행이라는 사람은 누나 몰래 누나가 경영하는 식당에 들어가 금고를 열고 2300원을 훔칩니다. 그런데 돈을 훔치다가 누나한테 들키자 순간적으로 누나를 찔러서 죽입니다. 그래서 사형선고를 받고 집행이 됐습니다. 그때 조경행은 "저는 돈이 없어서 죽습니다. 변호사 샀으면 이렇게 죽지는 않았습니다"라는 이야기를 합니다.

제가 지방에서 재판을 담당하고 있을 때 살인 사건이 두 건 있었습니다. 하나는 수사를 담당했던 검사가 사형을 구형했고, 하나는 무기징역을 구형했습니다. 사형을 구형했던 사건은, 한 사람을 죽였는데 토막살인이었습니다. 죽이고 나서 토막을 낸 거죠. 무기징역 구형 사건은, 어린이를 성폭행해서 죽인 사건입니다. 그런데 이 사람은 예전에 어린이를 성폭행해서 죽일 뻔했다가 다른 사람한테 들켜서 실제로 죽이지 못했던 전과가 있습니다. 그런데 말입니다. 다음과 같은 의문이 들 수 있습니다. '토막살인은 엄청나게 나쁜 범죄이긴 하지만, 만약 두 사람 중에 누구 하나를 꼭 사형시켜야 한다면 오히려 아동 성폭행범이 아닐까? 아동 성폭행범이 만약 무기징역으로 한 20년 살다가 가석방으로 나와서 또 그런 범행을 저지르면 어떻게 할 것인가?' 이건 정말 누구도 알 수 없습니다.

극악한 범죄에는 그에 준하는 처벌을 해야 한다는 것에 수긍이 가고 일견 타당해 보일 수도 있습니다. 그렇다고 사형폐지론에 손을 드는 것, 즉 돌이킬 수 없는 형에 처하는 데 찬성한다는 것은, 언제나 오판의 가능성은 존재하며, 또 어떤 범죄의 어느 선 이상을 사형으로 처벌할지 그에 대한 합리적인 기준을 정할 수가 없기 때문에 옳지 않다고 생각하는 겁니다.

강력범의 얼굴 공개 논란

강호순 사건 때 〈조선일보〉, 〈중앙일보〉, 〈동아일보〉 등의 언론에서 일제히 그의 얼굴을 공개했습니다. 그때 강력범의 얼굴을 공개하는 것이 '옳으냐, 틀리냐' 논란이 됐습니다. 공개한 쪽의 논거는, 외국에서는 다 보여준다는 것이었습니다. 그런데 제가 생각하기에, 판결이 확정되기 전까진 무죄 추정이 되기 때문에 〈조선일보〉에서 "강호순의 얼굴을 보여준다고 유죄라는 뜻은 아니다" 하고 공개하는 것은 외국의 사례를 논거로 들 수 있지만, 그게 아니라 "이렇게 나쁜 놈을, 이렇게 흉악한 범죄자를, 이렇게 많은 사람을 죽인 사람의 인권을 왜 보호해야 하나. 피의자만 인권이 있고, 피해자는 인권이 없냐"는 주장을 하면서 공개했기 때문에 문제가 있다는 것입니다. 그때도 국민의 다수가 언론 측 입장을 심정적으로 지지했다고 생각합니다.

그리고 많은 법학자들도 동조를 했는데, 심지어 한 교수님은 "특정 종류의 흉악 범죄자들에 대해서는 재판을 받기 전이라도 얼굴을 공개해야 한다"면서, 기준이랍시고 언급한 게 '두 명 이상 죽인 사람',(청중 웃음) '아동 성폭행 살해범' 뭐 이런 거였습니다. 강호순의 경우를 한번 생각해봅시다. 강호순은 지금 굉장히 많은 사람을 죽였다고 인정하면서도 자기 부인과 장모는 안 죽였다고 합니다. 그때 법학자들이 했던 말이, 자백하는 사람은 얼굴을 공개하자는 것이었습니다. 그렇다면 강호순이 의심받고 있는 범죄가 여자 한 명을 죽인 것과 전부인을 죽인 것, 장모를 죽인 것까지 세 건인데, 장모와 부인에 대해선 부인하고 다른 여자 한 명만 죽인 것을 인정했을 때는 얼굴을 공개해야 할까요?

법이라는 것은, 어떤 원칙이 있어야 합니다. 그 원칙이 무너지면 다시 세우기가 굉장히 어렵습니다. 강력범의 얼굴 공개 논란이 있었을 때 저는 한 칼럼에서 "죄형법정주의나 무죄추정이라는 것은 우리에게 무척 소중한 가치이다. 우리가 어렵게 얻은 가치인데, 유영철이나 강호순 때문에 그걸 포기할 순 없다"고 썼습니다.

이번 강좌의 주제가 '화'인데요. 우리 사회 전체가 불안하고, 사람들도 격분할 때가 있어서 여러 가지 극단적인 해결방법이 등장한다고 생각합니다. 그 와중에 등장한 것이 사형집행이고, 요즘 그 주장이 힘을 얻고 있습니다. 그러나 분노의 시대, 불안한 시대일수록 차분하게 생각해야 한다고 봅니다. 왜 우리가 이렇게 불안한지, 왜 이렇게 화가 나는지, 그리고 어떤 방법으로 그 문제를 개선할 수 있는지 말입니다. 그렇지 않고 일도양단하듯 한꺼번에 모든 걸 해결하려 하다간 자칫 극단적인 방법을 찾게 될 수 있습니다. 그렇게 되면 10년 이상 사형제를 집행하지 않았던 그 소중한 가치를 잃게 될지도 모릅니다. 그런 점을 생각해주시기 바라면서 마치도록 하겠습니다. 감사합니다.(청중 박수)

사형제의 대안, 감형 없는 무기징역

사회자 지금까진 남의 이야기라고 생각해왔는데, 법정에 서는 사람이 나 혹은 우리 가족, 친구가 될 수 있으며, 그럴 가능성이 충분하다고 생각하고 들으니까 변호사님의 말씀 하나하나가 소름끼쳐옵니다.

변호사님께서 사형집행관들의 고충을 말씀하셨잖아요. 사형에 대해

〈한겨레21〉에서 다룬 기사를 보신 분들도 계시겠지만, 전 그분들의 인권 문제도 굉장히 심각한 것 같아요. 말하자면, 그분들은 사람을 죽이는 직업을 갖고 계신 거잖아요. "여보, 잘 다녀오세요. 아빠, 힘내세요." 그렇게 가족들의 인사를 받고 나가서는 사람을 죽이는 임무를 수행하게 된다는 건데, 과연 그분들이 온전하게 정신을 유지하실 수 있을까 싶은 거죠. 영화 〈박하사탕〉의 설경구 씨와 같은 상황을 겪을 수 있다고 생각하는데, 사형폐지를 주장하는 법조인들도 사형집행관들의 인권에 대해 많은 이야기를 하고 계시죠?

금태섭 예, 그렇습니다. 그분들의 수기가 우리나라뿐만 아니라 외국에도 굉장히 많은데, 그 수기들에 따르면 대부분의 경우에 결국 그들이 가장 강력한 사형폐지론자들이 된다고 합니다.

사회자 여러분, 〈데드 맨 워킹Dead Man Walking〉이란 영화를 보셨나요? 사형수가 자기 방에서 나와 집행장까지 걸어갈 때 '이미 죽은 몸이다' 해서 간수들이 "데드 맨 워킹!" 그렇게 소리친다고 합니다. 그때 그 영화의 홍보 카피가 뭐였는지 기억하세요? "죽을 놈이 죽는데도 눈물이 난다"였습니다.

오판의 사례를 들어보니 정말 상상을 초월합니다. 지금 금 변호사님께서 드신 예가 빙산의 일각인 거잖아요. 제가 얼마 전에 한 케이블 방송에 변호사 역할로 출연을 했습니다. 그리고 오휘웅과 두이분 사건을 개작한 드라마에 출연한 적도 있습니다. 그때 느낀 것이 금 변호사의 책에도 나오는 이야기인데 '진실은 저 너머에 있구나, 진실은 정말 아무도 알 수가 없구나' 하는 거였습니다. 사건의 당사자들 외엔 그 누구도 진실을 알 수가 없겠구나, 그 어떤 논리와 과학이 아무리 발달해도 오판은 있을 수 있겠구나, 하는 생각을 했습니다. 금 변호사님께서는 감형 없는 무기징역에 대해 어떻게 생각하시나요?

금태섭 그게 사형제의 대안이 될 수 있다고 생각합니다. 아까 말씀하셨듯이 아동 성폭행범이 살인까지 하는 경우와 같은 극악무도한 범죄에는.

사회자 그런데 극단적인 진보주의자들은 감형 없는 무기징역조차 "비인간적이다"라고 말합니다. 또한 종교인들은 "생명은 소중한 것입니다"라고 이야기를 하는데요. 그 정도의 논리를 가지고는 사형존치론자들의 논리를 꺾기는 조금 힘들 것 같습니다. 만약 사형제 폐지를 주장하는 분들이 계시다면, 오늘 변호사님께서 말씀하신 대로 사형존치론자들의 입장과 논리와 생각을 충분히 숙지하고 이해하는 자세가 필요한 것 같습니다. 자, 이제 질문을 받을게요.

청중1 안녕하세요. 저는 전수진이라고 합니다. 우선 저는 인간을 별로 믿고 싶지 않고, 믿을 수가 없다고 생각을 하는데요. 그런 의미에서 강연 내내 〈밀양〉이라는 영화가 떠올랐어요. 종교와 사형이라는 문제 때문에 굉장히 재밌게 봤던 영화인데요. 거기서 사형수가 스스로 자신을 용서했다는 말을 하는데, 그 말을 듣고 전도연 씨가 쓰러지잖아요. 저는 그런 일을 당한 적은 없지만, 그 심정은 이해가 가거든요. 그래서 저는 사형제에 대해 제 입장을 정리하지 못하겠어요. 작년에 〈우리들의 행복한 시간〉의 실제 모델이신 조성애 수녀님을 뵈었을 때 큰 감동을 받아서 '사형제는 폐지되어야 한다'라고 생각했는데, 바로 그 다음날에 보성 연쇄살인사건이 터졌어요. 거기서 또 굉장히 헷갈리더라고요. 그래서 우리가 10년 동안 한 번도 사형집행을 하지 않았지만 사형제라는 형식적인 틀이라도 계속 가지고 가야 하지 않을까 하는 생각을 가끔 하거든요. 게다가 강호순 사건도 있고 해서. 저의 의견에 대해 변호사님께선 어떻게 생각하시는지 궁금합니다.

금태섭 지금 말씀하신 것처럼 사형제에 대해서는 저를 비롯해 누구나 그런 생각을 많이 하고 있습니다. 조성애 수녀님을 만날 때와 범죄자들을 만날 때의 생각이 다릅니다.

미국에서 서른세 명을 죽이고 사형 선고를 받은 사람이 있었습니다. 그런데 사형폐지 운동에 관여하는 한 작가가 그 살인자 구명운동에 함께 하자는 제안을 받았나 봅니다. 그러나 그는 못하겠다고 했답니다. 사형수가 아이들 생일파티에서 피에로 분장을 하고 아이들과 즐겁게 놀아주는 일을 하던 사람이었기 때문입니다. 그런 사람이 그렇게 잔혹한 범죄를 저질렀다는 사실 때문에 도저히 마음이 동하지 않았던 겁니다. 이렇듯 사람은 믿기 어려울 때가 있습니다. 그런데 사형폐지론과 존치론 사이에서 갈팡질팡하는 사이에 사형이 집행되면 돌이킬 수가 없게 되는 겁니다. 가석방 없는 종신형 같은 경우에는 돌이킬 수 있는 여지가 있기 때문에 저는 찬성합니다. 그리고 저는 전자 팔찌에 대해서도 찬성합니다. 전자 팔찌 이야기가 처음 나왔을 때에는 인권 침해다, 한 번 죄를 지었다고 어떻게 전자 팔찌를 채우냐 했지만, 반복해서 아동들을 성폭행하는 사람들을 보면 전자 팔찌를 채워야 한다고 생각합니다. 그럼에도 사형제에 찬성하지 못하는 것은 거듭 말씀드리지만 사형은 돌이킬 수가 없기 때문입니다. 그러니 가석방 없는 종신형 제도가 대안이 될 수 있지 않을까 하는 겁니다.

청중2 오판을 한 판사나 검사는 처벌을 안 받나요?(청중 웃음)

금태섭 좋은 질문인데요. 오판을 한 판사나 검사는 처벌받지 않습니다. 외국의 경우에 오판한 판사나 검사에 대한 소송과 재판이 실제로 있기도 했습니다. 그런데 결론이 어떻게 났냐 하면, 이런 걸 처벌하기 시작하면 판사나 검사들이 겁이 나서 용기 있는 결정을 못 내린다는 겁니다. 만약 검사가 어떤 사람을 범인이라고 생각해서 재판에 붙였는데 나중에 무죄로 밝혀졌다, 이 검사 때문에 억울한 사람이 재판까지 받았으니까 검사도 처벌받아야 하는 거 아니냐, 이러면 검사가 소신 있게 재판에 임할 수 없기 때문에 그들을 처벌하지는 않습니다.

사회자 지금 질문하신 분, 아주 어린 학생 같은데 실례지만 몇 학년이시죠?

청중2 올해 6학년이요.

사회자 와. 인터뷰 특강 6년 동안 고등학교 1학년 학생은 있었어도 초등학생이 오셔서 질문하시긴 처음인데, 너무 반갑습니다. 굉장히 훌륭한 유년기를 보내고 계신 것 같습니다.(청중 웃음) 네. 다음 질문 받겠습니다.

사형제 '폐지운동'을 넘어 '폐지'까지

청중3 최근 들어 특히 사이코패스에 대한 이야기를 많이 듣게 됩니다. 우리나라에서 유독 늘어난 것 같은 느낌이 듭니다. 아까 사이코패스는 교화라든가 그런 게 불가능한 것처럼 말씀하셨습니다. 제 추측으로도 그렇게 보이고, 사회적으로도 그런 인식이 있는 것 같습니다. 그 문제에 대해 어떻게 생각하시는지요? 만약 사이코패스가 저지른 범죄라면 어디까지 죄를 물을 수 있을지, 그에 대한 변호사님의 의견이 궁금합니다. 예를 들어 대구지하철 참사 방화범은 사형 선고까지는 안 받은 걸로 알고 있는데요.

금태섭 네, 아주 좋은 질문입니다. 저도 고민을 많이 하는 문제인데요. 최근 우리나라에서 연쇄살인범 사건이 계속 문제가 되는데, 예전에도 연쇄살인범이 있었지만 발각이 안 되어 우리가 잘 몰랐던 건지, 아니면 최근 들어 많이 생겨나는 것인지 정확하게 알 수가 없습니다. 만약 최근에 나타난 현상이라면 왜 이렇게 됐는지 분석해봐야 한다고 생각합니다. 그리고 제가 아까 사이코패스에 대해서 어쩔 수 없다는 식으로 말씀을 드렸는데, 사이코패스는 분명 병적인 측면이 있습니다. 사이코패스가 범죄를 저지르는 것은 100% 그 사람의 자유의지라고 볼 수는 없습니다. 사이코패스적인 정도에는 차이가 있을 수 있는데, 책임이 면제될 만큼 정신적인 문제가 있다고 판단하려면 사이코패스보다는 좀 더 심해야 합니다. 옳고 그름을 구별하지 못할 정도로요. 그런데 사이코패스는 그 정도도 구별하지 못하거나 자기 행동에 온전히 책임을 지지 못할 정도로는 안 보입니다. 저도 사이코패스에 대해 깊이 연구하진 못했지만, 정상적인 생활을 하는 사람 중에도 그런 경향을 보이는 사람이 많이 있습니다. 단지 그것이 범죄적인 충동과 결합하는 것이기 때문에 사이코패스라는 이유로 완전히 책임을 면하기는 어렵다고 생각합니다.

청중4 사형제를 폐지하느냐 마느냐에 대한 논거는 이미 말씀하셨듯이 다 나와 있고요. 대한민국 사람들이라면 누구나 한마디씩 할 정도인데, 결국은 선택의 문제인 듯 보입니다. 지금까지 사형이 집행되지 않았던 것은 그나마 두 전직 대통령이 사형을 반대했기 때문이고, 국민 여론도 마찬가지였으니까요. 결국은 국민과 지도자가 어떤 철학이나 사상을 가지고 있느냐에 좌우될 것 같은데, 그렇다면 폐지운동을 넘어서 실제로 폐지까지 가려면 어떻게 해야 하는지, 외국에서는 어떻게 사형제폐지를 이루었는지 궁금합니다.

금태섭 사례를 하나 들어보겠습니다. 미국의 경우 사형이 굉장히 많이 집행되는데, 시카고가 포함되어 있는 일리노이 주의 주지사가 한번은 사형에 대해 일종의 모라토리엄을 선언한 적이 있습니다. 사형제도가 합헌인지, 사형에 처해지는 사람들이 정말 극악한 범죄자들뿐인지, 이 부분이 명확해지기 전까지는 사형집행을 안 하겠다고 한 겁니다. 주지사는 그 일로 '정치적 자살행위다'라는 말까지 들었습니다. 왜냐하면 대부분의 사회에는 사형존치론자들이 더 많기 때문이죠.

외국에서 실제로 사형제가 폐지되는 과정을 보면, 우리나라처럼 10년 이상 사형집행이 안 이루어지다가 결국 법적인 폐지까지 가는 경우가 대부분입니다. 걱정스러운 것은 지금 우리나라에서 사형을 집행하자는 이야기들이 사회 분위기상 받아들여지고 있다는 겁니다. 한 번의 집행으로 10년 이상 쌓아온 가치는 와르르 무너질 수 있습니다. 그렇기 때문에 지금이 중요한 시점인 것 같습니다.

청중5 좋은 강의 잘 들었습니다. 감사드립니다. 저도 그동안 사형제도 존폐 문제에 대해 나름대로 생각을 해봤는데 결론을 못 내렸습니다.

먼저, 범죄 억지력이 사형제의 존치 이유 가운데 하나라고 말씀하셨는데요. 그렇다면 사형제를 폐지한 후의 범죄 억지력은 어떻게 마련할 것이냐는 게 문제가 될 듯 싶습니다. 물론 과학적인 증거는 없어도 '심정적인' 차원에서 사형제가 범죄 억지력을 지닌다는 데 많은 사람들이 동의한다고 하셨는데, 저도 그럴 것 같거든요. 왜냐하면 누구나 사형은 겁내잖아요. 그렇다면 사형에 대한 대안으로서 감형 없는 무기징역이라는 것이 과연 효과가 있을까 하는 게 첫 번째 의문입니다.

그리고 피해자 유가족이나 친지들이 납득할 만한 어떤 정의의 구현이 이루어져야 한다고 봅니다. '내 가족을 죽인 사람이 무기징역을 받고 감옥에서 국민들의 혈세로 호의호식하며 지낸다. 어쩌면 감형을 받고 나올 수도 있다.' 이런 상황이라면 그분들 입장에서 너무 억울해서 잠도 못 잘 거 같아요. 그런 면도 고려해야 하지 않을까 하는 생각이 들고요. 그리고 국민들의 혈세 문제인데, 이건 좀 비인간적인 얘기인 거 같지만, 사형집행을 안 하고 감옥에 가둬두는 것도 상당한 비용일 텐데 왜 국민들이 죄지은 사람을 위해서 돈을 지불해야 하느냐 하는 주장도 나올 수 있다고 생각해요.

그리고 유죄 판결 전에 강력 범죄자의 얼굴을 공개하는 것에 대해서 외국에서는 '이 사람은 혐의를 받는 것일 뿐 유죄 판결을 받은 것은 아니다'라고 전제한다고 하셨는데, 실제로 어떤 차이가 있을까 하는 의문이 들었습니다.

마지막 질문인데요. 우리나라에는 살인죄의 공소시효가 있잖아요. 이 문제에 대해서는 어떻게 생각하시는지 궁금합니다. 공소시효가 지났다는 이유만으로 처벌할 수 없다는 것은 문제가 있지 않나 하는 생각을 했거든요.

금태섭 우선 범죄 억지력에 대해 말씀드리면, 예전에는 사형폐지론자들이 "범죄자들은 사형보다는 무기징역을 더 두려워한다"는 이야기를 했습니다. 한순간에 죽는 편이 평생을 감옥에서 사는 것보다 낫다고 생각한다는 거죠. 저는 그 말은 틀렸다고 생각합니다. 정말로 사형을 당한다는 것은 무서운 일입니다. 그런데 문제는 사형제를 폐지한다고 해서 범죄가 늘어나는 것은 아니라는 거죠. 왜 흉악한 범죄가 생기는지에 대한 원인을 찾아들어가는 방향으로 가야지, 벌의 양형만 높이는 것으로는 금방 한계에 부딪치기 때문에 범죄 억지는 어렵지 않나 하는 생각이 드는 겁니다.

두 번째로 피해자 유족들의 감정, 그건 명백히 고려해야 한다고 보고요. 사형을 해야 한다는 사람들은, 범인이 죽으면 유족들도 감정적 괴로움에서 벗어날 수 있지만 가해자가 살아서 항소를 하는 한 유족들의 괴로움은 계속된다는 이야기를 합니다. 하지만 저는 그런 이유로 사람을 사형까지 하는 것은 지나치지 않나 생각합니다. 그리고 돈이 많이 들지 않느냐고 말씀하셨는데, 사형시키는 게 오히려 돈이 더 많이 든다는 주장도 있습니다. 무엇보다 돈 문제 때문에 사람의 생명을 빼앗는다는 것은 옳지 않다는 생각이 듭니다.

네 번째는 강력범의 얼굴을 공개하는 문제에 대해 말씀하셨는데요. 실제로 우리나라의 경우에 검사가 기소하는 사건의 99.9%가 유죄 판결을 받습니다. 그러니까 무고한 사람이나 억울한 사람들은 대부분의 경우 애초에 기소도 안 한다는 겁니다. 그런데 그 부작용이 뭐냐 하면, 기소되어서 법정에 서는 순간 범인으로 낙인찍히게 됐다는 겁니다. 어떤 나라에서는 실제 재판까지 다 받아도 배심원이 무죄라고 하면 모두 그 사람을 무죄라고 생각하는데, 우리는 그렇지 않습니다. 무혐의로 밝혀진다고 해도 피해가 크죠. 그런 문화 속에서 피의자의 얼굴을 공개하는 것은 곧 그 사람을 범인이라고 인정하는 것이고, 그만큼 불이익을 주겠다는 심정이 깔려 있을 수 있기 때문에 잘못되었다고 보는 겁니다.

마지막으로 공소시효에 대해 말씀하셨는데요, 지금 살인죄의 공소시효가 15년입니다. 공소시효가 생긴 것은 증거 소멸로 인해 억울한 사람을 처벌한 가능성이 크다고 보았기 때문입니다. 그러나 지금은 예전과는 다르기 때문에 저도 극악한 범죄에 한해서는 공소시효를 늘리든가 아예 없애는 방향으로 검토해야 한다고 생각합니다.

청중6 의정부에서 온 김민곤입니다. 말씀 잘 들었습니다. 그런데 지금 사형제의 존폐 문제는 원론적인 이야기인 것 같습니다. 지금껏 우리나라의 사형제도는 권력자의 힘이었습니다. 인혁당 사건 이후 사람들이 사형을 폐지하자는 말을 참 많이 했습니다. 중요한 것은 억울한 사람이 없어야 한다는 것, 그 다음에 인간의 생명은 그 누구도 좌지우지할 수 없다는 것이라고 생각합니다. 그건 신만이 할 수가 있는 겁니다. 어떤 사람이 큰 죄를 지었어도 그 사람에게 기회를 줘야 합니다. 그래서 저는 금 변호사님께서는 정치적인 문제에 대해 어떻게 생각하시는지, 가령 사형제도가 정치와 무관한 것이라고 생각하는지 묻고 싶습니다. 감사합니다.

금태섭 우리나라에서 사형당한 사람들을 보면, 해방 이후엔 정말 정치적인 것에 영향을 많이 받았습니다. 그래서 사형존치론을 주장하시는 분들도 최소한 정치적인 사건에 대해서는 사형을 하지 말아야 한다는 말씀들을 하셨고, 거기에 대해서는 대부분의 사람들이 공감한다고 생각합니다. 그동안 정치적으로 사형제도가 악용된 적도 많고, 그래서 억울하게 처벌받은 사람도 많았습니다. 말씀하신 대로 권력자의 자의적인 결정에 따른 부분도 많았습니다. 그것이 사형제 폐지의 중요한 이유가 되는 것도 맞고요. 다만, 오늘 말씀드린 내용은 일반 범죄의 경우에도 모순되는 점이 있기 때문에, 정치적인 이슈와 관계없이 사형제도는 폐지되어야 한다는 겁니다.

사회자 주제가 주제이다 보니 조금은 심각한 분위기였는데요. 마지막으로 금태섭 변호사님의 정리 말씀을 듣겠습니다.

금태섭 오늘 불러주셔서 굉장히 감사했습니다. 여러분의 생각을 많이 들을 수 있어서 유익하고 도움이 되는 소중한 시간이었습니다. 지금 사형제에 대해 많은 논쟁이 일고 있는데, 어떤 문제가 우리 사회에 불거졌을 때 조금은 열린 마음으로 서로의 의견을 들을 수 있는 자세를 가졌으면 좋겠습니다. 강연의 주제가 '화'인데, 화가 나더라도 화를 가라앉히고 다른 사람의 말을 들어가면서 균형 잡힌 생각을 해나가는 것이 우리 모두가 발전하는 길이 아닐까 생각합니다. 재미있게 들어주셔서 감사합니다.(청중 박수)

사회자 사형폐지를 주장하는 한 사람으로서 덧붙이자면, 만약 여러분에게 딸 하나, 아들 하나가 있다고 가정해보세요. 그런데 딸이 굉장히 잔인하게 강간당하고 살해당했어요. 그리고 그 다음 해에 자기 아들이 강도짓을 하다가 누군가를 죽였다고 가정합시다. 그럴 때 딸을 죽인 범인을 법의 힘으로 죽여서 복수를 하는 것과 죄인인 아들의 목숨을 지키는 것, 둘 중에 꼭 하나만 골라야 한다면 여러분은 어떤 선택을 하시겠습니까? 금 변호사님 말씀대로 '내 생각이 혹시 틀린 건 아닐까'라는 것에서부터 한번 출발해본다면 굉장히 건강한 토론을 하는 사회가 되지 않을까 싶습니다. 저부터 그렇게 시작해봐야겠네요. 늦은 시간까지 자리해주셔서 감사합니다. 이것으로 〈한겨레21〉 15돌 기념 제6회 인터뷰 특강 '화', 그 세 번째 시간을 마치겠습니다. 여러분, 고맙습니다.(청중 박수)

인터뷰 특강 4 — 홍기빈

울화와 돈

| 꽉 막힌 돈, 답답한 세상 뚫어보기 |

신자유주의가 비틀거리고 있는 건 맞는데, 누가 그걸 연명을 시켜주고 있냐 하면 진보세력의 정책적 무능력이라고 저는 생각합니다. 좀 더 현실적이고 제대로 된 대안을 개발하는 데 시간을 보내는 편이 "끝났다"를 외치고 다니는 것보다 더 중요한 일이 아닐까 생각합니다.

홍기빈 서울대 경제학과와 외교학과 대학원 졸업. 현재 사단법인 금융경제연구소 연구위원이다. 주요 저서로 《투자자 국가 직접 소송제 한미 FTA의 지구정치경제학》, 《아리스토텔레스, 경제를 말하다》 등이 있고, 주요 역서로 《거대한 전환》, 《권력 자본론-정치와 경제의 이분법을 넘어서》 등이 있다.

울화와 돈

| 꽉 막힌 돈, 답답한 세상 뚫어보기

2009년 3월 24일 화요일 늦은 7시

사회자 추운 날씨에도 불구하고 인문학 파티를 위해서 어려운 걸음을 해 주신 여러분께 정말 감사드립니다. 인터넷이라는 공간은 지식을 얻는 데 가장 민주화된 공간이 아닌가 싶습니다. 그야말로 대한민국은 인터넷 강국이죠. 그러다보니 우리는 큰 사건이 터질 때마다 인터넷에서 자신의 의견을 드러내고, 토론하고, 참여하는 동시에 전문가들의 영역까지 학습하게 됩니다. 예를 들어, 황우석 사태 때에는 남녀노소, 학벌, 계급, 직업과 상관없이 전 국민이 줄기세포와 관련된 생명과학의 전문가들이 되었고, 〈디워〉 사태 때는 영화평론가가 되었고, 미네르바 사건 때는 경제 전문가가 되었죠. 경제 상황이 어렵다 보니 여기저기서 '경제, 경제' 하는데, 이제는 그 상황의 본질을 제대로 이해하고 있는지 생각해봐야지 않나 싶습니다. 그래서 '소유'에 대한 개념을 '사유'하는 법을 알려주실 분을 모셨습니다. 금융경제연구소의 홍기빈 연구위원을 여러분께 소개합니다. 큰 박

수로 맞이해주시기 바랍니다.(청중 박수)

홍기빈 안녕하세요? 저는 홍기빈이고요. 1968년에 태어나서(청중 웃음) 이리저리 살다가 지금은 금융경제연구소라고 하는 데서 금융경제를 연구하고 있습니다. 그리고 〈한겨레21〉에 칼럼을 1년 정도 썼습니다.

사회자 굉장히 사적인 이야기입니다만, 알고 보니 저와 홍기빈 위원이 초등학교 동창이더라고요. 오늘 30년 만에 이산가족 만나듯 만난 겁니다.(청중 웃음) 저는 매일 〈한겨레〉를 읽는데요. 꼼꼼히 읽고 싶지만 두 파트 때문에 만날 실패합니다. 그게 바로 '스포츠'와 '경제' 부분입니다. 제가 양평에 사는데 우리 동네에 '후다닭'이라는 치킨집이 있어요. 저는 그 간판을 볼 때마다 작명 솜씨에 감탄을 하는데요. 제 경제 수준이 나스닥, 코스닥 이야기를 들을 때마다 후다닭 치킨집을 떠올리는 정도밖에 안 된다는 거죠.(청중 웃음) 그러니 오늘만큼은 여러분이 저를 도와주시기 바랍니다. 여러분만 믿고 진행하겠습니다. 그리고 홍기빈 연구위원께도 부탁인 척하면서 협박을 하자면, 진정한 고수, 진짜 전문가는 어려운 걸 쉽게 이야기하는 사람이라고 생각합니다. 제가 이해할 수 있는 수준으로 말씀해주시면 진정한 고수라고 인정하겠습니다. 협박된 거죠?(웃음)

홍기빈 제가 알고 있는 정도가 아마 그와 비슷할 것 같습니다.

사회자 홍 위원께서 '후다닭' 수준으로 말씀해주실 거라고 믿고요. 궁금한 게 있습니다. 과학자들은 평소 청바지에 티셔츠 차림이다가 9시 뉴스에 나올 땐 갑자기 하얀 가운으로 갈아입고 실험하는 척하고 그런대요. 경제연구소의 연구원들은 어떤가요? 출퇴근은 하시는지, 하루 일과는 어떻게 되시는지요?

홍기빈 말씀하신 바로 그 문제 때문에 지금 저희들이 공포 분위기입니다.(청중 웃음) 딴 사람들은 뭐 좀 하는 척이라도 할 수 있는데, 우리는 아니거든요. 이번 경제 위기에 구조조정 당해서 잘릴 위기에 놓인 경제연구소 연구위원들이 많습니다. 하루 일과가 어떻게 되냐고요? 출근해서 슬리퍼로 갈아 신고 책상에 앉아 있다가 화장실 갔다 오고 컵라면 하나 끓여먹은 다음 점심시간까지 기다리다가 또 밥을 먹고 다시 슬리퍼로 갈아 신고 이번에는 과자를 하나 먹고 그리고 또 저녁시간을 기다리다가…….

사회자 연구는 언제 하는 건데요?

홍기빈 연구한 결과물을 내야 하는 아주 절박한 상황일 때 합니다.(청중 웃음)

사회자 여러분, 대한민국의 경제가 왜 이렇게 된 건지 지금 확인하셨습니다.(청중 웃음) 다른 얘기를 하자면요, 홍 위원께서는 학부에서 경제학을 전공하시고, 대학원에선 외교학을 공부하셨더라고요. 경제학과 외교학이 무슨 상관이 있는 건가요?

홍기빈 경제에 대해서 사람이 고민하는 방향은 굉장히 여러 가지가 있다고 생각합니다. 그런데 학교에서는 숫자 계산과 차트만 가르치는 거예요.

경제학 공부는 계속하고 싶은데, 경제에 대해서 좀 다르게 접근해볼 수 있는 방법이 없을까 고민했습니다. 그래서 대학을 졸업하고 외교학과에 들어간 겁니다. 그리고 사실 명색이 경제학과인데 매일 데모나 하고 연극이나 했으니 아는 게 없는 겁니다. 대학원 시험을 잘 볼 자신도 없고. 그래서 이왕 이렇게 된 거 다른 과를 뚫어보자 했던 거죠.

사회자 그런 거였군요.(웃음) 홍 위원님께선 지금 캐나다의 한 대학에서 '신 그람시 학파'라고 알려진 스티븐 길 교수와 함께 '일본 자본주의 위기와 국제 금융 체제의 변화 과정'을 주제로 논문을 쓰고 계시다고 합니다. 신 그람시 학파라는 게 뭐죠? 간단하게 이야기해주세요.

홍기빈 아, 지금은 지도교수가 바뀌었습니다. 사이가 좀 안 좋아서. 어찌됐건, 외교학과에 어떤 분과가 있냐 하면요. 경제와 정치를 연결할 뿐만 아니라 국제관계까지 더해서 공부하는 분야가 있어요. 그러니까 천문학 빼고는 다 관계가 있는 학문이라고 생각하시면 되는데요. 포괄적으로 전지구적인 차원에서 정치와 경제가 어떻게 관련을 맺고 있는가 하는 것들을 공부하는 겁니다. 그러니까 일반적인 경제학자들이 하는 것하고는 좀 다른 방법을 취해야 됩니다.

사회자 정말 대단한 공부를 하고 계신 것 같습니다. 혹시 팸플릿에 적힌 강연 내용 요약 글을 보신 분들 계신가요? 거의 도인이 말하는 것 같은 내용이에요. 예를 들면, 돈을 '피'에 비유하셨어요. 동양철학에서 제일 중요하게 여기는 게 기(氣)의 흐름이잖아요. 그걸 돈의 흐름으로 봤을 때 그

흐름이 막히는 상황, 말하자면 도에 넘는 부를 축적하면 사회적 차원에서 울화증이 생기고 집단적 차원의 '주화입마'에 이른다고 하셨어요. 주화입마, 이거 무협지에서 쓰는 표현이거든요.(청중 웃음) "주화입마를 거쳐 빙의에 이른다. 그렇게 되면 온갖 귀신이 달라붙어 귀신도 짐승도 아닌 괴물로 변한다." 이건 뭐, 거의 무협지 수준의 동양철학인데요. 물론 저는 이런 비유가 굉장히 마음에 들기는 하는데요. 스티븐 길 교수와도 이런 식으로 공부하셨나요?(청중 웃음)

홍기빈 그래서 싸운 게 아닐까 싶습니다.(웃음) 뭐, 그런 건 아니고요. 지금 대학에서 가르치고 있는 경제학이나, 책에 나와 있는 경제학을 보면 경제와 인간이 어떤 관계인가를 큰 틀에서 밝히는 내용을 찾아보기가 어려워요. 그래서 지금 제가 하고자 하는 얘기들은 경제학 책에는 전혀 나오지 않는 이야기들인데요. 그래도 할 필요가 있을 때는 이단적인 방법을 쓸 수밖에 없는 것 같습니다.

사회자 경제 이야기를 철학적으로 풀어내시는, 미네르바와는 또 다른 방향으로 우리를 안내하실 것 같습니다. 오늘 홍 위원께서는 '울화와 돈', 돈이 어떻게 우리에게 화를 가져다주는지, 돈은 어떻게 돌아야 하는지에 대해서 이야기를 해주실 겁니다. 박수로 강연을 청해 듣겠습니다.(청중 박수)

돈은 돌고 돌아야 한다

홍기빈 네, 와주셔서 감사합니다. 아까 빙의 얘기도 나오고 주화입마도 나오고 했습니다만, 오늘 제가 하고 싶은 얘기의 메시지를 초두에 간략하게 말씀드리고 시작하겠습니다.

제가 말씀드리고 싶은 얘기는 아주 간단합니다. 돈은 다 쓸모가 정해져 있습니다. 사람이 돈에 대해서 할 수 있는 일은 돈이 어디서 와서 어디로 가는지를 빨리 파악하고 제대로 길을 찾아서 보내주는 겁니다. 그렇지 않고 욕심을 내거나 쌓아놓기 시작하면 사람도 망가지고 돈도 망가집니다. 그런데 자본주의라고 하는 세상에서 통용되는 돈의 원칙은 이것과는 정반대죠. 무조건 쌓아놔야 됩니다. 그러고는 더 많은 돈을 벌어들일 수 있을 때만 꺼냅니다. 그게 아니라면, 자신의 욕망에 따라 뭔가를 사들이고 싶을 때 꺼내들지요. 이렇게 딱 두 가지 말고는 돈을 쓰면 안 되는 겁니다. 그런데 두 번째의 경우도 점점 줄어듭니다. 몇 %로 불어서 돌아올 것이냐를 철저히 따져보고 그게 보장이 될 때만 지갑을 여는 경우가 많아지고 있습니다. 이게 지금 시대에 통하는 돈의 철학인데요. 현명한 것처럼 보이지만, 시간이 가면 사람도 망가지고 사회도 망가집니다. 이것이 저의 메시지입니다.

그런데 돈에 대한 서양 사람들의 사고의 계보를 보게 되면, 이와 비슷한 철학이 분명히 있습니다. 그러나 현대 사회에 영향을 끼치고 있는, 대략 200년 동안에 있었던 경제 사상에는 이런 게 전혀 없습니다. 그래서 제가 부득이하게 이 얘기를 전달하는 방법으로 다른 사고방식을 택하게 된 건데, 그것이 주제넘게 동양철학이라는 겁니다. 사실 합리적이고 논리적인 방식으로만 설명해서는 도저히 전달이 안 되는 것들이 있습니다. 그럴 때는 상징을 이용한 방식을 빌려와 이야기합니다. 서양에서는 지난 300~400년 동안 상징을 이용하는 방식을 철저하게 없애버리는 길을 택했습니다만, 어쩔 수 없이 상징주의적인 방식으로 이야기를 해야 할 것 같다는 생각이 들어서 동양철학에 관해 얘기합니다. 여기서 동양철학을 말하면 뜬구름 잡는 것처럼 느껴지실 수도 있겠습니다만, 제가 보기엔 꼭 그렇진 않습니다. 동양철학에서, 특히《주역》같은 데서 하는 얘기들은 글자 하나하나 내지는 어떤 개념이라는 게 서양적인 의미에서 정의되는 개념이 아니라 하나의 상징입니다.

조금 후에 더 자세히 말씀드릴 테지만, 잠깐 언급하겠습니다. 우리가 오행을 얘기하잖아요. 수(水), 목(木), 금(金), 토(土), 화(火). 먼저 '수'는 물인데 여기선 그걸 뜻하진 않습니다. 이것으로 상징되는 우주의 한 국면을 말합니다. 자기 사주에 '수' 기가 부족하다고 해서 만날 머리맡에다 물을 떠다놓고 주무시는 분이 있는데, 제가 보기에는 전혀 쓸모없는 짓입니다. 왜냐하면 '수' 기가 부족하다는 것은 우주에서 '수'로 상징되는 어떤 하나의 기운이 그 사람의 인생에서 부족하다는 의미이니까, 물을 머리맡에 두고 자봐야 엎지르기나 하지 그 무슨 도움이 되겠습니까. 그러니까 동양철학에서 나오는 얘기들은 합리적이거나 논리적인 차원에서 듣지 마시고 상상력을 발휘해주시면 좋겠습니다. 그런데 상상한다고 해서 제멋대로 생각나는 걸 덧붙여서는 끝이 없어요. 옛날 분들이 동양철학을 하실 때 빼놓지 않고 말씀하셨던 것이, 마음을 잘 가다듬어서 내가 정말 생각하고 싶은 게 뭔지 스스로 돌이켜보라는 것입니다. 우리가 진지한 태도로 함께 이야기를 해보면 그리 어렵지 않을 거라는 말씀입니다.

그럼, 이제 이야기를 시작하겠습니다. 돈과 화의 관계에 대한 것입니다. 프로이트의 《문명과 불만족》이라는 책을 보면 이런 내용이 나옵니다. "인간이 원래 가지고 있는 욕망 중에 '이드(Id)'라는 게 있는데, 이것을 그냥 풀어놨다가는 문명이 성립하지 않는다. 그래서 일정한 방향으로 통제를 하는데, 통제하다 보면 나중에는 노이로제가 생겨 사람들의 표정이 죽을 상이 된다. 그래서 투덜거리기나 하고 좀 행복해 보이는 사람이 있으면 훼방이나 놓고, 그러다가 결국은 주먹을 날리며 폭발한다……." 조금 천박하게 정리하자면 이런 얘기를 한 건데요, 제가 오늘 하려고 하는 얘기가 이와 비슷합니다. 돈이라는 것이 한없이 축적해놓을 성격의 물건이냐, 하는 질문을 던지는 거고요. 돈을 끝없이 축적해놓았을 경우 나중에 어떤 일이 벌어지느냐에 대해서 얘기하고 싶은 겁니다.

우선 화라는 것부터 말씀드리겠습니다. 돈 얘기는 조금 후에 하구요. 앞서 한 얘기와 연결해서 설명하겠습니다. 우리가 보통 오행이라고 하면 월, 화, 수, 목, 금, 토, 일에 등장하는 다섯 가지를 얘기하지 않습니까. 물, 나무, 흙, 돌, 불, 이렇게 다섯 가지인데요. 이 오행을 중국 사람들이나 서양 사람들은 실제 다섯 가지의 재료인 것처럼 이해해요. 영어로 하면 '엘리먼트(element).' 즉 이 다섯 가지 물질로 우주가 구성되어 있는 것처럼 말입니다. 그리스 사람들이 얘기했던 것과 똑같이 이해하는데, 그게 아닙니다. 제가 이해하는 방식이라는 걸 전제로 말씀드리면, 오행이라는 건 우주 전체가, 대지가, 사람의 몸 전체가, 어떤 하나의 전체가 순환할 때 반드시 밟아나가게 되는 국면이라는 겁니다. 다섯 가지 국면을 밟게 되기 때문에 이것은 어떤 재료가 아니라 하나의 우주가 통과할 수밖에 없는 과정들이라는 겁니다.

이 점이《황제내경》이라는 책에 아주 잘 나타나 있습니다.《황제내경》은 동양의학의 최고 경전인데, 전국시대쯤에 쓰였다고 합니다. 전승에 의하면, 까마득한 옛날에 황제라는 임금이 심하게 앓다가 인체의 진리를 달통한 신하와 대화한 내용을 적은 것이라고 합니다. 거기서 오행을 어떻게 설명하느냐 하면, 아까 말씀드린 수, 화와 같은 상징들을 설명하는 한자가 오행의 글자 하나하나에 붙어 있습니다. 예를 들어 수(水)의 속성과 성격을 뭐라고 이야기하느냐면, '연하다' 할 때의 '연(軟)' 자가 붙어 있다는 식입니다. 그렇게 이 상징이 어떤 의미를 가지고 있는지 다시 한 번 얘기한다는 겁니다. 그러면 화(火)의 속성은 뭐라고 나오느냐면, 흩어질 산(散) 자가 나옵니다. 이건 쫙쫙 흩어진다는 말입니다. 우리가 심장에서 피가 쭉쭉 퍼져나가는 걸 생각하면 이해하기가 쉬울 겁니다. 심장에서부터 온몸으로 피가 돌기 때문에 우리가 살고 있지 않습니까. 이게 바로 화의 성격이라는 겁니다.《황제내경》에서는 사람 몸에 있는 오장육부, 육장육부 중에서 심장이 바로 화(火)에 해당한다고 얘기합니다. 심장이 몸으로 기운을 쫙쫙 펼쳐내기 때문에 비로소 온몸에 영양도 돌고 기운도 돌아서 사람이 생활할 수 있다는 거죠.

이게 돈과 무슨 상관이 있을까요? 우리말에서 돈이라는 말은 굉장히 독특한 의미가 있는 것 같아요. 어원은 정확히 밝혀지지 않은 것 같지만, 백설이 난무하는 가운데 제일 많은 지지를 얻고 있는 설이 바로 이것입니다. "돌고 돈다고 하는 뜻에서 온 말이다." 그러니까 돈이라고 하는 건 절대로 멈춰 있는 법이 없고, 계속 사람의 손을 바꿔가면서 사회 전체를 돌아다닌다는 거죠. 그래서 돌고 돈다, 서큘레이트(circulate)된다는 의미에서 '돈'이라고 한다는 이야기를 굉장히 많이 들었습니다.

여담이지만, 고대 게르만어에서 돈은 '죽인다'는 뜻과 관계가 많습니다. 킬(Kill), 사람을 죽인다는 것. 돈이 생겨난 기원에 대해 학교 경제학에서는 이렇게 가르칩니다. 사람들이 처음 시장에서 물물교역을 하다가 불편해서 화폐를 발명했다고요. 그것은 거짓말입니다. 한 200년 전부터 서양 경제학자들, 멩거(Carl Menger)나 애덤 스미스 같은 사람들이 그런 말을 했는데 그건 순전히 추측일 뿐입니다. 역사학자나 인류학자들의 말을 빌리면, 물물교역을 하다가 화폐가 발명됐다는 증거는 전혀 나온 적이 없었다고 합니다.

그럼, 돈이 왜 나왔을까요? 피값이라는 설이 있습니다. 가령 제가 어쩌다 누구를 죽였다고 칩시다. 옛날에는 '눈에는 눈, 이에는 이' 아닙니까? 그러니까 저도 죽어야겠죠. 그럼 제가 죽고 난 다음에는 어떻게 됩니까? 제 아들도 '눈에는 눈, 이에는 이'라며 복수에 나설 것 아닙니까? 그러면 제 아들이 그 집의 아들을 죽이겠죠? 그럼 또 그 집 아들은 '눈눈이이' 그러면서 또 죽일 거고……. 이게 한없이 반복되잖아요. 이 보복의 악순환을 막기 위해 고대 사회에서 가져다 쓴 장치가 사람을 죽였을 경우 피값을 대신 지불하는 겁니다. 어떤 물건을 지불해서 이걸 막아야 사회가 유지되겠죠. 그때 쓰는 물건에서 화폐가 시작되었다고 하는 설이 가장 많은 지지를 얻고 있습니다. 이건 여담으로 드린 말씀입니다. 화폐(貨幣)라는 한자어에서 '화(貨)'는 조개껍데기에서 나온 얘기고, '폐(幣)' 있죠? '폐'는 뭐냐면 이것도 핏값입니다. 영어나 독일어에 있는 의미와 똑같은데, 옛날 신을 모신 사당에서 신관에게 드리는 물건들을 의미하는 게 '폐(幣)'였습니다.

이처럼 다른 나라의 경우에는 '돈'이라는 관념이 '상대방과 나'라는 두

© 한겨레

수승화강(水昇火降). 돈(화)은 돌고 돌아야 한다. 그러나 신자유주의 경제정책은
돈이 위에 쌓인 채 정체되게 만들었다. 도무지 아래로 내려오지 않는 것이다.
신자유주의 위기는 그들만의 잔치가 막장에 이르렀음을 의미한다.
돈을 어떻게 바라볼 것인가. 지금이야말로 사람까지 돈으로 환산되는
'돈 계산의 시대' 이후를 고민할 시점이다.

개인의 물질적, 범죄적 차원의 해석 안에 머물고 있는데, 만약 우리말의 돈이라는 게 아까 말씀드린 것처럼 사회 전체를 돈다는 의미를 내포하고 있다면 상당한 혜안이 아닐 수 없습니다. 정말 뿌듯하게 느낍니다. 이제 제가 말씀드리려는 의도를 아셨을 겁니다.

수승화강(水昇火降), 화는 아래로 흘러야 한다

돈이라는 존재를 오행에 빗댄다면 '화'가 가장 적합하지 않을까 싶습니다. 실제로 많은 경제학자들이 금융체제라든가 화폐가 유통되는 체제를 혈액에 비유하기도 합니다. 경제학자 조지프 슘페터(Joseph Alois Schumpeter)의 책에도 비슷한 비유가 나오는데, '돈이 혈액처럼 사회 전체를 돌고……' 하는 이야기가 상식처럼 통하고 있다는 걸 알 수 있습니다. 그렇다고 돈이 왜 불이냐, 이걸 논리적으로 증명하라고 하면 증명할 길은 없습니다.(웃음) 그건 저도 잘 모르겠고요. 그렇지만 이렇게 상상해봅시다. 만약 돈이 불이라고 한다면, 돈은 어떻게 굴러가야 하는가? 이것은 사람 몸에서나 우주에서 불의 기운이 어떻게 굴러가야 하는지를 생각해보면 유추해낼 수 있지 않을까요?

불은 어디로 가고, 물은 어디로 가느냐고 물어보면 사람들은 보통 이렇게 대답합니다. "불은 위로 올라가고 물은 아래로 흐른다." 그것은 동전의 한 면만 보는 겁니다. 생각해보세요. 만약 불이 위로 올라가기만 한다면, 우주가 생기고 지구가 생긴 지가 몇 십억 년인데 지구상에 있는 불은 다 하늘로 올라갔게요? 그랬다면 지구에 무슨 불이 남아 있겠습니까. 반대로 만약에 물이 아래로 내려가기만 한다면 산 위에 무슨 물이 있겠습니까. 물이 아래로 흐르기만 한다면 산은 위로 오를수록 벌거숭이어야지요. 하지만 그렇지는 않죠. 산꼭대기에서도 나무들이 푸르게 자라고 있습니다. 우리 눈에는 물이 아래로 내려가고 불이 위로 올라가는 것처럼 보입니다만, 실제로 그렇게 되면 우주는 멈춥니다. 그냥 멈춰버리게 되겠죠.

《주역》을 보면 64개의 괘가 나오는데요. 맨 뒤에 보면 기제(旣濟)라는 괘와 미제(未濟)라는 괘가 나옵니다. '기제'는 이미 건너갔다는 뜻이고, '미제'는 아직 건너가지 못했다는 뜻입니다. 태극기의 오른쪽 위에 있는 감(坎)은 물을 상징하고, 왼쪽 아래에 있는 리(離)는 불을 상징합니다. 그러면 물은 위에 있고 불은 아래에 있다는 얘기인데요. 이것은 완전한 상태를 말합니다. 그런데 미제라는 괘는 위치가 바뀌어 있습니다. 불이 위에 있고 물이 아래에 있습니다. 그래서 아직 건너가지 못했다, 완성하지 못했다는 뜻이 되고 마지막의 미제에 이르러서 64개의 괘가 지금까지 이루어놓았던 모든 질서가 무너지고 다시 카오스(Chaos)로 들어가 버린다는 얘기가 담겨 있습니다.

그럼 그게 무슨 뜻인지 알기 위해서 다시 생각해보겠습니다. 이미 말씀드린 것처럼 불이 위로 올라가기만 하고 물이 아래로 내려가기만 한다면 우주는 멈추게 될 겁니다. 우주는 이미 옛날에, 미제의 괘처럼 뒤집힌 상태가 되어서 정체 상태에 머물렀을 겁니다. 그런데 오늘도 물은 계속 아래로 흐르고 있고, 불은 위로 향하고 있습니다. 그 힘을 빌려서 사람들은 사랑을 하고, 애를 낳고, 나무가 자라고, 곡식이 만들어지고 있습니다. 왜 그럴까요? 이유는 간단합니다. 우리가 보이지 않는 곳에서는 물과 불이 반대로 움직인다는 뜻이겠죠. 보이지 않는 곳에서 끊임없이 물은 위로 올라가고 있고, 불은 아래로 내려가고 있습니다. 그렇기 때문에 우리 눈앞에서는 불이 위로 올라가고 물이 아래로 흘러가도 우주가 멈추지 않고 지속적으로 생을 되풀이하고 있는 겁니다. 옛 선인들께선 그것을 생명의 원리로 파악했습니다. 독자적으로 하나의 생명을 유지하는 유기체라면, 그 내부의 질서는 항상 '수승화강(水乘火降)', 즉 물은 위로 올라가고 불은 아래로 내려갈 수밖에 없습니다. 이 말은《격암유록格庵遺錄》이라는 조선시대 예언서에도 나옵니다. 이것을 가져다 고전적으로 설명하는 게《주역》맨 뒤에 나오는 64괘의 두 가지, 즉 기제와 미제라는 겁니다.

그렇다면, 보이지 않는 곳에서 물이 위로 올라간다는 건 무슨 뜻일까요? 수증기가 되어서 계속 위로 올라가죠. 아무도 그걸 막을 수 없습니다. 뚜껑을 덮어서 막을 수 있을지 모르겠지만, 과연 저 강물을, 바다를 누가 뚜껑으로 덮을 수 있겠습니까. 그래서 물은 보이지 않는 곳에서 항상 위로 올라가 구름을 만들고 다시 내려옵니다. 그럼 불은 어떤가요? 지금 우리가 땅속에서 꺼내 쓰고 있는 불이 다 무엇인지 생각해보세요. 하늘의 해가 불 에너지를 보냅니다. 그 에너지가 땅으로 내려와 중생대 양치식물의 이파리에 고스란히 담겨서 펄럭거리다가 지진이 나서 땅속 깊이 묻힌 후 석탄이 되고 석유가 된 것이 아닙니까. 불 기운에 해당하는 것들도 끊임없이 아래로 내려가고 있다는 겁니다. 이런 시스템이 굳건히 유지될 때 비로소 생명체가 생명을 유지할 수 있는 건데, 만약 누군가가 이 시스템을 무너뜨리면 어떻게 되겠습니까? 그냥 거기서 죽을 수밖에 없습니다.

다시 말씀드리지만, 기제라는 괘는 물이 위에 있고 불이 아래에 있습니다. 그리고 기제의 여섯 개의 효(爻)는 모두 있어야 할 자리에 있습니다. 그렇기 때문에 아무런 불만도 없고 모든 것이 원만하게 흘러갑니다.

그래서 여우는 이미 강물을 건너갔다고 얘기할 수 있겠죠. 반면에 미제라는 괘는 불이 위로 올라가 있고 물이 아래로 내려와 있습니다. 그리고 여섯 개의 효는 모두 있어야 할 제자리의 정반대 자리에 들어가 있습니다. 세상의 모든 것이 멈춰서 흐르지 않습니다. 그래서 그전까지 무사히 강물을 건너가는 것처럼 보이던 여우가 맨 끝에 가서 꼬리를 강물에 적셔버리고 맙니다. 모든 게 다 흐트러져버린 것입니다. 여우가 강물을 건너면 모든 게 완성되어 끝났을 텐데, 이 바보 같은 여우가 저 미제의 괘를 만들어서 거기다 꼬리를 물에 빠트려버렸으니 지금까지 일구어놓은 일들이 모두 허사로 돌아갑니다. 모든 것이 혼돈, 혼란이 되어버리고 다시 원초적인 질서로 되돌아가서 64괘의 순환이 시작됩니다.

그래서 물이 위로 올라가고 불이 아래로 내려가는 것이 생명의 원리라고 한다면, 그게 거꾸로 된 상태에서 나타나는 일들은 생명이 파괴되는 방향입니다. 파괴라고 해서 우주가 멈추는 법은 없습니다. 사람 한두 명이 죽는다고 해서 사회가 멈춰 섭니까? 그리고 사람이 죽는다는 건 겉으로 보이는 살가죽이 없어질 뿐 그 사람의 존재까지 없어지는 건 아니지 않습니까. 우주는 계속 이어지겠죠. 대신 지금까지 있었던 모든 것이 소멸한 상태에서 새로 시작하게 되겠죠.

'트리클 다운'은 정치적 수사다

그렇다면 돈이라는 것을 이 원리에 비추어보면 어떨까요? 돈이 사회 내에서, 개인의 삶에서 어디로 어떻게 흘러가는 게 맞는가를 생각해볼 수 있습니다. 아까 '후다닭' 얘기도 나왔습니다만, 사실 경제에 대한 저의 이해 수준이라는 것도 후다닭보다 높을지 의심스럽긴 합니다. 시장경제의 작동원리를 완전히 꿰고 있는 것처럼 얘기하던 사람들이 이루어놓은 질서가 지금 어떻게 되었는가를 보면, 그 사람들도 제대로 알고 있었던 건지 심히 의심스럽습니다.

잠깐 또 객담이지만, 지난주에 저를 놀라게 한 사람이 두 명 있었습니다. 제너럴 일렉트릭(GE)이라는 미국 회사의 사장이었던 잭 웰치와 영국 수상인 고든 브라운이었습니다. 이 두 사람은 신자유주의적 시장경제 질서를 만든 사람들입니다. 잭 웰치는 1980년대 초에 제너럴 일렉트릭의 CEO가 됩니다. 그는 기업경영의 목표는 주가 상승에 있다는 관행을 만들어낸 사람입니다. 여러분 표정을 보니 당연한 얘기 아니냐 하시는 것 같은데, 그렇지 않습니다. 제가 1987년에 대학에 들어갔는데요. 그때만 해도 1970년대판 경영학 교과서로 공부했습니다. 당시 교과서를 보면 '기업경영의 목표'라는 대목에서 주가 얘기가 나오는 경우가 없었습니다. 뭐라고 나왔냐면 "기업 경영의 목표는 성장에 있다"는 식으로 기업의 규모에 대해 얘기합니다. 사람을 더 많이 고용한다는 거죠. 지금은 자르지 못해 안달인데. 기업 규모를 키우고, 기업의 효율성을 높이고, 기업의 명예를 세우는 얘기는 나왔지만, 주가 얘기는 하나도 없었습니다. 주가를 올리는 것이 기업경영의 목표라는 인식을 구축했다고 볼 수 있는 사람 중의 하나가 잭 웰치인데, 그랬던 사람이 지난주엔 "기업경영의 목표가 주가를 올리는 것에 있다는 것이야말로 이 세상에서 가장 멍청한 생각이다"라고 했습니다.(청중 웃음) 가슴이 무너지는 줄 알았습니다. 그렇다면 세계 곳곳에서 MBA 자격증을 따기 위해 고생하시는 분들은 다 뭡니까. 주가를 끌어

올리기 위해서 고생하시는 저 많은 회사원들과 경영자들은 다 뭐가 되겠습니까. 그런데 그 충격이 채 가시기도 전에 고든 브라운이, 이 분은 지난 10년간 영국의 재무장관으로 있으면서 런던이란 도시를 인간 역사에서 찾아볼 수 없는 금융 개방과 자유화의 성지로 만드셨던 분인데, 갑자기 "신자유주의는 끝난 것 같다. 우리가 좀 지나쳤다"고 했습니다.

아, 그리고 세계 경제를 좌지우지했던 앨런 그리스펀이란 사람 아시죠? 몇 달 전에 이 사람이 텔레비전에 나와서 "아임 쏘리" 그랬거든요?(한숨) 이 사과를 받아줘야 하는 건지 어떤 건지……. 아인 랜드(Ayn Rand)라고, 《아틀라스Atlas Shrugged》라는 소설을 쓴 작가가 있는데 앨런 그린스펀이 바로 아인 랜드의 제자였습니다. 아인 랜드라는 사람이 가르치고 그린스펀이 받아들인 바는 뭐냐면, 바로 이겁니다.

"이 세상에 똑똑한 인간과 어리석은 인간이 존재하는 건 어쩔 수 없다. 그것은 자연의 섭리다. 그리고 모든 인간이 자기의 머리를 써서 이루려고 하는 원칙은 두 개로 정리할 수 있다. 탐욕과 공포. 인간을 움직이게 하는 건 탐욕이고 인간을 뒤로 자빠지게 하는 건 공포다. 그리고 어디에서 균형을 맞춰야 하는지는 그 사람 스스로 안다. 그러므로 어리석은 인간과 똑똑한 인간이 있을 뿐이다. 똑똑한 인간이 어리석은 인간을 이기도록 만들었을 때만이 인류 사회가 구원받을 수 있다. 금융시장이야말로 공포와 탐욕이 균형을 이루는 곳이므로 똑똑한 사람이 어리석은 사람을 다 벗겨먹을 수 있도록 완전히 풀어놓아도 괜찮고, 오히려 그렇게 될 때 완벽한 금융시장이 만들어진다."

바로 이런 철학이 앨런 그린스펀의 머릿속에 들어 있었습니다. 몇 년 전 파생금융상품의 규제를 최대한 완화했을 때, 누가 봐도 어마어마한 거품을 가져올 거라는 게 뻔했습니다. 많은 사람들이 반대했는데 그린스펀이 뭐라고 했냐면 "니들이 뭘 안다고 떠드느냐. 가만히 있어라. 내가 안다" 그러면서 규제를 완전히 풀어놓았습니다. 그래서 몇 년 지나고 나니까 알긴 뭘 알아요? 비우량 주택담보대출(서브프라임 모기지) 사태로 세계 경제가 휘청이는 지경까지 오게 만들어놓고 "그래, 어떻게 생각하십니까?" 했더니 "아임 쏘리"라고 한 겁니다. 이게 무슨 허무 개그도 아니고……. 그린스펀이나 잭 웰치는 지금 대학에서 가르치는 경제학, 경영학에서 금과옥조처럼 여겨지는 원칙들을 만들다시피 한 사람들입니다. 그런데 이 사람들이 줄줄이 사과하고 있는 상황입니다.

얘기가 잠깐 딴 곳으로 빗나갔습니다. 어쨌든 경제이론 중에 '트리클 다운 이펙트(Trickle Down Effect)'라는 게 있습니다. 트리클은 물방울이 똑똑똑 떨어지는 걸 말하는데요. 물통을 공중에 매달아두면 거기서 물이 똑똑 떨어지겠죠. 트리클 다운입니다. 그게 경제와 무슨 상관이냐고요? 미국의 유명 경제학자들이 다 하는 소리입니다. "부자들의 배를 불려주면 물이 아래로 흐르듯이 언젠가는 돈이 똑똑똑 한 방울씩 지옥까지 떨어져서 가난한 사람들의 바싹 마른 입술을 적셔줄 것이다. 그러니 부자들이 더 많이 돈을 쓸 수 있도록 세금을 깎아줄 일이요, 부자들이 더 많은 소비를 할 수 있도록 화려한 사치 위주의 서비스 상품이나 상품 시장을 개발할 일이요……." 이런 겁니다. 이걸 지금 무슨 분배 이론이나 되는 양 대학과 매체에서 이야기하고 있는데, 《주역》의 상징과 뭐가 다를까 싶은 겁니다.

도대체 돈이 왜 물입니까. 만약 돈이 물이라면 공중에 돈을 매달아두면 똑똑똑 아래로 떨어질진 모르겠어요. 그런데 돈이 불이라면 어떻게 되는 거예요? 천장만 타겠네요. 그렇죠? 내려오긴 뭘 내려와요. 아래는 그냥 냉골이지. 만약 돈이 물이 아니라 불이라면 다 위로 올라가 버리겠죠? 바닥은 계속 냉골이겠죠. 그럼 '트리클 다운 이펙트' 얘기하는 사람들한테 물어봐야 합니다. "당신은 무슨 과학적 근거로 돈 얘기하다가 메타포로 빠지느냐? 왜 갑자기 상징을 사용하느냐? 돈이라고 하는 존재가 물이라는 메타포에 해당한다는 논리적 근거가 뭐냐?" 이렇게 따져야 합니다. 그런데 그렇게 하지 않습니다. 왜죠? 트리클 다운 이펙트라는 경제학 이론의 실증적 근거는 굉장히 희박합니다. 그런데 이 얘기가 보통 사람들한테 받아들여질 땐 정치적 수사(레토릭)로 변하는 겁니다.

이와 정반대되는 종류의 사고방식도 있습니다. 케인스 경제학에 대해 얘기를 많이 하는데요, 물론 케인스파 경제학자라고 다 그런 건 아닙니다. 어떻게 생각해볼 수 있냐면, 가난한 사람들 주머니부터 채워놓으면 어떻겠어요? 그 사람들은 돈을 쓰겠죠. 한번 생각해봅시다. 저기 위에 있는 사람들은 회계사다, MBA다 해서 세상에 돌아다니는 돈이란 돈은 모조리 빨아들일 수 있는 오만가지 장치를 다 준비해놓았습니다. 그런데 돈을 같은 자리에 풀면 어떻게 되겠어요? 그냥 거기서 빙빙 돌다 끝날 거 아닙니까. 그럴 때는 돈을 어디다 풀어야겠어요? 맨 아래에다 풀어야죠. 그렇지 않겠습니까? 우리 선조들이 공중에다 화로를 매달아놓은 게 아니라 왜 바닥에 두고 바닥 돌을 달궜겠냐고요. 불길이 위로 올라가잖아요. 적어도 눈에 보이는 데서는. 그러니 불은 어디다 둬야겠어요. 가장 아래에 두어야겠죠. 그래서 급진적인 일부 케인스파 경제학자들은 가난한 사람들의 주머니에 돈을 넣어주자고까지 얘기합니다. 그걸 사회과학적으로 말하면 "노동계급과 빈곤층의 구매력을 증대시켜주는 것이다"입니다. 그럼 그 방법은 뭐겠습니까? 금융시장이라는 매개를 통하지 말고 국가가 직접 그 사람들 주머니에 돈을 찔러 넣어주는 겁니다. 재정정책을 쓰라는 얘기가 되겠죠. 돈을 풀 생각하지 말고, 가난한 사람들이 직접 돈을 벌 수 있는 여건을 만들어주라는 얘깁니다.

화가 뭉쳐 있으면 울화, 돈이 뭉쳐 있으면?

그 다음에 생각해볼 문제가 더 있습니다. 돈이 빙빙 돌아다닌다는 말씀을 드렸는데, 사실 돌기만 하면 안 됩니다. 좀 뭉쳐 있기도 해야 합니다. 사람 몸에도 단전이 세 군데 있지 않습니까? 배꼽 아래에 하단전, 젖꼭지 사이에 갈비뼈랑 만나는 곳에 중단전, 인도 사람들이 서드 아이, 즉 제3의 눈이라고 부르는 이마 중간의 인당혈에 상단전. 여기가 각종 기운이 뭉쳐 있는 곳입니다. 하단전은 침놓을 때 기해혈(氣海穴)이라고 하는데, 기가 바다처럼 모여 있다는 뜻입니다. 이처럼 사회 전체적으로 봤을 때 돈이 뭉쳐 있는 곳도 있어야 합니다.

가령, 태양열 발전소를 짓는다고 해요. 한두 푼 드는 게 아니잖아요. 그런데 돈이 계속 돌기만 하면 태양열 발전소를 세울 돈은 누가 대겠습니까? 그러니까 돈도 모아놓아야 합니다. 집단적으로 써야 할 일이 있으니까요. 그래서 은행이 있는 거죠. 은행이라든가 금융기관 같은 게 그런 경우에 돈 갖다 쓰라고 돈이 뭉쳐 있는 곳입니다.

잠깐 다른 얘기를 하자면, 은행의 어원을 둑(Bank)이라고 알고 있는 분이 계시는데, 그건 아닙니다. 은행이란 걸 만든 건 이탈리아 사람들입니다. 벤치를 만들어놓고 거기 앉아서 예금자를 기다리던 게 은행의 시작이에요. 그래서 은행이라는 말의 어원은 벤치(Bench)입니다. 그런데 나중에 은행이 망하면 어떻게 하냐면, 그 벤치를 박살내는 거죠. 그걸 라틴어로 '럽트(rupt)'라고 합니다. 두들겨 부수는 것. 그래서 뱅크럽트(Bankrupt)가 '파산하다'라는 뜻이 되는 겁니다. 하여튼 둑(Bank)에서 나온 말은 아닙니다. 그래도 어쨌든 그 상상력은 중요합니다. '돈이 둑에 있는 물처럼 뭉쳐 있는 것이 은행이다.' 그리고 금융기관의 원래 역할은 돈을 뭉쳐놓고 있는 게 아니라 필요한 곳에 돌리는 거겠죠.

1980년대 이전의 화폐금융 관련 교과서에서는 은행의 기능을 자금의 중계에 있다고 가르쳤습니다. 수익성의 추구가 아니었다는 거죠. 그런데 지난 30년 동안 미국을 비롯해 전 세계 모든 금융기관에서 추구해온 가치는 리스크를 계산해서 수익성을 올리는 것이었습니다. 그래서 기업자금을 공급해야 하는 은행들이 서브프라임 모기지 시장에 뛰어들고, 수익이 높다고 하면 앞뒤 안 가리고 날뛰다가 이런 사태를 맞은 것 아닙니까? 제가 처음에 이야기를 시작하면서 말씀드렸습니다. "사람들이 무조건 돈을 안 쓰려고 한다. 지갑을 열 때는 나가는 돈보다 들어올 돈이 더 많을 경우뿐이다." 그런데 금융기관도 그런 식으로 행동한다는 겁니다. 그러니 사회가 어떻게 되겠습니까? 나라에서는 대출을 해라, 금리를 낮춰라 하지만 돈이 돕니까? 아니라는 겁니다.

우리 몸에 있는 단전이란 게 말입니다. 기를 뭉쳐놓고자 하는 게 아닙니다. 기가 잘 굴러가라고, 흘러가라고, 몸을 건강한 상태로 만들기 위해 기가 뭉쳐 있는 겁니다. 그렇게 생각해보면 지금 우리가 돈을 운용하고 있는 원칙이 수승화강의 원리와는 정반대에 해당한다는 것을 느낄 수 있습니다. 그렇죠? 불에 해당하는 돈이 다 위로 올라가 있고, 거기에 꽁꽁 묶어놨습니다. 더 많은 돈이 위로 올라갔을 때만 돈이 내려옵니다. 그러니 수승화강과 정반대 상태라는 겁니다.

'주화입마(走火入魔)'라는 용어가 있는데, 도교나 선가 계통에서 도를 닦다가 기가 역상하는 상태를 주화입마라고 합니다. 도를 닦다가 기의 흐름이 막혀서 잘못되는 것인데, 기가 뜬다고도 합니다. 기가 돈다는 게 어떤 개념이냐면, 심장이 불에 해당한다고 말씀드렸죠? 물에 해당하는 건 신장, 즉 콩팥입니다. 그래서 콩팥을 따뜻하게 하고 그 기운을 끌어 올려서 심장을, 위를 달군다는 게 도를 닦는 원리의 하나입니다. 신장에서 출발한 물 기운이 위로 쭉 올라가서 심장에서 불 기운으로 바뀌어 아래로 내려옵니다. 물 기운이 위로 쭉 올라가는 맥을 독맥(督脈)이라고 하고, 위에서 불 기운으로 바뀌어서 밑으로 뜨거운 기운이 내려오는 맥을 임맥(任脈)이라고 하는데요. 이렇게 한 바퀴 빙 도는 것을 소주천(小周天)이라고도 합니다. 그러니까 우주가 한 바퀴 순환하는 것과 마찬가지로 인간의 몸에서도 똑같은 순환이 이루어진다는 발상입니다.

이렇게 빙빙 돌아줘야 사람이 건강한데, 문제가 있습니다. 물 기운이 쭉 올라가서 불 기운으로 바뀐다고 했죠? 그런데 이게 내려오다 잘 걸립니다. 임맥이란 게 몸의 정 중앙선이에요. 그래서 미간(眉間)에서부터 쭉 아래로 내려와서 하단전까지 내려가는데, 잘 걸리는 지점이 몇 군데 있습니다. 인중에서도 잘 걸린다고 하는데 특히 잘 걸리는 곳이 아까 말씀드린 젖꼭지와 갈비뼈 양쪽이 만나는 선 있죠? 단중혈이라고 하는데 여기서 까딱하면 막힙니다. 그렇게 불 기운이 내려오다가 막히면 어떻게 되겠습니까? 말하자면 수승화강이 안 되는 상태죠. 불 기운이 아래로 내려가지 못하고 마구 날뛰는 겁니다. 그게 주화(走火)입니다. 물이 멀쩡하게 위로 올라가고 불도 아래로 멀쩡하게 내려가야 하는데, 이 불이 자기가 가야 하는 길로 못 가니까 몸 전체로 이리 튀고 저리 튀고 합니다.

울화증(鬱火症)이란 말을 쓰지 않습니까? 울(鬱)은 뭉쳐 있는 상태를 말하므로, 화가 내려오다 막혀서 꽉 뭉쳐 있는 상태가 울화입니다. 이때 화가 거슬러 올라가서 머리로 불이 올라오는 경우가 있습니다. 머리는 원래 서늘해야 하는데, 뜨거워져버리면 사람이 제정신을 못 차립니다.

그런데 이 단중혈이 왜 이렇게 막히느냐 하면, 사람의 감정과 관계가 있어요. 인간관계에서 스트레스를 받거나 하면 단중혈이 막힙니다. 사람들이 서로 돕고 살지 못하는 사회, 인간관계가 막혀 있는 사회에 살다 보면 이게 거꾸로 독이 된다는 말입니다. 신문에서 보셨을 겁니다. 갑자기 버스 운전기사와 시비가 붙어서 기사를 때려죽였다든가, 공중전화 앞에서 줄 서고 있다가 앞 사람이 전화를 빨리 끊지 않는다고 맥주병으로 내리쳐서 죽였다든가 하는 기사들 말입니다. 이게 전형적인 울화의 상태입니다. 불이 내려가지 못하니까요. 머리가 서늘하면 누가 그런 어처구니없는 짓을 하겠습니까. 불이 거꾸로 올라가게 되면 사람은 제정신이 아닙니다. 당해낼 장사가 없습니다.

주화 다음에 입마(入魔)라는 말이 있는데 '마'적인 상태로 들어가게 된다는 뜻입니다. 지금 제가 예로 든 경우는 입마의 가장 초보적인 단계에 해당합니다. 입마에 빠지게 되면 보통 사람으로선 상상하기 힘든 종류의 헛것을 보기 시작한다고 합니다. 울화증이 심해지면요. 그런데 이게 막혀서 거꾸로 올라가게 되면 눈에 헛것이 보이기 시작하는데, 최악의 경우에 빙의(憑依)라고 해서 귀신 들린 것 같은 상태까지 됩니다.

하여튼 이건 한의학이나 선가에서 하는 얘기고, 이제 돈이 뭉쳐 있는 상태에서는 어떤 일이 벌어지는지 생각해봅시다. 보험금을 노리고 일가족을 살해했다는 뉴스 있죠? 제가 생각하기에 이건 인류 차원에서 접근할 문제가 아닙니다. 보험금을 노리고 자기 가족을 죽였다는 건 제정신이라고 볼 수 없어요. 가족을 죽여서까지 돈 벌어서 뭣에 쓰려고요? 그건 미친 겁니다. 또 이런 얘기도 있습니다. 대학원에 다니는 학생인데요, 암에 걸렸다고 합니다. 그런데도 계속 공부를 하고 있다고 합니다. 경쟁이 하도 극심해서 몸이 견디기 힘들 지경인데도 그 전선에 뛰어든 것 역시 제정신이 아닌 겁니다. 그런데 우린 그렇게 하고 있습니다. 이런 건 개인적인 차원에서 해명될 문제는 아닙니다. 돈과 관련된 사람들의 의식은 사회에서 생겨나기 때문입니다. 사회 전체적으로 돈이 한곳에 몰려 있기 때문에 그렇습니다. 이게 제가 드리고 싶은 말씀입니다. 그러면 어떻게 해야 할까요? 돈을 불이라고 생각한다면, 가야 할 길을 갈 수 있게끔 만들었으면 좋겠다는 겁니다.

이제 말을 마칠 때가 된 것 같습니다. 제가 아는 분 얘기를 전해드리고 마무리하겠습니다. 그분은 굉장히 열심히 일하고, 악착같이 돈을 버십니다. 그런데 이 사람이 돈 쓰는 걸 보면 잘 납득이 안 될 때가 있답니다. 돈 벌 때의 행동과 쓸 때의 행동이 잘 어울리지 않는다는 거예요. 왜 그러냐고 물었더니 "돈은 임자가 따로 정해져 있다"고 대답했다고 합니다. 악착같이 벌어야만 오게 되어 있는 게 돈이다, 그런데 돈을 쓸 때는 원래 임자한테 보낸다는 생각으로 써야 한다고 말했단 겁니다. 사회 전체적으로 돈이 그렇게 돈다면 아마 그 상태가 수승화강이 이루어진 상태가 아닐까 생각해요. 지금 우리가 놓여 있는 상태는 분명 거꾸로입니다. 그래서 제 생각에 돈을 제대로 쓴다는 건 축적의 원리는 아닐 거라는 겁니다. 돈이 생길 때마다, 이 돈이 어디로 가야 하는 돈인가 생각하면서 쓰는 게 맞지 않을까요? 그게 오늘 드리고 싶은 말씀입니다. 감사합니다.(박수)

CEO 대통령이 국민을 부자로 만들어줄 거라고?

사회자 '트리클 다운' 효과라는 것 때문에 이명박 대통령이 '기업 프렌들리'를 주창하셨나 봐요. 그런데 사람들은 왜 천천히 가더라도 함께 가자고 얘기하는 진보 정치인들 말은 안 믿고, 기업 프렌들리, 트리클 다운 효과는 믿을까요? 어디서부터 잘못된 걸까요?

홍기빈 도대체 '기업 프렌들리'라는 얘기를 왜 우리가 계속 용인하고 있어야 하느냐, 이 말씀이신 것 같은데요. 제 생각엔, 기업들의 여건이 좋아지면 투자를 늘릴 거고, 기업들이 투자를 늘리면 일자리를 늘릴 거고, 결국은 그렇게 해서 '나도 부자가 될 거야'라는 환상에 젖어 있는 듯합니다. 그 정도의 논리에 설득되는 경우도 있는 것 같고요. 더 많은 경우, 경제인 숭배에 가깝습니다. 2등 논리와도 비슷한데, 예를 들어서 우리 국민 모두가 몸이 굉장히 약해졌다고 합시다. 그러면 사람들은 누구를 대통령으로 뽑고 위에 모시고 싶어하냐 하면, 운동선수를 뽑는다는 겁니다. 가령 김연아 선수가 세계 무슨 무슨 대회에 나가서 좋은 상을 받고, 장미란 선수가 몇 kg을 들어올리든 우리 국민의 건강과는 아무 상관이 없죠. 그런데도 건강의 담론이 지배하면 체육인이라든가 건강하기로 소문난 사람들을 숭배하는 사회적 현상이 생겨나는 겁니다.

그와 마찬가지로 우리나라에는 'CEO 숭배론'이 생겨났다고 봅니다. CEO라고 하는 게 우리 사회의 미래인 것처럼 되어버렸습니다. 제가 가끔 이십대 분들과 얘기할 기회가 있는데, 이 분들이 되고 싶은 게 CEO, 그 다음이 로펌 변호사였습니다. 개인적인 취향이니까 그럴 수도 있는데, 문제는 사회 전체가 또 이런 사람들에게 주도권을 줘야 건강한 사회를 만들 수 있다고 생각한다는 겁니다. 이건 '장미란 씨가 대통령이 되면 국민들 모두 300kg을 들어 올릴 것이다'라는 것과 똑같이, 아무런 논리적 연관성이 없는데 말이죠.

사회자 적절한 비유네요.

홍기빈 예. 제가 보기에는 경제가 어려우니까 CEO를 대통령으로 만들어야 한다는 이상한 단순 논리에 넘어간 거 같고, 여기에 대해 조금 어려운 질문을 하는 사람이 나타나면 그때 휘두르는 논리가 트리클 다운이죠. 그 다음에는 이런 얘기를 합니다. "기업이 잘돼야 나라 경제가 잘된대." 그 논리에 말려든 사람들은 '기업이 잘돼야 돈이 돌고 나라 안이 좀 풍성해지지, 만날 데모하는 것처럼 보이는 저 노동자들이 돈을 가지면 우리는 망하는 거 아니냐'는 식의 정서에 젖게 되겠죠. 그래서 제가 보기에는 별 합리적인 이유는 없는 거 같습니다.

사회자 그래서 삼성 문제로 들썩일 때 부모님들이 데모하러 나가는 자식들을 붙잡고 제일 많이 하신 말씀이 이거랍니다. "삼성이 망하면 우리나라가 망한다. 너 무슨 짓을 하는 거니. 큰일 날 짓을 한다." 많은 기성세대들이 그렇게 말씀하셨다는 안타까운 얘기를 들었는데요. 결론적으로 선생님 말씀은 '수승화강', 물은 위로 불은 아래로, 그러니까 돈이 아래로 내려가야 한다는 겁니다. 그 말씀 자체는 참 좋은데, 상징에서 잠깐 벗어나서, 실질적으로 경제학자로서 어떤 대안을 가지고 계신가요.

홍기빈 갖고 있으면 뭐 이 자리에 있겠어요.(청중 웃음) 하는 마음도 있지만 그 대안이 없다고만 할 수는 없습니다. 먼저 '대안'이란 단어에 대해 잠깐 얘기해야겠습니다. 아마 이 말이 영국에서 나왔을 겁니다. 대처 수상이 신자유주의라는 무지막지한 조치를 취하자 반대 세력이 들고 일어섰습니다. 그러자 대처 수상이 "그럼 너네 대안이 있냐?(There is no alternative)" 그렇게 얘기했죠. 그것을 단어 앞글자만 따서 'TINA'라고 영국 친구들이 부르는 걸 본 적이 있는데, 여러분은 어떻게 생각하세요?

예를 하나 들어봅시다. 갑자기 아버지가 자고 있던 아이들과 부인을 다 깨운 다음에 "얘들아, 지금부터 술집에 가서 맥주를 마시자" 하니, 애들이 "어휴, 말이 되요? 아버지" 했답니다. 그랬더니 아버지가 "그럼, 너 대안이 있냐?"(청중 웃음) 한 겁니다. 무슨 말이냐 하면, 대운하 파는 얘기를 들으면서 저는 어의가 없었는데, 대운하를 파겠다고 나옵니다. 그걸 반대하니까 "그럼, 대안이 뭐 있냐?" 그런단 말이에요. 거기다 대안을 왜 댑니까.(청중 웃음) 그런데 이런 경우가 굉장히 맞습니다. 이명박 대통령만 그런 건 아닙니다. 노무현 대통령도 그랬죠. '한미FTA' 하지 말자고 그랬더니 대안이 있냐고 따졌습니다. 그게 무슨 상관이 있습니까.

사회자 아, 그렇게 생각하니까 너무 억울하네요. 그렇지만 자다가 맞아서

겠어도 "너, 그럼 대안이 있냐?" 했을 때 "예. 있습니다. 아버지" 하고 내놓을 수 있는 것이 바로 진보 정치인들이어야 하는데, 그게 안 됐던 게 또 우리의 비극이죠.

홍기빈 그러니까 조금만 더 생각을 해봐야 하는데, 거기서 대처 수상이 참 머리를 잘 쓴 건데요. "대안이 있냐?" 그렇게 얘기했을 때 까딱 잘못하면 "맥주 말고 폭탄주 마셔요" 이렇게 됩니다.(청중 웃음) 그러니까 굉장히 심각한 문제인데 대안이라는 프레임에 갇혀버리면 어떻게 되느냐 하면, 뭔가 비슷하면서도 덜 위험한 걸 갖다대야 책임 있는 세력처럼 보일 수 있다는 오류에 빠질 수 있습니다. 이처럼 우리가 어떤 대안이라든가 어떤 방향으로 가야 하느냐를 생각할 적에, 우리의 사고가 혹시 저쪽에서 만들어낸 프레임에 갇혀 있는 게 아닌가 하는 반성은 한 번쯤 해볼 필요가 있다고 생각합니다.

말하자면 이런 겁니다. 가령 지금 돈이 안 돌고 있는데 어떻게 할 거냐 하는 문제를 해결하는 방법으로 이 나라에선 "인턴 보내겠다. 우선 그 젊은 친구들을 인턴으로 써서 푼돈 나눠주겠다" 이런 얘길 합니다. "그걸 말이라고 하느냐"라고 따지면 "그럼 너희는 대안이 있느냐"라고 반박합니다. 이럴 때 "그럼 인턴 말고 비정규직 시켜줘라"라고 얘기한다면, 이게 맞는 걸까 하는 생각을 다시 해볼 필요가 있다는 거죠. 그럼, 어떻게 생각하면 좋을까요?

사람들이 살아가는 데 돈이라는 게 필수적인 것인가 하는 점부터 다시 생각해봐야 합니다. 무책임하게 모두 다 산속으로 들어가서 움막집 짓고 살자는 얘기가 아니고요. 얼개만 말씀드리자면, 시장경제라고 하는 것은 화폐를 매개로 경제행위가 이뤄지는데, 화폐를 매개로 하지 않고 경제가 조직되는 경우도 있습니다. 전형적인 게 생활협동조합이나 자치조합 같은 것입니다. 우리나라에도 생협이 있지요. 비록 지금은 실정상 도시 주민들이 화폐를 사용하여 공동구매하는 것과 같은 형태가 주종을 이룹니다만, 그 본래의 정신을 보면 화폐를 매개로 하지 않고 조합원들이 직접 서로의 삶에 도움이 되는 활동들을 하는 것이었습니다. 예를 들어 스웨덴에서는 그 나라 사람들이 살고 있는 주택의 80% 정도는 주택조합을 통해서 조달이 됩니다. 사람들이 시장에서 수요와 공급에 따라 몰인격적으로 형성되는 가격에 따라서 집을 사고파는 게 아닙니다. 주택조합에 들어가면 거기 있는 사람들끼리 뭉쳐서 집을 직접 짓기도 하고, 그런 방식으로 해결하는 겁니다.

지금의 문제는 뭐냐 하면, 투자자들이 돈을 풀 생각을 전혀 안 하고 있죠. 그런데 현재의 세계경제는 물론 우리나라 경제도 투자자가 돈을 풀지 않으면 일자리가 생겨날 수 없는 구조이고, 일자리가 없으면 수입이 없어서 굶을 수밖에 없는 상황입니다. 그래서 지금 투자자의 손길만 바라보는 지경이 되었죠. 여기서 우리가 눈을 돌려보잔 겁니다. 유럽의 몇몇 나라들은 전체 노동인구의 15~20%까지가 국가 영역도 시장 영역도 아닌 소위 사회적 경제로 조직되어 있다고 합니다. 이런 사례들도 좀 적극적으로 검토해볼 필요가 있고요.

사회자 정말 어떻게 보면 그런 것들이 다 1970년대부터 잘사는 나라의 지식인들이 했던 얘기들이지요. 공동체, 생협 같은 개념들 말예요. 제가 제일 싫어하는 말이 "하면 된다"거든요. 그런데 이 정권이 "하면 된다"를 국가의 어떤 정신처럼 만들었죠. 하면 안 되는 사람들은 그럼 어떻게 살아가야 할까요. 그런 점에서 시민운동이야말로 가장 건강하고 합리적인 대안이 아닐까 싶고, 정말 그렇게 살고 계신 분들도 계시고요. 이런 게 좀 더 가시화되고 커져서 하나의 샘플이 됐으면 좋겠습니다. 그런 의미에서 생협이나 공동체 조합의 활동들이 좀 더 활발해졌으면 좋겠습니다.

비난보다는 돌파구를 고민해라

청중1 요즘 자본주의연구회 쪽에 계신 분들은 케인스를 다시 부각시키면서 신자유주의와 결별해야 한다는 자극적인 포스터를 올려요. 그런데 신자유주의의 종언을 말하긴 아직 이르지 않나 싶습니다. 프랜시스 후쿠야마가 《역사의 종언》이라는 책에서 쓴 것처럼 '오만한 생각이 아닌가' 하는 생각이 드는데, 이 점에 대해 어떻게 생각하시는지 듣고 싶습니다. 감사합니다.

홍기빈 제가 보기에 신자유주의가 위기로 간 건 맞는 것 같습니다. 여러 가지 이유가 있지만, 금융경제라든가 시장경제라는, 지난 30년 동안 운영되었던 신자유주의의 원리를 근본적으로 바꾸지 않으면 안 되는 상황인데 어디까지 바꿔야 하는지가 합의 안 된 상태예요. 기계가 고장 났을 때 어디가 고장 났는지 알고 있으면 그 부분을 고치면 됩니다. 그러면 위기라고 안 부릅니다. 그런데 아프긴 아픈데 도대체 어디가 아픈지를 모르겠다는 거죠. 이러면 진짜 위기인데, 지금이 그런 상태입니다. 그런데 "종언이다"라고 얘기를 하고 "대안이 이거다"라고 얘기하는 것은 좀 조심해야 한다고 보는데요. 그 이유는 그런 말 자체가 위기일 수 있기 때문입니다. 무슨 얘기냐 하면, 그런 얘기를 하는 사람들 자체가 위기의 한 부분이라는 겁니다.

어떤 얘기인지 좀 설명을 드리겠습니다. 1930년대에 그때까지의 자유주의적인 경제가 무너졌을 적에 당시의 세계 인류에게는 적어도 몇 가지 대안이 있었습니다. 스웨덴에서는 굉장히 적극적인 사회민주주의 정책이 개발되고 있었고, 영국에는 로이드 조지(David Lloyd George)나 케인스 같은 사람이 있었고, 또 소련에는 공산주의 경제체제가 있었죠. 몇 가지의 대안이 있었습니다. 그러나 지금 상태에서 신자유주의적인 조직 형태를 대체할 만한 걸 개발해놓은 사람이 있느냐 하면, 없는 것 같습니다. 다시 말해서 진보세력의 현실적인 무능력이 위기의 한 부분이라는 겁니다.

지금 케인스 얘기를 하는 분들이 많죠. 저 역시 케인스를 좋아하지만, 그때와 지금의 산업구조는 전혀 다릅니다. 산업구조도 다르고, 사회구조도 다르고, 경제 규모도 다르고, 모든 게 다릅니다. 그런데 여기에 케인스를 대안으로 끌어온다는 건 위기를 더욱 가중시킬 위험이 있다고 생각해요. 지금 신자유주의가 굉장히 비틀거리고 있는 건 맞는데, 누가 그걸 연명시켜주고 있냐 하면, 진보세력의 정책적 무능력이라고 저는 생각하거든요. 그래서 좀 더 현실적이고 제대로 된 연구를 해서 좋은 대안을 개발하는 데 시간을 보내는 게 "끝났다"를 외치고 다니는 것보다는 더 중요한 일이 아닐까 생각합니다.

청중2 헝가리 출신의 경제인류학자 칼 폴라니(Karl Polanyi)가 요즘 재조

명을 받고 있는데요. 그의 주장에서 중요한 부분이 노동과 화폐, 토지를 시장이 아닌 다른 범주에서 생각하고 거기에서부터 흘러가게 만들어가자는 논리인데요. 그런데 어떻게 보면 노동과 화폐와 토지는 현 체제의 기득권층이 체제를 유지하는 가장 기본적인 토대이기도 합니다. 칼 폴라니가 얘기한 방법들을 현실화시킬 수 있으려면 기득권층의 이익과 반대되는 것들을 만들어나갈 수 있어야 할 듯한데 그런 구체적인 방법에 대해서 이야기해주셨으면 합니다.

홍기빈 네. 알겠습니다. 그러니까 칼 폴라니가 얘기한 종류의 개혁을 위해서라도 우선 지배권력 자체를 해체하는 작업부터 해야 하는 거 아니냐는 생각을 하시는 분들이 계신 것 같아요. 투쟁 전선을 강화해서 자본과 정권을 때려잡는 게 먼저 아니냐고 얘기하시는 분들을 많이 봤습니다. 지금 질문하신 분이 그걸 의도했다는 뜻은 아닙니다. 거기에 대해 잠깐 생각해볼 만한 흥미로운 얘깃거리가 있습니다. 조지 오웰이 쓴《1984》에 나오는 얘기인데요. 거기 프롤이라고 하는 사람들 나오죠. 그러니까 프롤레타리아인데요. 오웰이 어떤 얘기를 하냐 하면 "만약에 프롤레타리아들이 모조리 단결하면 이 체제는 끝나게 될 것이다. 그런데 이 체제가 존재하는 한 프롤레타리아들은 단결할 수가 없다. 그래서 이 악순환이 계속된다" 이겁니다.

이 얘기와 마찬가지로, 우리가 모여서 기득권 체제에 대해 어떤 강력한 대응을 한다는 건 무척 이상적인 생각이지만, 그렇게 집결하는 게 지금 가능하냐는 겁니다. 그럼 왜 사람들이 지금의 신자유주의 체제에 대해서 강력한 저항을 못하고 있냐 하면, 지금의 정치경제 질서 속에서 살다

보면 모일 수가 없어요. 모일 수 없으면 대항을 못하고, 대항을 못하면 그 체제가 계속되는 겁니다. 이런 상황에서 어느 한 가지 얘기만 하는 것은 악순환의 고리에 말려드는 게 아닌가 하는 생각이 들어요. 그래서 부당한 기득권 체제가 이 체제를 재생산하고 있는 부분에 대해선 바꾸기 위해 노력하고 싸울 필요가 분명히 있지만, 그게 가능해질 때까지 기다리느라 다른 걸 할 수가 없다는 얘기는 이치에 닿지 않는다는 겁니다. 아까 폴라니 얘기를 하셨는데, 사람과 토지가 스스로 상품이길 거부하는 행동은 오늘 당장 실천할 수가 있습니다. 아까 생협 얘기를 잠깐 드렸습니다만, 그렇게 거창한 거 아닙니다.

제가 얼마 전까지 캐나다에 있다가 왔는데 요즘 그곳의 비극이 뭐냐 하면, 미국에 있는 노인들이 노후준비를 하면서 지난 30년 동안 연금을 계속 부었었습니다. 그 연금이 졸지에 40%가 깎인 겁니다. 왜 이런 비극이 생겨났는지 조금만 생각해볼까요. 옛날 우리 전전 세대의 노인들은 노후를 어떻게 준비했었냐 하면, 이게 꼭 좋은 건지는 모르겠습니다만 자식을 키운다든가, 아니면 옆 마을 사람들이나 이웃과 친하게 지낸다든가 하는 식으로 인간관계 속에서 노후를 보장받기를 원했습니다. 그런데 지난 한 세대 또는 1.5세대부터는 모든 사람이 자기의 노후를 완전히 연금과 보험으로 해결하려는 경향이 나타났습니다. 사람을 소비의 주체로서만 인식하는 겁니다. 이게 직접적으로 사람이 상품화된 거라고 말할 수는 없습니다만, 사람의 생활에 가장 중요한 노화의 과정이 지금 세상에선 완전히 상품화되었다는 겁니다. 그런데 여기에 부조리함이 있습니다. 연금 보호 시스템을 믿고 노후를 준비한다는 게 왜 말이 안 되느냐 하면, 연금보험이라고 하는 것은 적어도 30~40년 동안 준비하는 건데, 그 사이에 다시 세계 주식시장이 이렇게 되는 일이 한 번도 없을 거라고 누가 보장하겠습니까. 그렇죠? 연기금 시장이 본격적으로 시작된 게 1970년대 미국에서입니다. 그때 암묵적으로 깔려 있었던 전제는 "앞으로 영원히 세계경제는 일정한 성장을 계속할 거고, 여러분이 투자하신 자산도 일정한 비율로 계속 증식할 겁니다" 이거였거든요. 이게 말이 됩니까.

그래서 저라면 그 불안정한 연금에 의존하는 대신에 우선 몸도 건강하게 해두고, 늙어서 큰돈은 아니라도 몸 움직여서 부수입을 올릴 수 있는 기술이라든가 지식 같은 걸 익혀놓는 쪽을 택하겠어요. 돈을 다 보험에 넣는 대신, 내가 정말 몸이 힘들고 아플 때 의존할 수 있는 친구나 비슷한 뜻을 가진 사람들과 함께 늙어서 살 수 있는 공동체마을 같은 것들을 준비할 수도 있고요. 내가 '모든 것을 상품이라는 논리에 맡기지 않겠다'라고 지금 결심하고 행동하기 시작한다면, 사람도 토지도 지금 할 수 있는 일이 얼마든지 있습니다. 물론 그걸 하다 보면 기득권 체제가 갖고 있는 권력구조의 부조리함과 언젠간 부딪칠 때가 있겠지요.

그게 존재하기 때문에 아무것도 할 수 없다는 논리는, 저는 좀 아닌 거 같습니다. 질문하신 분이 그렇게 말씀하셨다는 건 아닙니다.

'루이비통'을 꼴망태로 만드는 문화의 힘

청중3 지금은 소비 메커니즘이 굉장히 커진 상태잖아요. 환경 문제나 자원 고갈 문제를 생각하면 소비를 줄여야 할 시점임에도 과연 우리의 욕심을 줄일 수 있을까 싶어요. 사실 큰 집에서 살다가 작은 집으로 이사 못 간다고 하잖아요. 지금의 경제 상황도 마찬가지인 것 같은데, 그게 가능한지에 대해서 질문드리고 싶습니다.

홍기빈 경제학에서는 보통 "소비는 웬만해선 줄어들지 않는다"라고 합니다. 사람의 욕망 수치는 되돌리지 못한다는 생각들을 많이 하는데요. 저는 이것이 근대 서양에서 만들어진 굉장히 기계론적이고 단순한 욕망론에서 나온 것이라고 봅니다. 인간의 욕망이라는 것은 어느 수준까지 왔으면 더 앞으로 나가야 한다는 논리인데, 왜 욕망이 일차원의 직선 안에서만 운동한다고 생각하십니까. 여러분 한번 생각해보십시오. 사람들이 소비문화에 끌려 다니는 양상이나 궤적을 보면, 어느 한 방향으로 진보하는 것 같습니까. 철저하게 소비문화를 만들어낸 주체들에 의해서 이리 끌려 다니고 저리 끌려 다닐 뿐입니다. 그렇지 않습니까. 그래서 저는 욕망이라는 건 전진과 후퇴가 있는 게 아니라, 어느 한 방향에서 나아가서 또 다른 방향으로 그냥 여행하는 거라고 봅니다.

사실 사람이 가지고 있는 욕망의 변화라는 것은 인생의 여정과 맞물려 있기 때문에 어느 한 가지 방향을 지나는 것 같진 않습니다. 어떤 종류의 욕망은 창피한 거고, 어떤 종류의 욕망은 더욱 의미 있는 것이다, 하는 기준을 우리가 얼마든지 만들어낼 수 있지 않을까요. 예를 들어서 명품을 지나치게 과시하는 것은 상스러운 문화라는 인식을 사회에 확장시켜야 합니다. 저는 원래 윤리적인 얘기하는 거 싫어하는데 요즘 아무도 안 하니까 어쩔 수 없이 합니다. 명품 밝히는 거, 그거 상스러운 짓입니다. 어떤 사람이 명품을 두르고 나갔더니 사람들이 '우와' 이러기는커녕, '어이구 딱한 것' 뭐 이러고 있다면 누가 명품을 들고 나가겠습니까. 그냥 꼴망태 들고 나가지. 이건 문화의 힘인데, 문화는 우리가 얼마든지 만들 수 있습니다. 그래서 집단적으로는 문화를 통해서 욕망의 방향을 얼마든지 통제할 수 있다고 생각합니다.

사회자 제가 신혼여행을 인도로 갔다 왔는데요. 화장실에서 물로 뒤처리를 하는 것이 처음에만 조금 당황스러웠을 뿐 한 달 있다 한국에 오니까 오히려 휴지로 처리하는 것이 굉장히 이상하게 느껴질 정도였어요. 말씀하신 게 절대적인 비교가 아니라 상대적 비교이기 때문에 그런 거 같습니다. 다시 예전으로, 자장면 먹던 시절로 돌아가는 것 자체가 두려운 게 아니라, '쟤도 얘도 다 같이 자장면 먹는다면 나도 할 수 있는데, 나만 혼자 자장면을 먹으면 어떡하지' 하는 두려움이 있는 거 같습니다.

홍기빈 방금 그게 비데 아닙니까. 물로 닦는 게.(청중 웃음)

사회자 그렇죠. 수동 비데죠.(웃음)

원숭이 새끼들 틈에서는 내 새끼도 원숭이다

청중4 돈이 위에서 아래로 내려가야 한다는 말씀 잘 들었고요. 그런 관점에서 중산층 문제를 생각해봤습니다. 예를 들면 정규직 노동자와 비정규직 노동자 둘을 놓고 봤을 때, 정규직 노동자들은 자기들의 기득권을 포기하지 않고 비정규직 노동자들을 차별하면서 어떤 이익을 먹습니다. 정규직 노동자들이 비정규직 노동자들을 위해 어떤 나눔을 실천하는 일은 거의 없는 거 같은데요. 이와 같은 중산층의 이기주의가 사라지지 않으면 사회적 연대는 불가능하다고 생각합니다. 그 점에 대해 어떻게 생각하시는지 묻고 싶습니다.

홍기빈 중산층. 문제가 있습니다. 사실 제 나이 또래의 중산층 사람들이 어떻게 성장하는지 옆에서 지켜봐서 잘 알고 있는데, 좀 골치가 아픕니다. 물질주의라든가 이기주의 같은 것들, 그러니까 개인주의 같은 게 굉장히 팽배해 있는데요. 제가 한 번 칼럼에도 쓴 적이 있는데, 우리나라 중산층이 지향하는 가치는 가만히 보면 '내 새끼 주의'인 거 같아요. 특히 제 나이 또래의 사람들을 지배하는 가장 강력한 주의가 '내 새끼 주의'입니다. 그냥 '내 새끼' 말입니다. 그런데 인간 사회에서 절대로 내 새끼만 잘나서 되는 일이란 건 있을 수 없습니다. 지적인 어떤 것들을 공유하면서 살아가는 게 사회이기 때문에, 사회 전체가 원숭이같이 되어버린 마당에 내 새끼만 사람으로 키우겠다는 건 있을 수 없는 얘기입니다. 지금 우리 교육정책의 실마리가 안 풀리는 이유도 자세히 들여다보면 학부형들이 모조리 '내 새끼 주의'에 갇혀 있기 때문입니다. 내 새끼가 잘되는 길이 무엇이냐를 기준으로 교육정책을 바라보고 있으니까요. 교육 문제에서 연대라는 건 근본적인 원칙일 텐데……. 나와 남이라는 구별을 없애야 할 것 같습니다.

우리가 연대를 말할 때 이타주의에 호소하는 경우가 많은데, 그건 잘못된 방향입니다. 저는 이타주의는 절대로 안 먹힐 거라고 생각해요. 왜냐하면 이타주의라는 건 뒤집힌 이기주의이기 때문이죠. 우리가 사회에 대해 생각할 때는 나와 남이라는 구분을 떠나서 '그냥 사람이다'라는 차원에서 생각해봐야 되거든요. 그러니까 '내 새끼다, 네 새끼다'라고 생각하지 말고 '사람 새끼다'라고 생각해야 돼요. '사람의 자식이다'라고. 그런데 지금 그런 의식을 우리나라 중산층이 가질 수 있느냐, 그건 모르겠습니다. 그건 진보정치하시는 분들, 운동하시는 분들이 풀어야 할 문제니까 저는 모르지만, 원칙 하나만 짚고 넘어가겠습니다.

사람들끼리 연대를 할 때 "내가 너 꼬락서니는 보기 싫지만, 내가 지금 살고 있는 갑갑한 상태를 벗어나기 위해서는 어쩔 수 없이 너와 손을 잡아야 되겠다" 이런 전략적 동맹 있잖아요. 이런 걸 고전적인 의미에서 연대(solidarity)라고 하지는 않습니다. 연대, 솔리대리티는 하나로 엉겨 있는 상태인데, 여기서는 '나'와 '너'란 생각을 하면 안 돼요. 아까 '내 새끼'의 경우처럼 말입니다. 경제 문제를 볼 때 내가 임금 올라간다고 좋아하고 남이 올라간다고 싫어하고, 그렇게 나와 너를 나눠서 생각하지 말고 '사람이 이 상태에서 살 수 있느냐'는 차원에서 보기 시작해야 합니다.

그런데 여러분, 놀랍게도 진보 쪽도 그렇고, 우파 쪽은 말할 것도 없고 이런 차원에서 경제 문제를 얘기하는 사람이 굉장히 적습니다. 우리가 진보 쪽에서 경제 문제를 얘기할 때 과연 '사회 전체의 이익'이라는 차원에서 담론을 만들어나가고 있는지, 그 점을 반성해야 할 때가 많은 것 같아요. '너'와 '나'의 프레임에 한 번 걸려들게 되면 연대는 절대로 안 됩니다. 그런 식의 의식 변화를 시작하고 '내 새끼 주의'부터 좀 고쳤으면 좋겠어요. 이런 부분부터 시작하는 게, 말하자면 어떤 원칙의 발현이며 원칙을 확인하는 과정이 아닌가 생각합니다.

사회자 마지막으로 해주실 말씀이 있으십니까?

막장에 이른 돈 계산의 시대, 그 후를 준비하라

홍기빈 아까 '수화미제(水火未濟)' 말씀을 드렸는데요. 《주역》의 그 마지막 괘처럼 불이 계속 뭉쳐 있는 미제(未濟) 상태에서 혼란이 계속되다 보면 모든 게 다 흐트러지고 다시 맨 처음으로 돌아가게 되어 있습니다. 이탈리아의 철학자인 지암바티스타 비코(Giambattista Vico)의 《새로운 학문Principj di scienza nuova》을 보면 문명도 계속 순환하다가 맨 마지막에 반성적 야만의 상태에 이르게 되는데, 반성적 야만의 상태는 사실 돈 계산의 시대를 말합니다. 돈 계산의 시대로 가게 되면 인간 문명은 거기서 끝이라는 겁니다. 그러면 다시 새로운 사이클을 시작하는 수밖에 없다는 얘기가 나오는데, 어쩌면 지금이 미제의 상태인지도 모르겠습니다.

저는 이게 희망적인 메시지이거나 혹은 절망적인 메시지다, 이렇게 단정 지어서 볼 일은 아니라고 생각합니다. 왜냐하면 혼란이 나타나는 과정에서 굉장히 많은 사람들이 고통을 겪을 수도 있고, 또 어떤 새로운 질서가 만들어지려면 혼란은 한 번 있어야 하니까요. 이럴 때일수록 우리가 자기 마음과 몸을 돌아봐야 할 것 같습니다. 《주역》에 보면 제일 많이 나오는 말씀이 있습니다. '원형이정(元亨利貞)'이라고, '곧으면 이롭다'는 말씀입니다. '곧으면 크게 길한다'는 건데, 요즘 그 말씀이 자꾸 생각이 납니다. 이걸로 마치겠습니다.

사회자 네. 고맙습니다. 우리 강연에 오시는 강연자 분들의 공통점이 시치미 뚝 떼고 선동을 하신다는 거죠.(웃음) 어느 통신회사 광고인가요. "인류가 태어나면 욕망도 태어난다"라는 카피가 있죠. 그 카피를 무색케 했던, 우리의 멀지 않은 과거가 있었습니다. 광주항쟁 때 한 보름 정도 치안 부재 상태에 있었대요. 많이 들으셨죠? 무정부 상태가 잠깐 있었는데, 그때 거의 작은 유토피아를 이루었다고 합니다. 그분들이 직접 전해주신 얘기인데요. 서로 음식도 나눠 먹고, 총기들을 가지고 있었는데도 작은 사고 하나 일어나지 않고, 서로 생전 처음 보는 사람들인데도 못 먹여서 안달하고 했었다는, 그런 꿈 같은 얘기를 전해 들었습니다. 지금의 우리는 그렇게까지는 못하더라도 선생님 말씀대로 불을 아래로 내려서 '세상의 흐름을 아름답게 하려면, 내가 제일 행복하려면 가장 빠른 길은 우리가 행복해지는 길이다'라는 것을 명심해야 할 것 같습니다. 이것으로 〈한겨레21〉 15돌 기념 제6회 인터뷰 특강 '화'의 네 번째 시간을 마치겠습니다. 여러분, 안녕히 돌아가십시오. 감사합니다.(청중 박수)

인터뷰 특강 5 — **안병수**

화난 음식이 화를 부른다

| 고통받다 미친 음식의 복수, 화를 피해가려면? |

당신이 만약 어떤 식품을 구입했다면, 당신은 그 식품의 존재를 '정치적으로' 지지하는 겁니다. 지지하는 소비자가 있는 한 절대로 그 식품은 없어지지 않습니다. 그대로 발붙이고 있어요. 해로운 식품을 쫓아내려면 소비자가 지지를 철회하는 방법밖에 없습니다.

안병수 서울대학교 농화학과와 아주대학교 경영대학원을 졸업하고, 국내 유명 과자회사의 신제품개발부와 구매부, 일본 도쿄사무소에서 근무했다. 2006년 환경재단의 '세상을 밝게 만든 100인'에 선정되었으며, 현재 후델식품건강연구소를 운영하고 있다. 지은 책으로 《과자, 내 아이를 해치는 달콤한 유혹》, 옮긴 책으로 《인간이 만든 위대한 속임수 식품첨가물》이 있다.

화난 음식이 화를 부른다

| 고통받다 미친 음식의 복수, 화를 피해가려면?

2009년 3월 30일 월요일 늦은 7시

사회자 제6회 인터뷰 특강 '화', 그 다섯 번째 시간에 오신 걸 환영합니다. 안녕하세요.(청중 박수) 이제 한 3주쯤 하다 보니 인터뷰 특강 전체를 신청하신 분들은 학교 출석하는 분위기로 오시는데, 사람의 습관이란 게 앉는데 계속 앉게 되잖아요. 이렇게 보니까 낯익은 얼굴들이 많네요. 반갑습니다. 정들겠어요.(웃음)

시작하기 전에 제가 양심고백 같은 걸 하나 해야겠는데요. 지금까지 한 3년 동안 인터뷰 특강의 사회를 맡아왔고, 강연자로도 한 번 참석했거든요. 이걸 하면서 진행자인 동시에 청중으로서 항상 즐거웠습니다. 대리만족도 느끼고요. 여러분도 그러시죠. 그리고 내 생각의 든든한 우군을 얻은 것 같아서 힘도 나고, 상식과 지식을 얻어가는 재미도 꽤 쏠쏠했어요. 그런데 오늘 이 시간만큼은 진행자도, 청중도 거부하고 싶은 마음이 들더라고요. '내가 왜 이러나' 하고 스스로 제 마음속을 찬찬히 들여다봤어요. 결론인즉슨, 오늘 강연은 제 생활 습관이 제 아이의 몸을 병들게 한다는 이야기이기 때문에 그런 거 있죠. 지금까지 나오셨던 강연자 분들의 강연 내용과 메시지들은 무소불위의 권력이나 사회의 부조리함을 개탄하고 분석하고 "우리 연대해서 싸웁시다!" 내지는 "우리 모두 반성합시다" 이런 이야기들이었잖아요. 그래서 그렇게 결론을 맺으면서도 제 속에서는 그 문제들에 대해 개인적으로 크게 반성할 일이 사실은 없었고, 또 강연자 분들과 생각이나 세계관이 같았기 때문에 양심의 불편함을 별로 느끼지 못했거든요.

그런데 오늘은 듣기 싫은 잔소리 들으러 가는 심정이어서,(웃음) 아마 제가 '될 수 있으면 이 자는 내게서 떠나게 하옵소서' 하는 마음이 있었나 봅니다. 다른 누가 아니라 식품의 소비자인 나의 결심과 행동에 대해 내 아이의 미래를 볼모로 충고해주실 분입니다. '후델식품건강연구소'의 안병수 선생님을 여러분께 소개합니다. 뜨거운 박수로 맞이해주시기 바랍니다.(청중 박수)

먼저 대중적으로 많이 알려지신 분이 아닐 수도 있기 때문에 안병수 선생님을 잠깐 소개해드릴게요. 〈한겨레21〉 독자가 아닌 분들도 오신다고 해서 더더군다나요. 대학에서 농화학을 공부하셨고요. 1984년부터 16년간 유명한 과자 회사의 신제품 개발에 매진하셨는데, 우연한 계기로 가공식품의 유해성에 눈뜨신 이후로 '착한 식품' 전도사가 되셨습니다. 2006년 환경재단의 '세상을 밝게 만든 100인'에 선정되기도 하셨고요. 현재 후델식품건강연구소를 운영하고 계세요.

그런데 선생님, 과자가 무섭다고 하셨는데, 저는 선생님이 무서워요.(웃음) 선생님이 착한 식품 전도사가 되신 것에 대해 예전 동료 분들의 반응은 어떠시던가요?

안병수 업계의 의견이 두 가지로 나뉘는 것 같습니다. 제가 다녔던 회사도 그렇고요. 대다수는 저의 활동에 불만스러워합니다. 볼멘소리를 하는 분들이 꽤 많은데, 다 그런 건 아닙니다. 또 한 부류가 있습니다. 긍정적으로 생각해줍니다. "옳은 이야기다. 그런 문제가 있는 건 사실이다. 이번 기회를 통해 잘못된 부분을 고치는 계기로 삼자." 이렇게 좋게 평가해주시는 분들도 있습니다.

사회자 아까 〈한겨레〉 기자 분들과 안 선생님, 그리고 제가 함께 길을 건너는데 엘XX 과자회사의 트럭이 저희 옆을 휙 지나갔어요. 그걸 보고 〈한겨레〉 기자가 "선생님을 해치려는 과자 회사의 음모가 아닐까요?" 그러더라고요.(웃음) 과자 회사로부터 협박 같은 건 받으신 적 없으신가요?

안병수 그런 건 없었어요. 공식적인 협박이랄 것까지는 없었고, 간접적으로 조금 부담되는 발언들을 듣긴 합니다. 처음에는 그것 때문에 두문불출한 적도 있었습니다. 그런데 제가 계속 안 나오니까 찾는 분들이 계시더라고요. 건강을 생각하고 친건강 식생활을 추구하시는 분들도 많이 계시잖아요. 직거래 장터 같은 데 종사하시는 분들요. 저의 이야기를 듣고 여러 문제점을 개선해가고 있었는데 갑자기 두문불출하니까 모든 게 원점으로 돌아가고 있다, 그런 말씀들을 해주셔서 다시 공개적인 자리에서 이야기를 하게 됐습니다.

사회자 《과자, 내 아이를 해치는 달콤한 유혹》이라는 책을 보면 착한 식품 전도사의 길을 걷게 된 계기 중에 선생님께서 오랜 세월 과자를 많이 드신 것과 관련된 이야기가 나오잖아요. 생리대 만드는 회사의 개발팀에선 실크 같은 촉감을 고객들이 정말 제대로 느끼나 알아보기 위해서 남성 직원 분들도 생리대를 착용해보고 그런다고 들었어요. 그리고 압력밥솥을 만드는 분들은 밥을 딱 보기만 해도 저건 무슨 밥솥, 무슨 쌀, 하고 귀신처럼 알아맞히고 또 어마어마하게 밥만 드신다고 하던데, 정말 과자 개발한다고 과자를 그렇게 많이 드셨나요?

안병수 맞습니다.(청중 웃음) 과자를 개발하는 사람들의 일 가운데 가장 중요한 게 맛보는 거거든요. 맛보는 게 바로 먹는 겁니다. 음료나 주류 개발하시는 분들도 맛을 보는데요. 그런 음료는 입안에서만 맛을 보고 뱉을 수가 있어요. 그런데 이런 고형식품들, 과자나 빵 같은 것은 입안에 들어가면 삼켜야 해요. 씹어서 맛을 한번 보면 뱉는다는 게 쉽지 않거든요. 그래서 일을 하기 위해서 많이 먹었어요.

과자개발자에서 착한 식품 전도사로

사회자 착한 식품 전도사의 길을 걸으신 지 꽤 되셨는데 신도는 많이 늘었나요?(웃음)

안병수: 예.(웃음) 어려운 질문을 해주셨는데, 최근 들어서 좀 많이 늘었어

요. 제가 책을 내고 이야기하기 시작한 지 벌써 4년이나 됐는데요. 처음에는 관심을 안 가지시더라고요. 그래서 저 혼자 외롭게 이야기를 했었어요. 그런데 얼마 지나지 않아 의외로 많은 분들이 호응을 해주시고, 어떤 분들은 고맙다는 말씀도 해주시고요. 많은 분들이 저의 사기를 북돋아주십니다. 그리고 지금은 신도 수도 꽤 많이 늘어났습니다.(청중 웃음)

사회자 오랜 세월 동안 과자를 직접 만들어 팔던 사람이 하는 이야기이기 때문에 신뢰도는 그만큼 높을 수밖에 없는데요. 뭔가 사명감 같은 것 때문에 이 일을 하시는 건가요?

안병수 제가 처음에 책 쓰고 할 때는 사실 어떤 목적의식은 없었습니다. 단지 제가 경험했던 것, 건강과 관련된 이 이야기가 무척 중요하고 소중한 것임을 깨달았기 때문에 책을 통해 알려봐야겠다는 생각을 했던 거죠. 자기가 경험했던 좋은 일은 남한테도 이야기해주고 싶은 생각이 들지 않습니까. 목적의식이라면, 그 정도 수준이었어요. 그래서 가볍게 이야기를 했는데 사람들이 재미있게 들어주시더라고요. 그 후 여러 매체에 글을 썼더니 또 재미있게 읽어주시고, 그러다 여기저기서 강연요청이 오고, 하다 보니 지금까지 왔네요. 처음부터 사명감이나 그런 거창한 걸 생각한 건 아니었습니다.

사실 인생이라는 게 어떻게 굴러갈지는 누구도 모르잖아요. 제가 가공식품을 만들던 사람인데, 바로 그 식품의 문제점을 알리는 일을 하게 될 줄은 전혀 몰랐어요. 그래도 많은 분들이 호응해주시니 기쁘고요. 도움을 받았다는 말씀을 들을 땐 보람을 느낍니다.

사회자 겸손의 말씀이신 것 같습니다. 〈한겨레21〉에 꽤 오래 연재를 하셨잖아요. 제가 〈한겨레21〉을 속속들이 읽는 편인데, 선생님 글만 나오면 '조금 이따, 조금 이따' 하면서 접어놔요.(웃음) 그런데 또 궁금해 죽겠는 거예요. '오늘은 또 뭘 먹지 말라는 거야.'(청중 웃음) 그래서 펼쳐보면 '너, 아이스크림이 얼마나 나쁜 독인 줄 알아' 이런 구절이 보이죠. 그런데 하필 그때 제 딸아이가 냉장고에서 아이스크림을 꺼내고 있어요. 그러면 '저걸 말려야 하나. 그렇다고 많이는 안 먹는데 그 유일한 기쁨을 뺏나' 고민스러워지죠. 그 칼럼을 통해 주부 독자들에게 굉장히 폭발적인 인기를 얻으셨어요. 그런 반면에 과학자 분들 중에 안티가 생겼더라고요. 아주 극소수 분들이요. "그 얘기는 과학적으로 오류가 있다" 그렇게 시비를 거는 분들이 계신데, 그런 글들엔 어떻게 반응하시나요?

안병수 제가 말을 하거나 글을 쓸 때는 자료를 다 가지고 있어요. 비판적인 입장에서 저에게 자료를 요구한다든지, 반박을 해오는 분들이 계신데 그럴 땐 제가 가지고 있는 자료를 드리는데요. 사실 저도 실수를 하는 경우가 있거든요. 그런 경우가 몇 번 있었는데 그 중에 한 분, 지금 생각나는 분이 있어요. 그분의 말이 맞더라고요. 제가 잘못 알고 있던 거였더라고요. 그래서 제가 메일로 "예, 제가 잘 몰랐습니다. 앞으로 스승님으로 모시겠습니다"라고 정중하게 사과를 드렸어요. 그분이 처음엔 굉장히 공격적인 투로 메일을 보내셨는데 제가 사과드렸더니, 그 다음 메일에선 "아닙니다. 고맙습니다"라며 열린 마음으로 제 이야기를 들어주셨습니다.

사회자 그런데 선생님의 주장에 대해 반론을 제기하는 분들도 상당수 계실 거예요. '몸에 좋은 것만 먹어야 해! 이거 트랜스지방 안 들었나? 이거 순수한 건가?' 매번 그런 걸 고민하며 골라 먹느라 스트레스를 겪느니 차라리 마음 편하게 콜라 마시고 담배 피우는 게 건강에 이롭다고요. 그런 얘기에 대해선 뭐라고 답변하세요?

안병수 식습관에 별로 신경 안 쓰는 분들이 이런 말씀을 하십니다. "그냥 편한 대로 맛있게 먹지 뭐. 해롭다고 그러는데 해로워봤자 병밖에 더 걸리겠어. 병 걸리면 일찍 죽으면 되는 거고. 팔십, 구십까지 꼭 살 것 있어." (청중 웃음) 그런 얘기를 들을 때마다 한 가지 드는 생각이 있어요. 대단히 큰 오해거든요. 일찍 죽는 게 아니에요. 나쁜 식생활로 인해서 생기는 문제라는 것이 결국 질병과 관계가 있는데요. 나쁜 음식으로 인해 병에 걸리게 되면 일찍 죽는 게 아니라 불행한 노후가 기다리고 있는 거죠. 그건 본인만 불행한 게 아니에요. 주변 사람들을 불행하게 해요. 노년에 애꿎은 자식한테 짐이 되고, 병치레하느라 재산도 많이 까먹는 사람들을 주변에서 많이 보게 되잖아요. 그러므로 "그렇게 간단히 생각할 일이 아니다. 노후의 행복은 자신의 행동이 좌우하는 거다. 그게 바로 식생활이다" 이렇게 말씀드리고 싶습니다.

사회자 하긴 먹고 싶은 것, 기름진 것, 탄산음료, 담배까지 다 먹은 다음에 '자, 한 일흔 돼서 몇 년 몇 월 며칠에 가볍게 가야지' 할 수 있으면 얼마나 좋습니까. 죽고 싶은데 죽어지지 않는, 계속 환자로 사는 기간이 길어지면 그건 여러모로 민망한 인생이 되는 거겠죠.

자, '후델식품건강연구소'라고 하셨는데 '후델'이 무슨 뜻인가요?

안병수 '후델'이라는 건 제가 만든 말입니다. 우리말로 하려다가 제가 조금 멋을 내서 영어를 빌려왔어요.(웃음) 식품은 영어로 '푸드'죠. 건강은 '헬스'고요. 그래서 '푸드', '헬스'를 빨리 이야기하다 보니까 '후델'이 돼버리더라고요. 그래서 그걸 썼습니다.

사회자 아, 그러면 '후델'이 아니라 '푸~데엘'이네요. '푸~데엘' 그렇죠?(웃음) 화의 주체는 어디까지나 인간이라는 것이 상식인데, 선생님이 오늘 해주실 말씀은 화난 음식들에 대한 이야기라고 합니다. 본론에서 깊이 있게 다루시겠지만, 마지막으로 한 가지만 여쭙겠습니다. 음식을 먹은 인간이 화를 내는 건 몰라도, 대체 어떻게 음식이 화를 내나요?

안병수 '음식이 화를 낸다.' 조금 비상식적인 이야기죠? 식품은 생명체가 아닌데. 그런데 일단 생명체라고 가정하고 생각해보자는 거죠. 식품이라고 다 같은 식품이 아닙니다. 우리 주변에 넘쳐나는 대부분의 식품이 비정상적인 식품입니다. 왜 비정상적이냐 하면, 있어야 할 건 없고 없어야 할 게 들어 있기 때문입니다. 있어야 할 건 좋은 물질이죠. 영양분들. 대표적인 것이 비타민, 미네랄, 양질의 단백질, 섬유질, 이런 것들이 자연과 가까운 물질이라고 보시면 되거든요. 그런데 우리 주변의 식품 속엔 이런 것들이 거의 들어 있지 않거나, 아주 소량만 들어 있습니다. 반대로 있으면 안 될 물질들이 많이 들어가 있죠. 예를 들면 화학물질들입니다. 식품첨가물로 사용되는 것들이죠. 요즘에는 유전자 조작 성분 문제도 있고요. 그리고 작년에 큰 논란이 됐던 광우병 원인 물질, 변형 프리온 같은 것. 그런 게 모두 우리 몸에 해를 끼칠 수 있는 물질들입니다. 그렇게 있어야 할 것은 없고, 없어야 할 것이 들어 있는 비정상적인 상태이기 때문에 식품이 생명체라면 굉장히 화가 나 있을 것이라고 생각합니다. 굉장히 거북할 것이고 불쾌할 것입니다. 문제는 이런 식품을 먹은 사람에게도 그 화가 그대로 전해진다는 거죠.

사회자 말씀만 들어도 화가 막 내 몸속에 들어오는 것 같습니다. 그럼 지금부터 박수로 선생님 강연을 청해듣겠습니다.(청중 박수)

화난 식품 1호, 소시지엔 뭐가 들었을까

안병수 직장에서 일 마치고 오신 분들도 계실 거고, 학교에서 공부하다가 오신 분들도 계실 거고, 하루 종일 바쁘게 생활하셨을 텐데요. 지금 조금 피곤한 시간이 아닐까 합니다. 힘든 발걸음 해주셨는데 되도록 재미있고 유익한 시간이 되실 수 있도록 노력해보겠습니다. 제가 노력한다는 겁니다. 꼭 그렇게 보장해드린다는 건 아닙니다.(청중 웃음)

먼저, 우리 쉽게 시작하죠. 아까 제가 들어 있어야 할 것은 없고, 들어 있지 않으면 좋을 것들이 들어 있는 게 화난 식품이라고 말씀드렸잖아요. '화난 식품 1호'가 이게 아닌가 생각합니다. (소시지를 들어 보이며) 이거 뭔지 아시죠? 이걸 땅콩이라고 생각하는 분들은 안 계시죠?(청중 웃음) 소시지입니다. 소시지 모르시는 분은 안 계시죠? 좋아하시죠? 아이들도 좋아하고요.

그럼, 제가 질문을 하나 던져보겠습니다. 이거 뭐로 만듭니까? 돼지고기. 또 다른 생각을 가지고 계신 분은요? 닭고기, 닭고기 말씀하셨고요. 또 다른 생각을 가지고 계신 분은요? 지금부터 막 나오는 겁니다. 밀가루 말씀도 하셨고요. 네, 첨가물 같은 것도 나오네요.

당연히 고기로 만들었을 텐데, 뭐로 만들었냐고 묻는 거 보니까 뭔가 이상한 질문일 거라 생각하시잖아요. 이게 사실 어려운 질문이에요. 왜냐하면 의구심이 들기 때문이죠. 이걸 과연 뭐로 만들었을까요? 주원료는 당연히 고기겠죠. 그 다음에 밀가루, 콩 같은 첨가물들도 들어가는데 그런 것도 원료라고는 하지만 조금씩밖에 안 들어갑니다. 주원료는 고기니까 당연히 고기로 만든 건 틀림없는데, 제가 어렵다고 말씀드리는 이유는 진짜 주원료가 고기인지 의구심이 들어서 그런 거예요. 이상합니다.

제가 이 소시지를 비닐봉지에 넣어가지고 다니면서 보거든요. 잘 보고 있습니다. 그냥 가방 속에 넣고 다녀요. 차에 싣고 다니다 집에 가면 그냥 방바닥에 던져놓거든요. 그런데 신기해요. 이걸 비닐봉지 속에 집어넣은 지 두 달이 넘었거든요.(청중 웃음) 아니 석 달 가까이 돼가는군요. 그런데 끄떡없어요. 곰팡이도 안 슬어요. 썩지도 않아요. 냄새도 안 나요. 이게 고기로 만든 게 맞습니까. 댁에서 고기 드시다 남으면 어떻게 하세요? 바로 냉장고에 모셔놓죠. 그것도 냉동실에 넣고 꽁꽁 얼려서 보관하는 게 상식인데, 이상하게 이런 유형의 식품들은 고기로 만들었다는데도 냉동실에 넣어 보관하는 걸 본 적이 없어요. 가게에서 팔 때 냉동시키는 거 보셨어요? 이게 뭡니까. 고기로 만든 게 맞습니까? 진짜 맞습니까?

제가 얼마 전에 초등학교 1학년 어린이와 이걸 가지고 논쟁을 벌였다는 거 아닙니까. 그 아이가 이걸 비엔나로 만들었다고 우기는 통에 "에끼 이 녀석아. 말도 안 되는 소리를 해" 하고 돌아섰어요. 그런데 가만히 생각해보니까 의구심이 드는 거예요. '그 아이 말이 맞는지도 모르겠다. 비엔나라는 게 있는 모양인데, 그건 변하지도 않는 모양이다. 썩지도 않는 신기한 소재인 모양이다.' 그리고 지금까지 그 의구심이 가시지 않는 거예요. 혹시 '비엔나'가 뭔지 아시는 분 계시면 나중에 저한테 알려주십시오.

만약 이게 우리가 알고 있는 대로 고기로 만든 게 맞다면 이 안에는 틀림없이 뭔가 이상한 물질이 들어 있겠죠. 곰팡이나 미생물 같은 것도 무서워서 도망가게 만드는 물질이겠죠. 그게 우리 몸속에 들어가면 어떤 짓을 할까요. 그게 바로 음식을 화나게 만드는 물질이고, 음식을 먹었을 때 우리 몸속의 세포들까지 화나게 하는 성분이죠. 말 그대로 화난 음식이 화를 부르는 거고요. 이 '소시지'가 그 첫 번째 예가 아닌가 합니다.

그래서 그런 걸 좀 알자는 겁니다. 오늘 제가 감히 여기 나온 것도 우리가 아무렇지 않게 먹는 식품 속에 우리를 화나게 하는 어떤 물질이 들어 있는 건 아닌지, 그걸 자세히 알자는 말씀을 드리고 싶어서예요. 자세히 보면 알 수 있어요. 보통 우리가 섭취하는 가공식품들은 포장이 돼 있지 않습니까. 포장지에 어떤 성분이 들어 있다고 자세히 적혀 있어요. 그래서 잘 보자고 이야기하는 겁니다.

요즘은 각종 매체에 전문가들이 등장해서 식품 살 때 잘 판단해야 한다고 강조를 많이 합니다. 그러나 정작 대다수 소비자들은 아무거나 막 사요. 그러면서 "암만 봐도 잘 모르겠어요"라고 말씀하세요. 암만 봐도 모르겠다는 거예요. 이 말도 어폐가 있어요. '앞만' 보면 당연히 모르지요. 앞에 뭐 있어요? 그림밖에 더 있어요?(청중 웃음) 당연히 '앞만' 보면 모르죠. 그걸 알려면 어딜 봐야 됩니까. '뒤'를 봐야죠. 뒤에 적혀 있는 원료 표시를 봐야죠. 어떤 원료를 썼는지, 그것만 잘 봐도 어느 정도는 알 수가 있어요. 먼저 초등학생 어린이가 비엔나로 만들었다고 우겼던 이 식품의 뒷모습이 어떻게 생겼는지 저와 함께 보시겠습니다.

맨 위에 보니까 고기 이름이 딱 적혀 있네요. 닭고기네요. 돼지고기가 아니네요. 하여튼 똑같은 고기라고 치고, 그 다음에 있는 것은 밀가루네요. 그 다음에 있는 것들은 거의 다 식품첨가물이라고 하는 것, 되도록 먹고 싶지 않은 정말 해로운 것들, 진짜 화의 근원이 되는 그런 물질들이라고 저는 보는데요. 그 중에서도 정말 이것만은 먹고 싶지 않다는 게 하나 있습니다. 뭘까요. 아까 어떤 분이 색소라고 말씀하셨는데, 사실 '색소'라는 것이 정확한 표현은 아닙니다. 발색제라고 하는 '아질산나트륨', 이게 식품첨가물 중에서 최고로 해로운 물질입니다. 일단 그렇게 알아두시면 틀림없습니다. 수많은 식품첨가물이 있는데, 그걸 위험도 순으로 줄을 세워 보면 맨 앞쪽에 자리 잡을 수 있는 녀석이 바로 아질산나트륨입니다. 여기에는 발색제라고 써놨는데요. 물론 색이 잘 드러나게 해주는 역할도 해요. 그런데 이 성분의 진짜 주된 기능은 미생물들을 사멸시키거나 도망가게 해서 보관성을 좋게 해주는 강력한 방부제입니다. 식품 용어로는 그걸 '보존료'라고 그러죠.

이게 왜 최고로 위험한 물질인지 알고들 계실 거예요. 아질산나트륨은 너무나 악명이 높죠. 혹시 처음 들어보시는 분이 계시면 이걸 꼭 암기해주셨으면 좋겠어요. 대단히 중요한 상식일 수 있어요. 아질산나트륨, 아~질산나트륨.(청중 웃음) 왜 최고로 위험하냐 하면, 먼저 독성이 무척 강해요. 연구 자료를 보면 1g만 먹어도 생명이 위험해진대요. 1g. 체구가 작은 어린이들은 더 작은 양으로도 위험에 빠질 수 있어요. 그렇게 독성이 강한데 더 겁나는 것은 '강력한 발암 의심 물질'이라는 겁니다. 아질산나트륨은 연백색의 결정입니다. 보기에는 순해 보여요. 그렇지만 함부로 가지고 다니면 안 돼요. 제가 강연 때마다 가지고 다니는데 뚜껑을 테이프로 칭칭 감아둬요. 누가 혹시 열까 봐서요. 열면 큰일 나죠.

이 물질은 사실 소시지에만 사용되는 게 아니에요. 그렇죠? 거의 대부분의 육가공품에는 이게 사용되고 있어요. 햄 외에도 어린이들이 좋아하는 미트볼이라든가, 햄버거 속에 들어 있는 패티, 베이컨까지 거의 대부분의 육가공품에 사용되기 때문에 이게 참 문제입니다. 육가공품을 고르실 때 조금만 관심을 가진다면 아질산나트륨이 없는 것도 찾을 수 있거든요. '다른 것들은 그런대로 참아주자. 그런데 아질산나트륨만은 못 참겠다. 아질산나트륨 없는 것을 잘 골라서 먹자.' 그게 하나의 지혜라면 지혜일 수 있겠습니다.

첫 번째로 아질산나트륨에 대해 말씀드렸고요. 제 말씀이 조금 공포감을 조성하나요?(청중 웃음) 듣기에 좀 부담이 되시나요? 아니면 혐오감이? '삐쩍 마르고 얼굴에 주름도 많은 사람이 별로 좋은 인상도 아닌데 말까지 험하게 하니까 저 사람 꼴도 보기 싫어.' 그런 생각을 하실 분이 혹시 계실지 몰라서 먼저 말씀드리는데 조금만 더 참고 들어주십시오. 해결책이 나옵니다.

흰우유의 둔갑술, 이것이 딸기우유의 정체다

그럼 그 외의 첨가물 중에서 우리를 화나게 하는 물질이 있다면 뭐가 있을까요. 결국 두 번째로 해로운 물질이라고 보면 되겠죠. 대부분의 식품들이 오색찬란합니다. 그렇죠? 휘황찬란해요. 알록달록해요. 어떤 물질일까요? 당연히 색소죠. 색소 중에서도 합성착색료. 식품 뒤에 표기해놓은 거 유심히 보신 분들은 아마 아실 거예요. 합성착색료에도 종류가 많지만, 그 중에서도 우리가 특히 경계해야 하는 것은 '타르색소'라는 겁니다. 타르색소라고 하는 이유가 뭡니까? 원료가 '타르'이기 때문이죠. 타르라는 원료는 '콜타르' 아닙니까. 석유, 석탄 속에 들어 있는 콜타르를 원료로 해서 만드는 색소를 타르색소라고 하는 거죠. 타르색소가 정식 명칭은 아니고요, 식용색소 몇 호, 적색 몇 호, 황색 몇 호, 청색 몇 호, 이런 식으로 이름이 붙어요. 그리고 제품에 표기할 때도 식용색소 몇 호, 몇 호, 이런 식으로 하고요. 그래서 식용색소라고 해서 '먹어도 되는 색소'라고 생각하는데, 저는 사실 용어가 잘못됐다고 생각해요. 주원료가 콜타르인 물질을 식품에 넣어서 먹는 건데 얼마나 해롭겠어요. 게다가 화학적으로 만든 건데요. 원료도 우리한테 혐오감을 주는 콜타르입니다.

그렇지만 아직까지 많이 사용되고 있죠. 왜 그럴까요? 몇 가지 이점이 있기 때문입니다. 식품 업계가 굉장히 좋아하는 이점. 뭐가 있겠습니까? 먼저 값이 싸다는 것. 요즘은 값이 좀 올랐대요. 오른 이유가 뭘까요? 원유 값이 올라서죠. 원유 값이 올라서 값이 오르긴 했는데, 아직도 다른 색소에 비하면 엄청나게 싼 수준입니다. 두 번째로 한 번 착색하면 변색이 잘 안 돼요. 그것도 좋은 점이죠? 그리고 조금만 사용해도 아주 진하고 선명한 예쁜 색깔을 내요. 제가 식용색소 청색 1호의 뚜껑을 살짝 열어볼까요? 스푼에 이 색소 가루를 조금 묻히겠습니다. 자, 여기 묻었습니다. 뒤에 앉아 계신 분들, 잘 안 보이시겠지만 이 스푼에 식용색소 청색 1호 가루가 조금 묻었거든요. 색깔 한번 볼까요? 얼마나 마음에 드는 색깔을 띠는지요. (스푼을 물이 든 비커에 넣고 젓는다. 금세 비커 안의 물이 파랗게 변한다.) 그런데 멋있잖아요. 확실하잖아요.

이걸 이제 우리가 먹는 겁니다. 음료일 수도 있어요. 먹으면 어떻게 되나요? 물들죠. 입안이 파랗게 물들고 혀도 물들고. 그리고 이제 삼키죠? 목구멍이 물들고 식도, 위장, 십이지장, 소장, 대장까지. 순서가 맞는지는 모르겠지만 소화기관 내벽이 파랗게 물듭니다. 내시경으로 한번 들여다보면 굉장히 보기 좋을 겁니다. 아주 아름다울 겁니다. 그래서 좋은 겁니까? 이 합성착색료인 타르색소 가운데 우리나라 식품에 사용 허가된 것이 아홉 가지에다 알루미늄 유도체까지 합치면 열여섯 가지가 있습니다.

요즘 합성색소에 대한 논란이 많죠. 암을 일으킨다, 알레르기를 일으킨다, 아토피의 원인일 수 있다, 주의력결핍 과잉행동장애(ADHD)를 일으킨다 등등. 그러면서 대안으로 언급되는 것이 '천연색소', 이걸 쓰면 된다고 생각들을 많이 합니다. 과연 천연색소는 안전할까요? 물론 합성색소에 비하면 전반적으로 천연색소가 덜 해롭다고 이야기할 수는 있는데, 그렇다고 맘 놓고 먹기엔 역시 천연색소도 문제가 많습니다. 그 중에서 하나만 예를 들어볼까요. 천연색소 중에서 대표적인 것이 분홍빛 가루로 된 코치닐 추출 색소입니다. 혹시 못 들어보셨어요? 처음 들어보셨어요? 그렇다면 식품 살 때 앞만 보고 뒤는 안 보신 겁니다. 아니면 그게 들어간 식품을 전혀 먹지 않든가 둘 중에 하나인데요. 후자는 아닐 것 같아요. 요즘 이걸 쓰는 식품이 무척 많거든요.

그런데 천연색소이긴 하지만 문제가 있습니다. 일단 원료부터 혐오감을 줍니다. 뭐로 만듭니까? 예. 맞습니다. 어떤 벌레입니다. 바로 선인장에 기생하는 연지벌레죠. 연지벌레의 실제 크기는 파리만 할 겁니다. 이 벌레를 말린 후 으깨서 그 속의 색소 성분만 알코올 같은 걸로 추출합니다. 그런 다음 가루로 만들기 위해서 거기에 부형제도 넣고, 물에 잘 녹게 하기 위해서 유화제도 넣고, 색깔이 변하지 않게 하기 위해 안정제나 보정제도 넣어서 만든 게 '파우더형 코치닐 추출 색소'입니다. (병을 들어 보이며) 이거 색소가 맞나요? 칙칙한 게 색깔도 잘 안 나올 것 같아요. 이것도 제가 한번 녹여보겠습니다. 물에 녹이면 아주 예쁜 분홍색을 띠는데, 오늘은 우유에다 한번 녹여보겠습니다. 이걸 우유에다 녹이면 뭐가 됩니까. 네. 맞습니다. 딸기우유입니다.

먼저 색소를 넣기 전에 딸기우유의 뒷모습을 보자고요. 딸기우유, 안 드시죠? 안 드실 걸로 믿고 있겠습니다. 딸기우유 뒷면에 분명 '코치닐 추출 색소'라고 적혀 있습니다. 이게 딸기우유에만 들어 있는 게 아니라 굉장히 많이 사용된다고 했는데, 이런 데도 들어 있습니다. (게맛살을 들어 보이며) 이거 아세요? 예. 역시 모르시는 분은 안 계실 겁니다. 여기에도 빨간 색깔이 들어 있잖아요. 원래 영덕 게 같은 거 잘라보면 살이 쑥 나오니까 '이거 진짜 게살이네' 그렇게 생각하시는 분도 계실 테지만, 여기에는 전혀 게살이 안 들어 있습니다. 그럼 이건 뭘까요. 바로 코치닐 추출 색소의 힘 아닙니까. 뒤에 보면 정답이 나와 있죠. 코치닐 추출 색소라고 딱 적혀 있지 않습니까.

요즘 인기를 끌고 있는 색소인데요. 그럼 우유에 녹이면 어떤 색깔을 띠는지 한번 보시자고요. (코치닐 색소 가루를 비커에 담긴 우유에 넣고 젓는다.) 색깔 나왔죠. 친근하시죠?(청중 웃음) 바쁘게 오시느라 식사도 못 하신 분들은 '저거 한잔 했으면' 하는 생각이 드실지 모르겠습니다. 조금만 참으세요. 이거 마신다고 딸기 맛이 나겠습니까, 안 나겠습니까? 안 나요.

색깔만 날 뿐이죠. 딸기 맛을 내려면 여기에다 어떻게 해야 합니까?(청중들 : 향료를 넣어요.)

잘 아시네요. 향료 회사에서 오신 분들이 꽤 많으신가 봐요.(웃음) 딸기향. 이게 딸기향 아닙니까. 100% 화학물질로 만든 이 딸기향 한 방울만 떨어뜨리면 맛이 기막히게 좋아집니다. 또 달콤하게 만들어야 되잖아요. 그건 쉽죠? 설탕 넣으면 되니까요. 이렇게만 넣으면 시중에서 파는 딸기우유하고 똑같습니다. 혹시 생각 있으신 분은 이따 오시면 제가 드리겠습니다.(청중 웃음)

이 과정을 보면서 어떤 분은 '딸기우유는 집에서 만들어 먹어도 되겠네' 생각하실 텐데요.(청중 웃음) 이 코치닐 색소는 첨가물 가게에 가면 팔아요. 값도 굉장히 싸요. 향료도 무척 쌉니다. 몇 만 원만 들여서 이만한 거 집에 사다놓으시면 평생 쓰세요, 대를 물려서 쓰세요.(청중 웃음) 조금씩 쓰는 거니까. 어떤 분들은 필기 열심히 하시는데 진짜 그러실까 봐 걱정됩니다. 여기 어린이도 있네요. 어린이들 있을 때 이런 이야기하면 안 되는데. 진짜 어린이들은 실험해볼 것 같아서요. 엄마한테 만들어달라고 보챌까 봐서요. 제발 말리고 싶습니다.

일단 코치닐 색소는 천연색소지만 해로워요. 왜 해로울까요? 벌레로 만들어서 해로운 걸까요? 벌레로 만들어서 그런 건 아닙니다. 바로 이 색소 성분이 문제입니다. 색소 성분은 화학물질이에요. 코치닐 색소의 성분은 원래 연지벌레가 자기 몸을 보호하려고 만들어놓는 거거든요. 연지벌레 속에 들어 있는 '카르민산'이라는 물질이에요. 아주 예쁘고 진한 분홍색을 띠거든요. 이게 색소 속에 들어 있는데, 알레르기 유발 물질로 두드러기를 일으키는 것으로 보고되어 있습니다. 아토피가 있는 사람은 절대로 코치닐 색소가 들어 있는 식품 드시지 마세요. 또 코치닐 색소가 변이원성 물질이라는 보고도 있어요. 변이원성. 이건 유전자를 바꾼다는 이야기거든요. 돌연변이 세포를 만들어요. 또 요즘에는 ADHD와 관계가 있다는 보고도 있었죠. 그러므로 특히 어린이들에게 해로워요. 영국의 ADHD 지원센터에서는 어린이 식품에는 코치닐 색소를 쓰지 말라고 충고하고 있습니다.

이제 향료 이야기도 해드려야겠네요. 향료는 100% 화학물질이에요. 한두 가지 가지고 만드는 게 아니에요. 수십, 수백 가지 물질을 섞어서 한 가지 맛을 냅니다. 얼마나 해롭겠어요. 이런 걸 넣어가지고 만드는 분홍색 우유. 어릴 때 이런 걸 먹고 자란 어린이들은 조금 크면 우유 색깔을 바꾸죠. 무슨 색으로 바꿉니까. 노란색 우유라고 있죠?(청중 웃음) 어떤 녀석은 고상한 척 갈색 우유, 고동색 우유 같은 걸 마시더라고요. 이런 것들이 다 맛내는 향료 넣고, 설탕 잔뜩 집어넣고, 어떤 건 색소도 있고, 결국 다 같은 가문의 가공유란 말입니다.

이처럼 벌레 속의 성분이나 화학물질 같은 게 들어가 있으니까 이 식품은 스스로 지금 굉장히 거북할 거예요. 마치 등에 밤 가시 같은 게 박힌 것처럼, 주머니 속에 송곳이 들어 있는 것처럼 거북하다고요. 그러니까 불편하고 화가 잔뜩 나 있는 거예요. 이거 먹으면 그 화가 그대로 우리 몸속으로 전이되는 겁니다. 한 가지만 더 말씀드리겠습니다. 조미료 이야기를 한번 해보자고요.

구수한 쇠고기 국물맛, 감칠맛 하면 생각나시는 거 있죠. 뭡니까. 브랜드 대신 물질 이름으로 이야기하면 뭐가 있습니까. MSG이라는 거죠. MSG는 잘 아시잖아요. 한국 사람들이 꽤 좋아해요. 서양 사람들은 MSG

별로 안 좋아해서 많이 안 먹는데, 우리나라 사람들은 꽤 많이 먹습니다. 이 물질을 한번 보자고요. MSG도 백색 결정인데, 좀 길쭉하죠. 이 MSG와 가장 잘 맞는 식품으로 뭐가 있습니까. 바로 라면입니다. 라면의 국물 맛은 MSG만 넣으면 끝내주죠. 일단 라면의 뒷모습을 봐야겠죠. 그런데 MSG는 아무리 찾아봐도 없네요. 그렇죠. 표기할 때는 다른 이름으로 표기하죠. 무슨 무슨 나트륨. '나트륨'이란 글자 들어가는 걸 조심해야 되는데요. 글루타민산나트륨이라고 적혀 있죠. 정확히는 L-글루타민산나트륨. 이게 알레르기를 일으킨다는 보고가 있는데요. 일단 그건 기본적인 이야기고요. 또 어떤 문제가 있냐 하면, 우리 뇌와 신경을 건드려요. 뇌세포, 신경세포를 손상시킵니다. 그래서 이게 많이 들어 있는 식품을 먹으면 그 증상을 느끼는 경우가 있습니다. 조금 먹으면 잘 모르는데 많이 먹으면 느끼게 됩니다. 어떤 증상이냐 하면 사람에 따라 조금 다른데, 골치가 지끈지끈 아프고, 뒷덜미가 당길 수 있고, 얼굴 근육이 마비될 수 있고, 얼굴이 불그스레해질 수도 있고, 신경질적으로 변할 수도 있고, 우울증이 올 수도 있고, 불쾌감과 불안감, 초조함 같은 증상이 나타날 수도 있고요.

이런 식품을 늘 먹고 있는 일반인들은 어떨까요? 느낄까요, 못 느낄까요? 아마 못 느낄지도 몰라요. 왜냐, 무뎌졌기 때문에요. 또 실제로는 느끼면서도 의식을 못하는 것일 수도 있어요. 이게 문제예요. 왜죠? 항상 그러니까. 늘 이러니까. 늘 그렇게 생활하는 거예요. '원래 인생이라는 건 이렇게 골치 아픈 거구나.(청중 웃음) 머리가 지끈지끈 아픈 거고, 괜히 뒷덜미가 당기는 것 같고, 불쾌하고, 우울하고, 그런 건가 보다.' 그러면서 그냥 사는 겁니다. 이게 웃을 일입니까. 웃고 말 일입니까. 음식이라는 게 뭡니까. 우리 몸 안에 주머니가 있고 그걸 채우기 위한 하찮은 수단에 불과한 게 음식인가요. 아닙니다. 식생활이라는 건 그것보다 훨씬 더 고차원적인, 아주 숭고한 생명활동의 하나입니다. 식생활만 제대로 돼 있으면 그 사람은 절대로 실패 안 해요. 어린이 식생활 교육만 제대로 돼 있으면 그 아이는 절대로 엇나가지 않아요. 식생활 교육이 만사입니다. 저는 그렇게 확신합니다. 아름다운 저녁시간에 계속 험한 말씀만 드리게 되네요.

지금까지 첨가물 위주로 화학물질의 문제를 이야기했습니다. 그런데 이게 다가 아닙니다. 몇 놈만 끌려나와서 회초리로 종아리 얻어맞은 거예요. 우리가 식품을 통해서 먹고 있는 화학물질은 2800가지가 넘습니다. 향료에 사용하는 것까지 다 합치면요. 그것만이 아니죠. 화학물질 하면 첨가물 말고 또 하나, 아주 겁나는 게 있죠. 농약입니다. 농약도 화학물질입니다. 이런 것까지 합치면 우리는 수천 가지 화학물질을 먹고 있습니다. 이 물질들이 문제점들을 한두 가지씩 다 가지고 있어요. 모두 화를 유발하는 물질들입니다. 어떻게 하면 화학물질을 피할 수 있을까요. '무첨가 식품'을 먹고 유기농 식생활을 하는 겁니다.

인간의 몸을 공격하는 정제식품들의 화

여러분, 이게 뭔지 아세요? 조그만 병에 들어 있는 아주 뿌연 액체입니다. 바로 인슐린이라는 거예요. 인슐린은 지금 의약품으로 시중에 팔고 있는 제품이지만, 원래는 우리 몸 안에서 분비되는 호르몬이죠. 이 호르몬이 일을 잘 하느냐 못 하느냐에 따라서 그 사람의 건강 상태가 좌우됩니다. 인슐린이 일을 잘 못하면 여러 가지 증상이 생겨요. 살이 찌기 시작하고요. 그 중 하나가 저혈당증이라는 겁니다. 저혈당이 오면 사람이 자기 자신을 잘 통제하지 못해요. 여러 가지 문제가 생기는 거예요. 이 저혈당 현상이 더 악화되면 당뇨가 되는 거예요. 혈당 관리가 안 되기 때문이거든요. 인슐린이 몸 안에서 혈당 조절하는 일을 하잖아요. 혈당을 낮춰주는 일을 하는데, 그게 잘 안 되니까 처음에는 혈당이 뚝 떨어지죠. 그래서 저혈당이 됐다가, 나중에는 아예 일을 안 해요. 그럼 고혈당이 되어서 그대로 유지되면 이게 당뇨병 아닙니까. 이런 사람들은 대개 심혈관 건강도 안 좋고, 뇌혈관 건강도 안 좋고요. 암세포도 더 활성화될 수 있습니다. 그런 여러 가지 문제가 있기 때문에 건강상의 고통과 어려움을 겪을 수밖에 없죠.

우리 몸 안에서 분비되는 인슐린이 일을 잘 못하면 강제로 이런저런 의약품을 써야겠죠. 그럼 왜 인슐린이 일을 잘 못하게 되는 걸까요? 아까 말씀드린 화학물질, 식품첨가물, 농약 같은 것도 원인일 수 있지만, 무엇보다 대표적인 원인은 바로 설탕입니다. 백설탕. 설탕이 인슐린의 감도를 떨어뜨립니다. 그래서 처음에는 저혈당 현상이 오게 만들고 이게 악화되면 당뇨병이 옵니다. 저혈당을 보통 당뇨병 환자에게나 생기는 증상으로 알고 있기 쉬운데, 사실은 건강한 사람도 설탕을 많이 섭취하게 되면 저혈당이 옵니다. 그런데 이게 설탕만의 문제일까요? 정제당이라고 하죠. 흰 물엿이요. 과당, 포도당, 올리고당 등 대부분의 정제당들이 똑같은 문제를 안고 있어요. 다 인슐린이 일을 잘 못하게 만들어요.

이런 정제당뿐 아니라 또 있어요. '정제' 하면 빠질 수 없는 것이죠. 바로 정제유지와 같은 나쁜 기름도 그런 문제가 있어요. 우리가 잘 알고 있는 식용유 있죠. 가정에서 쓰고 있는 식용유가 대개 정제해서 만든 거거든요. 유기 용매로 추출해서 만들기 때문에 추출유라고도 하는데, 반드시

정제를 해야 돼요. 그래서 정제유라고도 합니다. 대두정제유라고 있죠. 이것도 인슐린의 기능을 떨어뜨립니다. 그래도 이건 기름 중에서는 그나마 좀 낫습니다. 이걸 인공적으로 화학반응시켜서 굳은 기름을 만들거든요. 그게 뭡니까. 쇼트닝, 마가린. 마가린이 정제유 가운데 최고로 나빠요.

그런데 마가린에는 설탕 같은 것도 안 들어 있는데 어떻게 인슐린을 마비시키는 그런 고약한 짓을 하는 걸까요? 영양분이 없잖아요. 비타민, 미네랄, 섬유질이 없기 때문에 그런 겁니다. 또 한 가지, 정제유나 쇼트닝, 마가린 같은 기름이 왜 인슐린을 쥐고 흔드느냐 하면 그 안에 해로운 물질이 있기 때문입니다. 정제했기 때문에 영양분은 없고 해로운 물질만 있습니다. 해로운 물질의 대표주자라 할 수 있는 무슨 무슨 지방산이라고 많이 들어보셨죠? 트랜스지방산. 트랜스지방산만 있는 게 아니죠. 활성산소, 알데히드화합물 등 수많은 고약한 물질들이 많이 들어 있어요. 결국 식품첨가물과 정제 원료, 정제 원료 중에서도 정제당, 정제유지 같은 것들이 바로 우리 식생활 문제의 근원인 것입니다. 화가 안 난 착한 식품을 골라 먹으려고 해도 잘 구분이 안 갈 때는 이 세 유형의 원료 군이 들어 있느냐 없느냐를 먼저 따지면 됩니다. 이게 화의 근원이에요. 질병의 원인인 건 물론이고요.

이제 화학물질이 암과 관계없다고 생각하시는 분은 아무도 안 계실 거예요. 설탕은 사실 간접적인 발암물질이에요. 인슐린의 기능을 마비시켜서 암세포를 무럭무럭 키워요. 면역력도 떨어뜨리고요. 그 다음에 정제유 속에 들어 있는 트랜스지방, 활성산소, 벤조피렌, 알데히드화합물도 궁극적으로는 다 발암물질이에요. 암을 왜 하필이면 '암'이라고 이름 지었습니까. 대한민국 국민 사망원인 1위, 가장 겁나는 질병인데 왜 암이라고 이름을 지었을까요. 어떤 사람이 하느님께 물어봤대요. "하느님, 이 세상에서 못 고치는 병 있나요?" 하고 물어보니까 하느님이 "암~" 그래서 암이라고 했다고 그러는데요.(청중 웃음) 요즘에는 우리가 암을 많이 정복해나가고 있으니까 조만간 이름을 바꿔야지 않을까 싶습니다.(웃음)

기왕 이야기한 김에 한 가지만 더 짚고 넘어가죠. 이 세 가지 유해원료가 다 들어가 있는 식품이 뭐가 있을까요. 바로 '커피믹스'입니다. 커피믹스 좋아하시는 분들, 다시 뒷면을 봐주시기 바랍니다. 여기 보면 정제당 두 가지에다 기름도 나쁜 기름이 사용되고 있어요. 다 화학물질 아닙니까? 세 유형의 나쁜 원료 군이 여기 다 들어가 있습니다. 되도록 블랙커피를 드시자고요. 블랙을 연하게 해서 드세요. 건강한 분들은 블랙으로 드시면 좋은 점이 많아요. 비타민, 미네랄, 항산화제 등을 섭취할 수 있거든요. 프림, 설탕 안 넣은 블랙커피를 마시자고요. 자연의 향을 그대로 즐길 수 있는 거 아닙니까. 정 써서 못 먹겠으면 우유를 조금 넣어서 드세요. 그리고 유기농 설탕 아시죠? 유기농 설탕을 대신 넣으세요. 유기농 설탕은 정제 안 한 것이기 때문에 괜찮아요. 지금껏 다방 커피를 즐기셨다면 꼭 블랙커피 맛을 제대로 한번 배워보자는 말씀을 드립니다.

커피 이야기를 하니까 생각나는 사람이 한 명 있네요. 가수 중에 '터틀맨' 아세요? '거북이' 그룹의 리드싱어. 그분이 안타깝게도 작년에 우리 곁을 떠났어요. 제가 굉장히 좋아하는 가수예요. 재능도 뛰어나고 신나는 노래도 많이 불렀죠. 그런데 그분이 다방 커피에 중독되셨더라고요. 장가도 안 간 삼십대 총각이 심장병에 걸리지 않았습니까. 심장병은 주로 노인들이 많이 걸렸는데 요즘에는 젊은 사람들도 많이 걸리잖아요. 어떤 음식을 많이 섭취하느냐와 관련이 있다고 봐요. 그분이 하루에 보통 다방 커피를 열 잔씩 마셨다고 그러더라고요. 다방 커피도 종류가 꽤 많은데, 대표적인 게 커피믹스죠. 그뿐인가요. 자판기 커피, 캔 커피, 병 커피 같은 것들이 다 다방 커피와 같은 그룹이에요. 그런데 터틀맨 임성훈 씨가 즐겨 마셨던 커피는 캔 커피라고 하더라고요. 캔 커피를 하루에 보통 열 개씩 마셨다고 그래요.

한 가지만 더 말씀드려야겠네요. 잘 아시죠? 월드베이스볼클래식(WBC)의 영웅 김인식 감독. 아주 훌륭한 분이시죠? 많은 국민들의 존경을 받는 분인데, 한 가지 잘 못하신 게 있어요. 뭘까요? 건강관리를 잘 못하셨어요. 지금 뇌혈관계 질환을 앓고 계시다고 해요. 제가 이 분을 또 굉장히 좋아해서 왜 이런 병마에 시달리게 되셨나 하고 봤더니, 아이스크림 마니아예요. 덕아웃에서 선수들에게 여러 가지 지시를 하실 때도 늘상 아이스크림을 입에 물고 계신대요. 그런 사진들이 언론에도 많이 노출됐죠. 휴식을 취할 때도 항상 아이스크림을 들고 있고. 혼자만 드시면 몰라요. 왜 또 선수들한테까지 그걸 먹이시는지 잘 모르겠어요. 제가 김인식 감독님과 면식은 없는데, 만나면 제발 아이스크림 좀 드시지 말라고 말씀드리고 싶어요. 혹시 아시는 분 계시면 꼭 제 말씀 좀 전해주십시오. 아이스크림 속에도 정제당, 나쁜 기름, 식품첨가물까지 전부 들어가 있잖아요. 이런 거 많이 먹으면 노후에 고통을 겪을 수밖에 없습니다.

자연 속에 모든 대안이 있다

지금까지 주로 문제점 위주로 말씀드렸는데요, 그럼 지금부터는 뭘 먹어야 하느냐에 대해서 말씀드리겠습니다. 이 세 가지 유해 원료가 문제이고 화의 근원이니까 이걸 피해야겠죠. 그러면 단맛과 담을 쌓으라는 거냐, 아닙니다. 똑똑하게 단맛을 즐기는 방법이 얼마든지 있습니다.

먼저, 정제당이 나쁜 거니까 정제 안 한 비정제당을 먹으면 되는 거 아닙니까. 맞습니다. 비정제당이 있습니다. 예를 들어서 물엿. 이게 지금 정제한 물엿이라서 나쁘다고 했는데, 이 속에는 영양분은 없고 칼로리 덩어리만 있으니까 나쁜 것 아닙니까. 그러면 다른 걸 쓰면 됩니다. 먼저 정제 안 한 물엿이 있죠. 그렇죠. 조청입니다. 조청 속에는 영양분이 상당량 잔존해 있습니다. 그래서 조청은 화난 식품이 아니에요. 그런 거 먹으면 우리 몸이 편안해지고, 우리 몸의 세포들도 콧노래를 부르면서 생명활동을 잘 수행합니다. 물론 너무 많이 먹는 건 반대하는데, 일단 괜찮습니다.

또 결정당이 필요할 때도 방법이 있습니다. 설탕 중에도 비정제 설탕이 있습니다. 그걸 대신 쓰세요. 아까 잠깐 유기농 설탕 말씀을 드렸는데, 유기농 설탕도 잘 고르셔야 합니다. 어떤 건 살짝만 정제한 것도 있습니다. 색깔이 연한 것들이요. 마트에서도 파는데 색깔이 연한 것은 정제를 살짝만 한 거예요. 정제를 전혀 안 한 유기농 비정제 설탕을 써야 합니다. 유기농이냐 아니냐보다는 정제를 했느냐 안 했느냐가 중요하거든요. 유기농 비정제 설탕이 언뜻 보면 시중에 파는 일반 흑설탕과 비슷하게 생겼습니다. 그런데 흑설탕은 뒷면을 보면 '캐러멜'이라고 적혀 있습니다. 그거 색소 아닙니까. 색소로 착색한 일반 흑설탕. 그건 백설탕보다 더 나빠요. 색소가 들어갔기 때문이죠. 반면에 유기농 비정제 설탕은 사탕수수 즙을 그대로 농축해서 만든 겁니다. 다른 성분은 전혀 들어 있지 않습니다. 조금 값이 비싸지만 그만큼 값어치가 있습니다.

우리 몸에 화를 부르는 음식이 너무도 많다. 그러나 조금만 부지런을 떨면
착한 음식을 만날 수 있다. 단맛을 내고 싶다면 과일을 넣어라.
색을 내고 싶다면 자연에서 얻어라. 이제라도 똑똑하게 맛을 즐기자.
자연의 섭리는 모든 대안을 가지고 있다.

무엇보다 단맛을 즐기는 제일 좋은 방법은 과일을 먹는 겁니다. 식품을 만들 때도 과일을 그대로 집어넣자고요. 그게 최고의 방법입니다. 하여튼 조청, 비정제 설탕만 있어도 얼마든지 우리가 똑똑하게 단맛을 즐길 수 있다는 말씀입니다. 자연의 섭리는 모든 대안을 가지고 있습니다.

이번엔 기름 이야기를 해볼까요. 아까 정제유지가 문제라고 했으니 좋은 기름을 먹으면 될 것 아닙니까. 우리가 알고 있는 식용유가 나쁜 기름이라고 말씀드렸는데, 이게 나쁜 기름인 이유는 추출하고 정제했기 때문이죠. 그럼 식용유를 집에서 전혀 쓰지 말라는 말인가요? 아닙니다. 식용유 중에서도 정제하지 않은 자연 그대로의 기름이 있죠? 압착유입니다. 압착유를 대신 쓰십시오. 압착식용유에는 트랜스지방이 없습니다. 그리고 쇼트닝, 마가린 같은 굳은 기름이 꼭 필요할 땐 천연의 굳은 기름을 쓰십시오. 우리가 쉽게 구할 수 있는 것, 바로 버터입니다. 버터 중에서도 첨가물 쓰지 않은 천연 버터가 있습니다. 이런 것만 있으면 우리는 얼마든지 좋은 식품을 만들 수가 있습니다. 버터가 해롭다느니, 콜레스테롤이 많다느니 얘기하시는 분들도 있는데 그건 옛날 이론이에요. 요즘 지방 전문가들이 연구한 걸 보면 버터가 굉장히 좋은 기름으로 재평가되고 있거든요. 안심하세요. 가공버터 말고 천연 버터입니다.

그리고 화학물질, 첨가물, 향료, 조미료, 색소를 전혀 쓰지 않고 자연에서 얻은 재료만 가지고도 얼마든지 똑같은 효과를 낼 수 있습니다. 먼저 색소 얘기를 해볼까요. 아주 예쁜 초록색을 내고 싶을 땐 어떻게 하면 좋을까요. 초록색을 내는 두 가지 방법이 있습니다. 먼저 타르색소의 청색과 황색을 섞어서 간편하고 진하게 만드는 방법. 변색도 안 되고 색을 쉽게 낼 수 있지만 그건 해롭죠. 또 하나의 방법은 쑥이나 녹차잎, 시금치 같은 자연의 재료를 이용하는 겁니다. 자연의 재료만으로도 우리는 얼마든지 예쁜 색을 낼 수가 있습니다. 빨간색을 내고 싶다면 딸기나 토마토 같은 걸 넣으면 되고, 노란색을 내고 싶을 땐 호박, 늙은 호박, 청동 호박까지 얼마나 많습니까. 보라색을 내고 싶다면 포도나 흑미를 쓰면 되고요.

인공조미료가 해롭다는 건 다 알잖아요. 그래서 가정에서는 잘 안 쓰시죠. 가정에서 조미료 안 쓴다고 맛없게 드시지 않잖아요. 방법은 얼마든지 있습니다. 멸치, 버섯, 다시마, 새우 같은 자연 소재를 가루로 만들거나 즙을 내어 쓰시면 담백하고 개운한 맛을 얼마든지 즐길 수 있습니다. 또 향신료도 있습니다. 향신료는 대체로 몸에 좋죠. 향신료 식품 중에 카레가 있습니다. 카레 자체는 굉장히 좋은데 잘 고르셔야죠. 시중의 가공 카레는 사실 안 드시는 게 더 좋습니다. 강황 가루를 가지고 집에서 카레 믹스를 직접 만드시는 겁니다. 쉬워요.

이런 자연의 재료는 우리 몸을 굉장히 편안하게 해줍니다. 이런 거 먹는 사람은 절대로 화 안내요. 침착해요. 어린이들은 집중을 잘해요. 당연히 학교 공부도 잘하고요. 그렇습니다. 저는 이걸 직접 경험했어요. 과거 한때 저도 건강이 무척 안 좋았는데요. 화난 식품들을 잔뜩 먹었기 때문이죠. 그 후로는 식생활을 바꿨고, 건강을 다시 회복했습니다.

이제 마무리를 하겠습니다.

선택은 곧 지지의 표명이다

한 가지만 말씀드립니다. 지금 이대로는 안 됩니다. 바꿔야 합니다. 우리 주변에 넘치는 화난 식품들, 전부 내쫓아야 합니다. 물갈이를 해야 합니다. 이게 바로 우리가 앞으로 할 일이 아닐까 저는 생각합니다. 그럼 이걸 누가 할 거냐, 고양이 목에 누가 방울을 달 거냐는 이야기인데요. 이걸 누가 해야 할까요? 대통령이 해주실까요?(청중 웃음) 언론이 해줄까요? 학교 교수님들, 학자들이 해줄까요? 절대로 못합니다. 구조적으로 못하게 돼 있어요. 오로지 할 수 있는 사람, 한 사람밖에 없습니다. 소비자밖에 할 수가 없습니다. 굉장히 어렵게 느껴지시죠? 쉬워요. 맘만 먹으면 굉장히 쉽습니다.

어떻게 하느냐, 바로 선택구매를 하는 겁니다. 잘 보고 사자는 거죠. 뒤를 보고 조금 이상한 물질이나 아까 말씀드린 세 가지 유형의 원료 군이 보이면 무조건 사지 말자는 거죠. 요즘에는 다행히 좋은 식품들이 많이 개발되고 있어요. 양심적인 식품 생산자들도 많이 늘어나고 있고요. 잘 찾아보시면 있어요. 그런 걸 사먹자고요. 내 건강, 내 가족의 건강을 위해서도 중요하지만, 이런 걸 자꾸 소비해주면 그 시장이 커지겠죠. 좋은 식품 만드는 분들도 더 힘을 얻게 되고요. 그러면 기술력도 좋아지고, 결국 좋은 식품 가격도 지금보다 훨씬 낮아질 거고요. 자동적으로 우리 주변의 해로운 식품들은 없어지는 거예요. 굉장히 쉽죠? 마음만 먹으면 돼요.

단 하나만 명심하면 됩니다. 당신이 만약 어떤 식품을 구입했다면, 당신은 그 식품을 지지하는 겁니다. 지지하는 소비자가 있는 한 절대로 그 식품은 없어지지 않습니다. 아무리 해로운 거라도 소비자가 지지해주면 절대로 안 없어집니다. 그대로 발붙이고 있어요. 해로운 식품을 쫓아내려면 소비자가 지지를 철회하는 방법밖에 없는 겁니다. 해로운 식품들에 대한 미련을 과감히 끊읍시다. 이제까지 아무리 많이 이용해왔고, 굉장히 친근하게 느끼던 식품이라도 화난 식품이면 더 이상 식품으로 보지 말고 과감하게 퇴출시켜야 합니다. 그게 대단히 중요합니다. 이 자리에 계신 분들은 제 이야기에 적극 호응해주시고, 실천해주실 거라고 믿습니다. 그래서 화난 식품을 빨리 몰아내면 우리 주변이 건강해지는 건 물론이고, 우리 사회 자체가 굉장히 밝아질 겁니다.

요즘 너도 나도 화합을 외치고 있는데요, 식생활이 개선되지 않고서는 근본적인 치유가 어렵다고 봅니다. 좋은 음식 먹는 게 가장 강력하고 효과적인 방법이라고 자신 있게 말씀드리면서 마치도록 하겠습니다. 고맙습니다.(청중 박수)

지금 당장 장바구니 수사를

사회자 저희가 강연 시작하기 전에 "선생님, 재미있게 해주세요"라고 말씀은 드렸지만 정말 재미있었고요. 심각한 내용을 아주 재미있고 유쾌하게 들었는데요. 그런데 1~2년도 아니고 십수 년을 열심히, 말하자면 자극적이고 먹으면 안 되는 것들을 연구하시다가 도대체 무슨 동기로 "가공식품 절대 먹으면 안 된다"며 이런 대척점에 서는 인생을 살게 되셨나요?

안병수 동기가 있다면, 일단 제 건강 때문이었습니다. 아까도 잠깐 말씀드렸지만 제가 과자를 많이 먹었다고 했잖습니까. 일을 하기 위해서 먹는 거예요. 일단 아침에 출근하면 먹는 것부터 시작합니다.(청중 웃음) 신기하시죠? 저는 과자 회사에 다녔기 때문에 과자를 먹었는데, 술 회사 다니는 사람들을 보면 얼굴이 불그레해진 사람들이 많아요. 사장님과의 회의석상에도 술 냄새를 풍기면서 와요. 보통 일반 회사 같은 경우라면 당장 쫓겨나죠. 그런데 술 회사에서는 그런 분들이 일 열심히 한다고 칭찬받습니다. 저 같은 경우는 과자 회사에 다녔으니까 과자를 많이 먹었는데요. 일하고 한 5년 정도 됐나, 삼십대 중반부터 몸이 이상해지는 거예요. 마흔 가까이 되니까 점점 더 심해지는 거예요. 아침에 못 일어나겠어요. 또 집중이 안 돼요. 학습활동이 잘 안 돼요. 기억력도 희미해지고. 그러니까 소극적으로 변하게 되고 비관적으로 생각하게 되고 나중에는 점점 악화가 되니까 생활을 포기할 생각까지 했었어요. 그러다가 우연한 기회에 제가 그걸 알게 됐습니다. 충격을 받았죠. 그리고 결국 하던 일을 그만두게 되었습니다. 쉬면서 음식을 바꾸니까 다시 몸이 좋아지는 거 아닙니까. 그래서 그때 '아, 식생활이 이렇게 중요한 거구나, 알리자' 생각했죠. 그게 동기라면 동기가 되겠습니다.

사회자 지금은 건강하신 건가요? 보기에는 아주 건강해 보이시는데.

안병수 지금은 아주 유쾌하게 생활하고 있습니다. 몸도 가볍고요. 제가 이제 5학년 넘었거든요.(웃음) 삼십대, 사십대 때하고 비교해보면 오히려 지금이 훨씬 건강상태가 좋고요. 기억력과 집중력 같은 것도 지금이 훨씬 더 좋다는 생각이 듭니다. 아주 재미있게 책도 읽고 말이죠. 그때는 책을 잘 못 볼 정도였습니다.

사회자 오늘 아침 드신 식단 좀 알려주세요.

안병수 일단 현미밥, 된장찌개, 김치, 그리고 아침이니까 멸치. 뭐 특별한 식단은 아니에요. 집에서 직접 음식을 만든다는 게 중요합니다. 주로 해산물 요리가 많은 편이고요. 고기를 안 먹지는 않아요. 전 채식주의자는 아니거든요. 고기도 먹긴 먹는데, 튀김이나 구이보다는 삶은 고기나 찜을 먹고요. 그 다음에 디저트나 간식으로 전에는 과자, 빵, 아이스크림 같은 걸 먹었는데 지금은 과일, 떡, 호박, 고구마 같은 것을 먹습니다.

사회자 지금 이 말씀 참 좋은 이야기죠. 그런데 이 말씀을 들으시는 분들 중에 전업주부 분들은 '아이고, 고생이겠다' 생각하실 겁니다.(청중 웃음) 사모님의 반응과, 혹시 선생님도 직접 요리를 하시는지 궁금하네요?

안병수 제 아내는 옛날부터 조미료나 첨가물 들어가는 음식을 이상하게 싫어했어요. 무슨 알레르기가 있었던 건 아닌데, 그런 음식은 잘 안 먹었어요. 그래도 제가 그런 걸 좋아하니까 전에는 조미료도 쓰고 그랬어요. 그런데 제가 어느 날 갑자기 눈을 뜨고 "먹지 말자, 그런 거 쓰지 말자" 하니까 제 아내는 오히려 좋아했습니다. 물론 더 피곤하죠. 집에서 음식을 만들고 일일이 자연 식품으로 맛도 내야 하니까 더 손도 많이 가고, 시간도 많이 걸리고, 일거리가 많은 게 사실인데 오히려 아내는 더 좋아해요.

그런데 한 가지 더 큰 문제가 뭔가 하면요. 비싼 것도 문제지만 무엇보다 시간이 많이 든다는 것입니다. 제가 이렇게 식생활을 바꾸고 집에서 직접 요리하면서 느끼는 건데, 우리 한국의 전통적인 인식이라는 게 부엌일을 하는 사람은 주부다, 여자의 책임이다, 이렇게 많이 인식돼왔잖아요. 물론 요즘은 많이 바뀌어가고 있지만 저희 세대만 해도 그랬는데요. 주부가 혼자서만 부엌일을 하는 조건으로는 식생활 개선은 어렵다고 봅니다. 이른바 슬로푸드를 보자고요. 가공식품 이용 안 하고 집에서 음식을 만들어 먹는 생활을 슬로푸드적 생활이라고 하지 않습니까. 슬로푸드 생활을 실천하려면 주부 혼자만 부엌일을 맡는 건 한계가 있어요. 전업주부라면 그래도 어느 정도 가능하겠지만, 요즘은 대부분 사회활동을 하니까요. 그래서 가족의 적극적인 협조가 필요합니다. 특히 남편의 협조가 필요합니다. 아이가 있는 분들, 아빠가 적극적으로 도와줘야 합니다. 같이 분담해야 합니다. 이게 가장 중요한 전제조건이 아닌가 합니다.

실제로 그렇게 해보면 여러 가지 유익한 점들이 많아요. 저도 부엌에서 생활을 많이 하거든요. 물론 아내가 하는 일과 제가 하는 일이 어느 정도 분리가 돼 있어요. 거친 일 같은 거, 호박 다듬고 자르고, 마늘 까고, 설거지 같은 것들은 다 제가 하고요. 진짜 중요한 부분은 아무래도 경험이 더 많으니까 아내가 하고요. 제 아들도 가끔 부엌에 와서 도와주고 그래요. 그러니까 가족들의 화합의 장이 되는 겁니다. 또 아내와 부엌에서 같이 일하면서 아무 말도 않고 일하지는 않잖아요. 하다못해 잔소리도 하고, 아니 잔소리는 아니고요.(청중 웃음) 서로 대화를 하잖아요. 옆집에 누가 어쨌느니, 오늘 누구를 만났는데 어쨌으니, 나는 요새 뭐 때문에 힘들다느니, 하는 대화를 자연스럽게 하게 되요. 그리고 아이가 함께 도우니까 자연스럽게 먹을거리 교육도 시키게 되고요. 그 가치를 돈과 시간으로 환산할 수는 없더라고요. 그래서 온 가족이 부엌으로 모이는 게 저는 제일 중요하다고 봅니다.

사회자 선생님이 강연하신, 뭐가 얼마나 해롭다는 얘기는 사실 인터넷 찾아보면 알 수 있고, 텔레비전 프로그램에서도 정보를 얻을 수 있는데요. 좋은 음식을 먹으라는 이야기는 누가 못하겠어요. 그런데 선생님 강연과 생각의 가장 커다란 가치는 이런 가족의 새로운 가치, 노동력의 협업에 대해 이야기해주시는 지점이고, 그 점이 아주 중요하다고 생각했어요. 조금 정정해드리자면요, 전업주부라면 남편 분이 도와준다는 표현이 맞지만, 맞벌이라면 도와주는 게 아니라 자기 일을 하는 거라는 인식을 남자분들이 가지셨으면 좋겠습니다. 도와준다는 건 어쨌든 자기 일은 아니지만 '내가 마음을 써줄게'라는 거잖아요. 그게 아니라 당연히 자기들이 해야 하는 일이라는 걸 명심해주셨으면 합니다.

여러분의 질문을 받기 전에 한 가지만 더 여쭤보고 싶은데요. 비싸다는 게 조금 문제라는 말씀을 하셨는데, 저도 살림도 하고 공동육아, 공동가사를 하고 있지만 자연에서 얻은 유기농 식품을 매일 주식으로 한다고 하면 좀 비싼 게 아니더라고요. '계급'이라는 표현을 쓰면 좀 그렇지만, 저희 부부끼리 무슨 이야기를 했냐 하면요. 미국의 비만과 생활습관병이라는 게 계급의 문제라는 것, 하층 계급 사람들이 몰라서 안 먹는 게 아니라 비싸서 못 먹는 거고, 그것을 사기 위해서 시간적 여유도 필요하다고 했는데요. 출퇴근을 해야 하는데 언제 그걸 하고 있겠어요. "슬로푸드 한다고? 그럼 좀 늦게 나와도 좋아." 이런 사장이 세상에 어디 있겠어요. 그러니까 현실과 계급의 문제 때문에 알면서도 못하는 경우가 굉장히 많거든요. 물론 그것까지 선생님이 책임지셔야 하거나 대안을 말씀하실 필요나 의무는 전혀 없지만요. 그래도 혹시 지식인으로서 고민은 하시는지 궁금합니다.

안병수 저는 일단 유기농 채소를 이용하고 있거든요. 가공식품도 전혀 이용 안 하는 건 아니에요. 진짜 해로운 게 들어 있지 않은 것만 골라서 쓰고 그럽니다. 유기농 채소라는 게 똑같은 양을 놓고 비교해보면 비용이 더 많이 들어요. 더 비싼 건 맞아요. 그런데 유기농 채소나 무첨가 가공식품은 말이죠. 살 때 따지고 재면서 사게 되요. 그래서 필요한 만큼만 적당량을 사게 되요. 일단 산 건 하나도 버리는 게 없어요. 다 먹어요. 하다못해 파 뿌리까지 먹어요. 그 아까운 유기농 파를 어떻게 버립니까. 뿌리까지 국 끓이는 데 넣어서 먹어요. 예전에는 저도 일반 시장에서 파는 정체불명의 채소들이 싸니까, 또 묶음도 크니까 그런 거 부담 없이 샀어요. 사서 먹다 보면 반도 못 먹었는데 시들어서 버려요. 그러니까 일반 싸구려 수입 농산물들, 가공식품들 사다가 그냥 버리는 걸 계산하면 말이죠. 유기농, 친건강 식생활이 조금 비용은 많이 드는 것 같지만 전체적으로 보면 그렇게 많이 드는 건 아니라는 겁니다. 그리고 실제로 비용이 좀 많이 든다고 해도 그거 가지고 연연하지 말자는 겁니다. 이게 먼 훗날 의료비 절감이라는 훨씬 더 큰 보상으로 돌아오게 돼 있습니다. 저소득층은 어떻게 해야 하느냐, 일반 공장에서 양산되는 과자 두 번 먹을 걸 친건강 과자 한 번만 먹자고요. 이렇게 횟수를 줄이면 될 거 아닙니까. 그런 식으로 생각하면 얼마든지 비용 문제도 해결할 수 있다고 봅니다.

혁명보다 어려운 습관 바꾸기

사회자 자, 질문 받겠습니다.

청중1 저는 이번에 대학에 입학한 학생인데요. 제가 고등학교 때부터 기숙사 생활을 했어요. 그러니까 학교 급식을 계속 이용했고, 지금도 학교에 식당이 있고 급식의 형태로 제공되고 있긴 하지만 아무래도 밖에서 사 먹는 경우가 많은데요. 제가 드리고 싶은 질문은 두 가지입니다. 거의 모든 대한민국의 청소년들이 초등학교까지 합치면 10년이 넘는 기간 동안 학교 급식을 먹고 있는데요. 학교에서 집단적으로 제공되는 음식은 얼마나 안전한지, 과연 100% 신뢰할 수 있는지 묻고 싶고요.

두 번째 질문은, 저는 대학교 기숙사에 살고 있어서 어쨌든 밥을 먹을 수는 있어요. 그런데 자취하는 친구들이나 제 생활을 찬찬히 돌아보면 아무래도 밖에서 사먹거나 인스턴트 식품을 구매하게 되는 경우가 많아요. 정말로 먹지 말아야 할 것과 그래도 이건 어쩔 수 없으니까 먹어도 비교적 괜찮다고 권장해주고 싶은 팁이 있으면 알려주셨으면 좋겠습니다.

안병수 네. 대학교 1학년 학생이 먹을거리 문제에 관심을 가져주셔서 고맙습니다. 일단 우리나라 학교 급식 환경은 그렇게 좋지 않습니다. 그런데 학생들이 그 문제를 해결하긴 어렵죠. 가끔 어떤 학교에 가보면 교장 선생님이 유기농에 관심이 있으셔서 유기농 식단을 짜는 곳도 있어요. 그런 학교 학생들은 정말 복 받은 학생들이라고 보는데요. 그건 드물죠. 대다수 학교들은 일반적인 가공식품을 이용하는 식단을 짜고 있어요. 그 문제에 대해 지금 당장 해결책은 없지만, 조금씩 바꿔나가야 한다고 봅니다.

만약에 그런 경우라도 하루 세 끼 우리가 먹는 밥, 국, 김치에 가공식품이 조금 들어간 것은 그렇게 해롭지 않습니다. 왜냐하면 된장찌개, 김치 같은 것들 속에는 여러 영양분, 섬유질 등이 들어 있기 때문에 거기에 가공식품이 조금 섞여도 많은 부분 유해성이 상쇄된다고 할 수 있죠. 즉 정식으로 먹는 식사에는 첨가물이 조금 들어가도 괜찮다는 이야기입니다.

그런데 밥 대신 인스턴트 식품이나 식사대용 과자 같은 걸 먹는 학생들이 꽤 있더라고요. 그런 학생들이 정말 위험해요. 대개 그런 학생들 보면 급식으로 제공되는 밥은 잘 안 먹어요. 김치나 된장찌개 같은 좋은 음식을 안 먹고 주로 과자, 청량음료, 인스턴트 식품만 많이 먹게 되면 이게 유해성이 커지는 거예요. 가끔씩 해로운 식품을 먹는다고 해도 좋은 식품을 같이 먹으면 그나마 괜찮아요. 좋은 식품은 별로 안 먹고 해로운 식품만 많이 먹는 게 문제죠. 그러니까 기숙사 생활을 하든 학교 급식을 먹든 밥 세 끼만 잘 먹으면 괜찮아요.

청중2 살림하는 입장에서 질문드리겠습니다. 좀 전에 말씀하신 학교 식단에서도 된장국 같은 건 항암 성분이 있어서 우리나라 사람들이 즐겨 먹고 많이 권장하는 식품이잖아요. 우리 부모님 세대에는 집에서 직접 장을 담가 드셨는데, 지금은 주거 환경도 그렇고 여러 가지로 어렵다 보니 대부분 대기업에서 인위적으로 만드는 된장, 고추장으로 대체하게 되는데요. 그 성분이 자연적으로 만든 것과는 분명 차이가 있다고 생각하거든요. 그게 자연 발효한 고추장이나 된장과 비교할 때 어느 정도일지 궁금하고요.

〈한겨레21〉에 선생님께서 단무지에 대해서 쓰신 글을 봤어요. 단무지를 탱탱하게 만들기 위해서 첨가물을 넣는다고 쓰셨거든요. 첨가물이 들어가서 탱탱해진 단무지가 우리 몸에 얼마나 해로운지 궁금합니다. 시중에 쭈글쭈글하게 해서 나오는 단무지도 있는데 그런 제품은 첨가물이 안 들어가서 괜찮은 건지 묻고 싶습니다.

안병수 네. 장류를 소비할 때 어떻게 하는 게 좋은지와 단무지에 대한 말씀, 두 가지네요. 일단 간장, 된장, 고추장 이런 장류 말이죠. 요즘 시중에서 팔고 있는 큰 회사의 대량생산 제품 중에는 저는 그다지 권해드리고 싶은 게 없더라고요. 원료 표시가 된 뒷면만 잘 보셔도 판단을 할 수가 있어요. 시중에서 파는 대부분의 일반 간장, 된장, 고추장에는 첨가물이 들어가요. 그렇기 때문에 저는 별로 추천해드리고 싶지 않고요.

한번 직접 찾아가보세요. 우리나라 전국 방방곡곡에 진짜 양심적으로 우리 전통 식품들을 만드는 분들이 계세요. 그래서 어디 여행을 가실 때도 좋고요. 나들이 가셨을 때, 경치 구경하는 것도 좋지만 그 지역에서 메주로 된장을 담구는 집이 없는지 잘 찾아보세요. 있어요. 그러면 그 집을 방문해서 만드는 것도 직접 보시고, 주인과 이야기도 해보시고요. 그러면 이 사람을 믿을 수 있겠다 없겠다 알 거 아닙니까. 믿을 수 있겠다 싶으면 그 집 물건을 앞으로 계속 사서 드시는 거예요. 대개 그런 거 만드는 집들이 된장만 하는 게 아니라 고추장도 만들고, 간장도 만들고, 김치도 만들고, 식혜도 만들고 그러거든요. 그렇게 믿을 만한 곳을 한두 군데 정도 찾아놓고 친분관계를 유지하면서 이용하는 방법이 있고요.

그게 힘들면 우리나라에 직거래 장터 있잖아요. 대표적인 게 '생협'입니다. 생활협동조합. 그런 데는 비영리단체거든요. 그런 데서 만든 것들은 일단 신뢰할 수 있습니다. 물론 가공식품 같은 경우는 첨가물이 들어가는 것도 있는데, 그 첨가물도 해롭지 않은 것들을 골라서 쓴다고 보시면 되고요. 생협의 장류, 전통식품 같은 것들은 괜찮아요. 믿을 수 있어요. 그런 걸 이용하세요.

단무지는 원래 전통적인 방법으로 만들면 쭈글쭈글하고, 씹는 맛도

찔깃찔깃합니다. 이게 제대로 된 단무지예요. 그런데 요즘은 그런 단무지가 거의 없어요. 대개 보면 아주 탱탱하고 씹을 때 아삭아삭하잖아요. 이런 것들은 첨가물이 들어갔기 때문이거든요. 대표적인 게 폴리인산나트륨이라는 첨가물입니다. 이게 인산염이거든요. 인산염이 많이 사용되면 우리 몸 안에서 미네랄의 흡수와 배출의 균형을 깨뜨릴 수가 있어요. 칼슘같은 좋은 성분의 이용을 저해하는 문제가 생길 수 있죠. 그리고 이런 물질들이 화학적으로 만들어지거든요. 화학적으로 만들어지다 보니까 다른 불순물들이 섞여들 수도 있고요. 뒷면을 봤을 때 인산염 같은 게 들어가 있는 식품은 과감하게 선택하지 않겠다고 생각하시면 좋겠어요. 그런데 어떤 경우에는 인산염 대신에 산도조절제라고 표기되는 경우도 있습니다. 그러니까 산도조절제라고 쓰여 있으면 대부분 인산염일 가능성이 많아요. 그래서 무슨 무슨 나트륨이나 산도조절제라고 표기된 단무지는 고르지 않아야 합니다. 그렇게 말씀드리고 싶습니다.

사회자 제가 양평에 산다고 말씀드렸잖아요. 말하자면 준시골 정도 되는데 용문산 앞에 관광객을 위한 식당들이 꽤 많아요. 그 식당 분들이 된장, 청국장을 만들어서 파시더라고요. 그래서 저는 거기서 사다 먹는데요. 청국장 파시는 분이 "이거 가자마자 냉동실에 넣으셔야 됩니다. 방부제 안 들어서 금방 상합니다" 그럴 때 제가 속으로 약간 '오버하시네' 그랬어요. 그런데 정말 여름도 아닌데 딱 하루 만에 하얗게 곰팡이가 피더라고요. 그래서 확실히 본인들이 만드시니까 정말 다르다고 생각했는데요. 그거 사가는 데 한 시간밖에 안 걸리니까 그렇게 알음알음으로 사거나, 아니면 주문판매 같은 것도 있고요. 그리고 또 생협 말씀하셨잖아요. 얼마 전 금융연구가 홍기빈 선생님께서도 21세기 건강한 삶의 대안은 생협인 것 같다고 이야기하셨는데요. 생협 이야기가 자주 나오는 것 같네요. 자, 다음 질문 받겠습니다.

청중3 저는 집에서는 굉장히 건강한 식생활을 하고 있다고 자부하는데요. 엠티나 친목을 위한 술자리 같은 데 가면 몸에 안 좋은 음식을 먹을 수밖에 없게 되잖아요. 어쩔 수 없이 그런 음식을 먹었을 때, 해독하는 방법이 있는지 궁금하고요.(청중 웃음)

또 하나는 부침개를 할 때 식용유 같은 기름을 쓰잖아요. 그런데 아까 불포화지방산이 안전하지 않다고 하셨잖아요. 그게 트랜스지방산이 생기는 이유고요. 그러면 포화지방으로 하는 게 더 좋은 방법인가요?

안병수 두 가지 질문을 하셨는데 다 중요한 이야기네요. 어쩔 수 없이 정크푸드를 먹었을 때 어떻게 하는 게 좋을까요. 방법이 있습니다. 섬유질이 들어 있는 식품을 되도록 많이 드십시오. 섬유질은 우리 인체의 청소부입니다. 소화기관을 통과하면서 여러 가지 해로운 물질들을 빨아들여 소변, 대변으로 배출시킵니다. 섬유질이 많은 식품은 채소, 과일, 현미밥, 고구마 등입니다. 그런 걸 많이 먹는 사람은 몸 안이 깨끗하다고 보시면 되요. 그런 걸 안 먹고 정크푸드만 많이 먹게 되면 문제가 되는 겁니다. 그리고 섬유질이 많은 식품은 대개 비타민, 미네랄도 많아요. 비타민, 미네랄은 해로운 화학물질들의 독성을 중화시켜줘요. 어쩔 수 없이 정크푸트를 먹었다면 섬유질이 많은 식품을 드시면서 몸 안을 깨끗하게 청소하십시오. 그게 방법이고요.

그리고 두 번째, 기름으로 요리를 할 때요. 튀김 음식은 안 드시죠? 튀김 음식은 절대로 드시지 마세요. 아주 나빠요. 아까 맨 처음에 질문했던 학생도 급식 같은 데 혹시 튀김이 나오면 절대 드시지 마세요. 그냥 버리세요. 계란프라이나 전이나 두부부침 같은 프라이팬 요리는 어떻게 할까 하는 질문이시죠? 그 정도는 괜찮습니다. 트랜스지방이 만들어지긴 하는데, 그렇게 많이 만들어지진 않습니다. 기름의 온도가 그다지 높게 올라가지 않기 때문입니다. 포화지방으로 요리를 하면 어떠냐는 질문도 의미가 있습니다. 대개 보면 액상 유지는 열에 취약해요. 왜냐하면 불포화지방산이 많거든요. 불포화지방산은 열에 약합니다. 그래서 액상 유지를 가열하면 트랜스지방이 훨씬 많이 만들어지고 해로운 물질도 많이 만들어집니다. 반면에 포화지방은 상당히 안전해요. 내열성도 강하다는 이야기입니다. 그래서 프라이팬 요리를 할 때 기름을 포화지방으로 쓰는 건 좋은 방법입니다. 그런데 우리가 보통 프라이팬 요리를 할 땐 액상 유지를 쓰기 때문에 포화지방을 쓴다는 게 익숙하지 않고 거부감이 들어요. 포화지방은 거의 변질이 없어요. 트랜스지방도 안 만들어지고 여간해서 활성산소 같은 것들도 거의 안 만들어져요. 쉽게 구할 수 있는 포화지방은 버터입니다. 천연 버터가 좋겠지요. 아니면 돼지기름, 쇠기름도 괜찮아요. 어떤 분들은 이런 기름이 동물성 지방이라서 해롭다고 하는데 너무 많이만 안 먹으면 괜찮아요. 물론 포화지방을 많이 먹는 것도 문제가 있지만 우리나라 사람들의 식습관으로 볼 때 포화지방을 과잉 섭취할 일은 거의 없기 때문에 프라이팬 요리 하실 때 포화지방을 조금씩만 쓰신다면 기름의 열 변성을 막는다는 점에서 좋은 방법이라고 할 수 있습니다.

청중4 얼핏 생각하면 정제당이나 정제염은 정제하는 데 더 많은 비용이 들어갈 것 같은데 왜 정제해서 팔까요? 그리고 일반적으로 정제하지 않은 설탕이 더 비싸거든요. 그 이유를 알고 싶습니다.

안병수 설탕은 정제한 백설탕이 훨씬 싸죠. 정제 안 한 비정제 설탕은 비쌉니다. 상식적으로 생각해보면 정제하는 공정이 추가로 들어가기 때문에 정제 설탕이 더 비싸야 할 것 같은데 왜 반대일까요? 그건 지금 우리나라뿐 아니라 전 세계 지구촌의 제당산업이 백설탕을 만드는 쪽으로 굳어져 있기 때문입니다. 제당 회사의 기계들이 전부 다 정제당을 만들도록 돼 있어요. 현재 상태로는 대량생산을 하려면 백설탕을 만들 수밖에 없어요. 비정제 설탕을 대량생산할 수 있는 설비가 없기 때문입니다. 그래서 정제 백설탕을 전부 다 비정제 설탕으로 바꾼다면 비용이 적잖이 들어갈 겁니다.

지금 조금씩 생산되는 비정제당은 수작업으로 하고 있습니다. 수작업으로 소량생산을 하고 있기 때문에 상식적으로는 더 싸야 하지만 현재는 더 비싸게 팔리는 겁니다. 예를 들어 현미하고 백미, 어떤 게 더 비쌉니까. 현미가 더 비쌉니다. 왜 현미가 더 비쌉니까. 현미의 소비 기반이 아직 갖춰져 있지 않기 때문입니다. 이게 다 갖춰져서 현미 생산량이 많아지고 대량생산, 대량판매가 가능해지면 당연히 백미보다 현미 가격이 더 싸질 겁니다. 정제염도 마찬가지입니다. 바닷물을 이용해서 염전에서 햇볕에 말려서 만드는 천일염이 원래는 더 싸야죠. 그런데 지금은 정제염이 더 쌉니다. 정제염은 공장에서 대규모로 전기 분해해서 만듭니다. 규모의 경제가 이루어지기 때문에 생산비가 더 적게 들어갑니다. 그래서 앞으로 소비자들이 천일염, 현미, 비정제 설탕을 많이 소비하면 점점 생산하는 분들이 늘어날 거고, 생산 기반도 더 커질 거고, 제당 회사들이 설비를 갖춤으로써 대량생산도 가능해질 것이고, 그렇게 되면 자연적으로 값이 내려갈 겁니다. 값이 내려가면 비정제 설탕이 더 싼 시대가 올 겁니다. 정제염보다 천일염이 더 싸고, 백미보다 현미가 더 싼 시대가 올 겁니다. 그 시대가 빨리 올 수 있도록 노력해야 합니다.

사회자 역시 언제나 다국적 기업이 공공의 적인 것 같습니다. 이건 대한민국 국민이 뭉치는 정도로는 해결이 안 될 것 같고요. 전 지구적의 연대가 필요한 시점이 아닐까 싶습니다. 우리나라뿐 아니라 어느 나라에서나 생활협동조합 같은 것이 진보적인 대안으로 선택되는 것도 그런 이유에서인 듯합니다.

이제 선생님의 마지막 정리 말씀을 듣고 강연을 마쳐야 할 것 같습니다.

안병수 오늘 제가 어느 정도 도움을 드렸는지 모르겠는데요. '저런 게 있었구나. 저런 건 먹지 말아야겠구나. 그리고 이제 되도록 좋은 음식, 착한 음식을 먹어야겠구나. 슬로푸드 생활을 해야겠구나.' 그런 결심을 하신 분들이 틀림없이 계셨을 거예요. 그런데 조금 지나면 의지가 약해지거든요. 그래서 원위치가 되요. 이것만은 막아주십시오. 한 달 정도만 좀 불편하시더라도 집에서 음식 만들어서 먹는 습관을 들여보세요. 당장은 불편하게 느껴지겠지만 몸에만 익으면 그리 불편하지 않습니다. 테니스 해보신 분들은 아시겠지만, 테니스 폼 익힐 때 처음엔 힘들어요. 그래서 도중에 포기하시는 분들도 있고요. 하지만 그 어려움을 참고 계속 연습하면 몸에 완전히 익잖아요. 그럼 저절로 됩니다. 저절로 폼이 나와요. 그때부터는 아주 쉬워요. 그거랑 똑같습니다. 우리 식생활 개선도 몸에만 익으면 그 다음부터는 아주 쉬워지죠. 조금 불편하고 힘드시더라도 한 달 동안만 해보십시오. 그 다음부터는 저절로 됩니다. 오늘 저의 말씀이 우리의 식생활 문제를 다시 한 번 생각해보는 계기가 됐으면 좋겠습니다. 감사합니다.(청중 박수)

사회자 네, 감사합니다.

혁명을 일으키는 일보다 더 어려운 게 자기 자신의 습관을 바꾸는 일이라고 하죠. 그래요. 자기 몸. 자식까지 갈 것도 없이 자기 몸에 대한 걸 고민하고 행동에 옮기는 것이 삶에 대한 예의가 아닌가 싶습니다. 이것으로 〈한겨레21〉 15돌 기념 제6회 인터뷰 특강 '화', 그 다섯 번째 시간을 마치겠습니다. 안병수 선생님, 정말 수고하셨습니다. 여러분 감사합니다. 안녕히 돌아가십시오.(청중 박수)

인터뷰 특강 6 – 김어준

웃으며 화내는 법

| 제대로 화내려면 웃어봐. 건투를 빈다 |

이런 정부를 상대로 그냥 화를 내거나 분노하면 안 되죠. 주화입마(走火入魔), 내상을 입습니다. 그럴 때는 굉장히 안정적인 바이털 사인을 유지하면서, 차분하고 화사하게 웃으면서 화를 내야 하는데 그걸 전문용어로 '엿 먹인다'고 합니다. 상대를 내 눈높이로 끌어내려서 엿을 먹이는 거죠.

김어준 1998년 이래로 대한민국 최초의 인터넷 매체 〈딴지일보〉의 종신 총수. 수백만 '딴지 폐인'을 양산하고 〈한겨레21〉 '쾌도난담', 〈한겨레〉 '김어준의 그까이꺼 아나토미', CBS 〈김어준의 저공비행〉, 〈시사자키〉, SBS 〈김어준의 뉴스ⓝ조이〉 등의 매체로 진출, 전방위 촌철살인을 난사하며 21세기 명랑사회 구현에 지대하게 공헌했다고 주장하는 자칭 본능주의자이다.

웃으며 화내는 법

| 제대로 화내려면 웃어봐. 건투를 빈다

2009년 3월 31일 화요일 늦은 7시

사회자 제6회 인터뷰 특강 '화' 그 마지막 시간에 오신 걸 환영합니다.(청중 박수) 신나고 명쾌한 것이 인터뷰 특강의 특징이자 매력인데요. 오늘 이 시간이 그 정점이 될 것 같습니다.

제가 대학생들이나 여성들, 교사 분들을 대상으로 강연을 가끔 하는데요, 그때마다 항상 강조하는 것이 자기 결정권이 있는 삶을 살아보자는 거였습니다. 물론 정치를 놀이화할 줄 아는 촛불시위대의 멋있고도 당당한 모습에 굉장히 반하기도 했지만, 그래도 여전히 국가와 사회와 가정이 교육을 통치수단으로만 여겨서 그런지 다른 사람의 눈에 비친 자기의 모습에만 신경 쓸 뿐 자신의 진정한 욕망에 대해서는 솔직하지 못한 거 같아요. 자신의 욕망을 건강하고 당당하게 이뤄나가려면 어떻게 해야 하는지를 잘 모르고 계시는 분들도 태반이고요. 참 마음이 아픈데요. 오늘 이 강연장에 들어오시면서 혹시 보셨는지 모르겠어요. "학부모 여러분들의 학교 방문을 환영합니다." 아니, 그야말로 성인인 학생들이 공부하는 '대학'인데, 부모님이 여기 왜 오시죠? 저는 한국 사회의 이런 분위기가 잘 이해되지 않습니다. 이러니 마흔이 되어도 부모의 도움이 필요한 마마보이, 마마걸이 전국에 쫙 깔려 있는 거죠.

오늘 강연자는 이런 얘기들을 많이 해주실 텐데요. 대한민국 최초의 인터넷 매체 〈딴지일보〉 총수, 김어준 씨를 소개합니다. 박수로 맞이해주시기 바랍니다.(박수)

지금까지의 강연자 분들 중에 가장 불손한 태도로 들어오시네요.(웃음) 이런 점이 김어준 씨의 매력인 것 같습니다. 제가 조금 전에 충격적인 얘기를 들었어요. 요즘 이십대 초반들이 하다못해 서태지한테도 "아저씨, 누구세요?" 한다면서요. 그래도 설마 했는데, 〈딴지일보〉를 모르는 대학생들이 계시더라고요. 혹시 여기 앉아 계신 어르신들 중에도 모르시는 분들이 있으니까 여쭙는 건데요. 〈딴지일보〉가 지금 몇 년 된 거죠?

김어준 1998년에 처음 만들었으니까 11년이 됐죠. 민족정론이라고 봐야 하는데…….(청중 웃음) 최근에 다소 어려운데, 지금 모바일 〈딴지일보〉를 준비 중입니다. 그때가 되면 또다시 전 국민이 알게 되겠죠.

사회자 시작하시게 된 동기를 알려주세요.

김어준 거창하게 말할 수도 있는데, 사실을 얘기하자면 제가 그전에 하던 일이 망했어요. IMF 때문에. 당시 제가 있던 사무실 앞에 계란빵을 만들어 파는 아저씨가 있었어요. 제가 보기에 하루에 수백 개씩 팔아치우는 것 같더라고요. 지나다니면서 생각했죠. 저 사람은 한 달 수익이 얼마일까? 나는 이렇게 망해가는데……. 제가 하도 물어보니까, 나중엔 말씀해주시더라고요. 한 달에 순수익으로 500~600만 원을 버신다고.

거기서 미래를 봤죠.(웃음, 청중 웃음) 이거다! 그때도 제가 인터넷 관련 사업을 하고 있었는데요, 그분한테 그랬죠. "당신이 조리법을 대면 내가 인터넷으로 전국 체인을 만들겠다. 둘이 합작을 하자" 했더니, 그분이 흔쾌히 좋다고 하시는 거예요. 그런데 그 합의가 된 게 3월이었는데, 그분께서 하시는 말씀이 날씨가 따뜻해지니 들어가야 한다는 거예요. 10월에나 다시 나오신다는데 6개월이 비잖아요. 그래서 뭘 할까 하다가 내 명함 페이지를 만들게 된 거죠. 항상 남의 홈페이지만 만들어줬었거든요. 그렇게 1998년 6월에 만들기 시작해서 7월 4일에 오픈을 한 거죠. 오픈하고 3일간은 방문자가 딱 100명이었어요. 그 중에 아흔여덟 번은 제가 방문한 건데, 나머지 두 번은 불가사의예요. 누가 방문을 한 건지.

사회자 미제의 사건이군요.

김어준 11년 간 밝혀지지 않은 거죠. 3일간 그렇게 혼자 들락날락하면서 게시판에다 "정말 멋진 사이트군요"라고 제가 쓰고, 그리고 다시 제가 "감사합니다"라고 쓰고.(청중 웃음) 아무도 안 보지만 혼자 켕겨서, 안방에서 질문을 하고 마루에서 답을 했어요.

사회자 인터넷 게시판 알바생의 원조시군요.

김어준 그렇게 하다가 너무 심심해서 야후에 등록을 해놓을까 싶었는데, 당시 포털은 야후 하나밖에 없었어요. 그때 야후는 새로운 사이트가 생기면 야후 DB에 등록을 해야 검색이 되는 구조였는데 '패러디'라는 항목이 없는 거예요. 인터넷 언론이라는 것도 없고. 그래서 아무데나 일단 등록을 했는데 사람들이 〈딴지일보〉라는 걸 알아야 '딴지일보'로 검색을 하죠. 게다가 패러디라는 용어가 인터넷에서 유행했던 것도 아니고요. 등록한 날, 방문자가 아무도 없는 거예요. 당시 야후 초기 화면에는 '오늘의 추천 사이트'라는 코너가 있었어요. 재미있는 사이트를 골라서 추천해주는 거죠. 그 추천 사이트는 야후에서 결정하는 거죠. 그렇다고 야후에 "제발 〈딴지일보〉를 추천 사이트로 등록해주십시오" 이런 메일은 보낼 수가 없잖아요. 저는 이미 민족정론이라고(청중 웃음) 선언을 했고 게다가 총수인데, 다국적 기업의 일개 팀장에게 민족정론의 총수가 고개를 숙인다는 건 상상조차 할 수 없죠. 그래서 제가 대신 임명장을 보냈습니다.(청중 웃음) 대통령상에 보면 봉황이 있어요. 봉황을 떼서 거기 붙이고 "귀하를 본지의 홍보 이사로 임명함. 임명 거부는 불가하며 임명과 동시에 귀하의 모든 권리는 본지가 접수한다"라고 쓴 거죠.

사회자 임명받으신 분의 반응이 무척 궁금한데요.

김어준 도장도 파 가지고 찍어서 보냈어요. 그랬더니 한 시간 있다가 바로 답이 온 거예요. "충성. 최선을 다하겠습니다" 하고요. 이게 〈딴지일보〉 초창기 성공의 기본 메커니즘이었습니다. 그분은 그 순간 갑자기 일종의 롤플레잉 게임에 참가하는 거죠. 어딘가에 존재하는 어떤 정론지, 민족정론이란 게임의. 실제 생활에서는 다국적 기업의 서핑 팀장이지만 그 순간만은 민족정론의 홍보이사가 되어서 스스로 점 조직으로 활동하는 거죠. 이 메커니즘이 원활하게 작동했던 것이지, 제가 무슨 힘이 있었겠습니까? 그렇다고 돈이 있는 것도 아니고. 그런 식으로 초기 2년간은 혼자 운영했고, 그 이후 기자들도 대부분 그런 식으로 모집을 했어요. 임명장을 막 날리는 거죠.

사회자 남발을 하셨군요.(웃음)

김어준 남발이 아니라고 할 수 있는 게, 기자를 모은다고 공지를 하면 최소한 7000~8000명이 한꺼번에 지원을 했어요. 저의 기자 선발 시스템이 '먼저 온 놈이 장땡'(청중 웃음)이었거든요. 무조건 선착순으로, 100명 정도한테 임명장을 착착 날립니다. 그러면 "가문의 영광이다"라는 메일 같은 게 오죠. 그런데 이 시스템이 안착되고 나서는 스스로 지원을 하는 사람이 생겨났어요. 모집을 안 하는데도. 예를 들어서 코소보 사태 같은 게 났다, 그러면 어디선가 메일이 와요. "나는 지금 루마니아에 있는 대우자동차 현지 직원인데 코소보에 다녀왔다. 최근 코소보 사태가 벌어졌는데 나를 동구권 총 대장으로 즉각 임명하라."(청중 웃음) 이런 메일이 오면 답을 해요. 한 줄로. "해라."(청중 웃음) 워낙 많은 기자들이 있고, 담당할 사람은 저 혼자밖에 없었기 때문에 메일 사규가 있었어요. 메일은 한 줄로. 그렇게 답을 보내면 이 분이 자기 기름 값을 써가며 달려가는 겁니다. 아무도 안 시켰는데 사진을 수백 통이나 찍어서 당시 그 느린 인터넷으로 보내요. 대단한 열정이죠.

그런데 문제는 좀 있었어요. 긴박하게 퇴각하고 있는 군인들의 모습 찾으려고 보면, 트럭이 한 대 지나가고 있어요. 그렇게 정체를 알 수 없는 사진들이 간혹 있었죠. 예를 들어서 처참한 피난민들의 모습이라고 하는데, 아이와 엄마가 카메라를 향해서 환하게 웃고 있어요.(청중 웃음) 나중에 그분이 고백을 하긴 했어요. "자기도 사실은 정확하게 잘 모른다. 전쟁 나서 구경도 못 가니까 코소보로 추정되는 지역에서 닥치는 대로 찍었다"라고요.

사회자 그러면 독자들의 항의가 들어오지 않나요?

김어준 그런 건 당연히 걸러야죠. 그런데 그때 코소보에 직접 특파원을 보낸 국내 언론이 있나요? 어차피 아무도 모르기 때문에……. 그렇게 롤플레잉 게임을 하면서 〈딴지일보〉가 성장을 했고, 활약기도 있었고, 정체기도 있었고, 그러다 이명박 대통령님께서 등장하셨기 때문에 부활을 기획하고 있습니다.(청중 웃음)

사회자 진중권 교수께서 저희에게 새로운 제안을 하셨는데요. 정권에서 절대 방해할 수 없는 우리만의 포털을 따로 만들자, 진보신당을 꼬셔서든 때려서든 진보신당 이름을 내건 포털을 따로 만들자고요. 이런 상황인데, 뭔가 이름을 바꾸지 않는 상태에서 〈딴지일보〉의 새로운 부활이 가능할까요?

김어준 두고 보자고요.

직업은 직업일 뿐 꿈이 아니다

사회자 와, 장기집권하실 만하네요.(웃음) 지금 〈한겨레〉 'ESC'에서 많은 청춘들의 인생 상담을 해주고 계신데요. 어떤 분이 이런 질문을 했어요. "너의 상담을 보면 힘이 나고 위로받긴 하는데, 상담을 하는 너는 무서운 게 없는 사람 같다. 뭐든지 씩씩하게 다 잘할 것 같다. 그런데 너도 인간인데 두려움이 있지 않냐?" 뭐가 두려우신가요?

김어준 얼마 전에도 그런 질문을 받았었는데요. 잘 죽어야겠다는 생각을 했어요. 잘 죽는다는 게 어떤 큰 성과를 남기고 이름을 남기고 죽어야겠다는 게 아니라 치우기 좋게……. 예를 들어 내용물이 다 나온다든가 그러면 안 되잖아요. 그러니까 치우기 좋게 죽어야겠다는 생각을 합니다. 물론 죽는 게 두려운 건 아니고요, 이건 청소에 관한 얘기죠.(웃음, 청중 웃음) 남한테 폐 끼치지 않고 잘 치울 수 있게, 잘 죽어야겠다고 생각합니다.

사회자 그건 모든 분들의 바람이 아닐까 싶습니다.

일찍이 대한민국에서 청춘을 보낸 사람으로서는 보기 드물게 독립을 빨리 하셨어요. 그런데 그보다도 정신적인 독립을 빨리하신 게 저는 굉장히 부럽더라고요. 부모님 얘기를 여기저기서 하셨는데, 이런 분들이 정말 계실까 신기할 정도였어요. 예를 들어서 자식이 결혼하겠다고 하면 대부분 누구랑 하냐고 묻잖아요. 그런데 김어준 씨 부모님은 "언제 하냐?" 그게 첫마디셨대요.(웃음) 정말인가요?

김어준 특별한 교육철학이 있으셨던 거 같진 않고요. 제가 커서 생각해보니까, 귀찮으셨던 거죠.(청중 웃음) 저희 부모님께서는 한 번도 저한테 "이렇게 살아야 한다"라든가, "삶이란 이런 것이다"라는 말씀을 하신 적이 없어요. 그런데 뭐랄까요. 절대적인 방목은 해주셨어요. 절대적인.

사회자 그게 제일 무서운 철학이 아닌가요.

김어준 그래서 제가 물어봤어요. 철학이 있었냐고. 그건 없었다고 하시더라고요.(청중 웃음)

사회자 저는 사실 김어준 씨 부모님을 너무 뵙고 싶어요. 굉장히 궁금해요. 어렸을 때 꿈은 뭐였나요?

김어준 그거 참 곤란한 질문이네요. 이 얘긴 책에도 썼는데, 어릴 땐 제가 비정상인 줄 알았어요. 남들은 "꿈이 뭐야?" 하면 대통령이나 축구선수 같은 꿈을 많이 얘기하잖아요. 과학자, 선생님, 간호사……. 그런데 전 어릴 때부터 꿈이 없는 거예요. 얘기할 만한 꿈이. 그래서 '나는 왜 꿈이 없지?' 하고 어릴 땐 고민도 많이 했어요.

그런데 커서 생각해보니까, 꿈이란 게 대부분 직업 중심이었죠. 어떤 직업을 가질 거냐 하는 거죠. 그래서 저는 지금까지 저와 직업을 일치시켜본 적이 없어요. 다만 '뭘 하고 싶다, 어디 가고 싶다, 누구 만나고 싶다' 이렇게 저의 욕망을 발현했을 뿐이죠. 꿈이란 게 대부분 직업 중심으로 사고하게 만드는 단어인데, 그런 생각을 어릴 적에도 안 해봤던 것은 아마 막 자라서 그런 것 같아요.

사회자 꿈이란 게 사실 어른들이 주입시키는 거잖아요. 어른에 의해 만들어지는 경우가 대부분이기도 하고요.

김어준 저는 에베레스트에 올라가고 싶었어요. 제가 초등학생 때 고상근 대원이 에베레스트에 올라서는 "더 이상 올라갈 데가 없다"라고 했습니다. 그게 너무 멋있었어요. 그래서 꼭 가봐야겠다고 결심했습니다. 또 〈리더스 다이제스트〉를 읽는데, 어떤 커플이 사막을 반년 동안 걸어서 가로질렀대요. 그런 걸 보면 '꼭 사하라에 가봐야지' 합니다. 아라파트가 어디서 테러를 했다는 외신을 보면 '저 사람을 만나야겠다'(청중 웃음) 하는 욕망이 생기는 거죠. 그래서 사막엘 갔느냐, 아라파트를 만났느냐, 하는 건 좀 후에 얘기해드리죠.

사회자 그것도 꿈은 꿈이에요. 직업으로 대답을 안 해서 그렇지.

오늘 주제가 '화'인데요. 어떤 말씀을 해주실 건가요?

김어준 정치 사회적인 화가 아니라, 한 개인으로 살면서 삶의 부조리나 삶의 갈등 앞에서 화가 나기도 하잖아요. 그렇다면 어떻게 웃으면서 화낼 수 있도록 할 것인가, 그러니까 개인적인 화에 대해서 오늘 얘기하려고 합니다.

사회자 정말 김어준 씨다운 얘기가 아닐까 싶습니다. 박수로 청해듣겠습

니다.(박수)

서민들의 궁극의 화내기 전략, 패러디

김어준 이명박 정부는 투명 정부죠. 속이 훤히 들여다보이기 때문에 오해의 소지가 없습니다. 언제나 명확하게 왜 저러는지를 알 수가 있죠. 저는 그래서 '내장 정부'라고도 부릅니다. 그런데 지난 한 해 동안 이명박 정부가 한 일 가운데 즉각적으로 의도를 파악하지 못한 유일한 사건이 하나 있었습니다. 교과부에서 역사 DVD를 만들었어요. 대한민국 건국 이래 중대한 역사를 역사 DVD에 수록해 학생들에게 알려주겠다는 겁니다. 그렇게 DVD를 만들어서 교과부에서 뿌렸습니다. 돈을 들여서. 왜 저러나 싶었는데, 들여다보니까 4·19도 없고, 광주도 없고, 6·10도 없고, 남북정상회담도 없는 겁니다. 그런데 뒤에 보니까 청계천이 있어요.(청중 웃음) 아, 그때 알았죠. 학생들에게 청계천을 자랑하고 싶은데, 교과서를 고칠 수는 없으니까 다급하게 DVD를 만든 거죠. 제가 아는 한 이명박 정부가 했던 가장 복잡한 홍보였습니다, 그게.(청중 웃음)

나머지는 고민이 필요 없을 정도입니다. 예를 들어서, 얼마 전 이명박 대통령이 호주와 뉴질랜드를 방문했었죠. 그리고 돌아와서 바로 라디오 연설을 했습니다. 제가 간혹 라디오 연설을 챙겨듣습니다. 좀 우울해지고 싶을 때나 너무 에너지가 넘친다 싶을 때요.(청중 웃음) 거기서 그런 얘기를 하더라고요. "호주엘 갔는데, 호주 총리가 행사 끝나고 나서 관례에 없이 수행원들을 다 물리치고 나와 늦은 시간까지 얘기를 나눴다." 수행원들을 어떻게 물리쳐요. 통역해야 되는데. 어쨌든 간에, 그러면서 호주 총리가 이런 말을 했다는 겁니다. "대한민국이 가장 먼저 경제 위기를 극복할 것이다." 그럼 손님으로 온 사람한테 "니들이 꼴찌할 거여" 그렇게 말하나요. 돈도 안 드는 일인데 "니들이 일등할 거여"라는 말을 누가 못합니까. 당연한 외교적 수사인 이 말을 듣고 이명박 대통령께서는 스스로 너무 대견하셨던 거예요. 그래서 라디오 연설에서 "그렇게 나를 칭찬하더라. 이것은 모두 정상 외교의 힘이다" 그런 겁니다. 정상, 자기죠.(청중 웃음) 자기가 잘했다는 거죠. 아무도 자기를 칭찬해주지 않으니까, 자기 스스로 칭찬을 하는 건데 이 얼마나 투명합니까. 할 말 없죠. 굉장히 해맑은 정부입니다.(청중 웃음)

이런 정부를 상대로 그냥 화를 내거나 분노하면 주화입마(走火入魔), 내상을 입습니다. 그럴 때는 굉장히 안정적인 바이털 사인을 유지하면서, 차분하고 화사하게 웃으면서 화를 내야 하는데 그걸 전문용어로 '엿 먹인다'고 하죠.(청중 웃음)

〈딴지일보〉가 초창기에 채택했던 패러디라는 화법도 사실은 엿 먹이는 화법인데요. 권력의 힘이 강하면, 그리고 자리가 높으면 높을수록 자신의 분노에 굉장한 힘이 들어가고 엄숙해집니다. 비분강개하게 되고 비장해지죠. 그럴 수밖에 없죠. 그런데 이 엿 먹이는 화법은 나를 끌어올려서 비분강개하는 게 아니라, 상대를 끌어내리는 겁니다. 상대를 내 눈높이로 끌어내려서 엿을 먹이는 거죠. 그러니까 패러디라는 게 이런 거거든요. 당사자를 제외한 모두를 웃겨버리는 겁니다. 그러면 자기 빼고 전부 다 웃기 때문에 화를 낼 수가 없어요. 쪼잔한 놈이 되기 때문에. 다 웃고 있으니까 피식피식 웃기라도 해야 돼요. 이게 엿 먹이기의 정수입니다.

〈조선일보〉도 마찬가지입니다. 무시무시한 밤의 대통령이 아니라, 우리 동네 벼룩신문, '좃선벼룩'으로 끌어내려버리는 거죠. 이렇게 끌어내려서 가지고 노는 겁니다. 야유하고 풍자하고. 그런 화법이 서민들의 화법이에요. 자신을 보호하면서 권력을 충분히 야유하고, 그러면서도 다치지 않게 웃으면서 화내는 서민들의 화법일 수밖에 없습니다.

그러나 오늘은 조금 전에 말씀드렸듯이 정치 사회적으로 웃으면서 화내는 법이 아니라, 한 개인이 살면서 부딪치게 되는 삶의 부조리도 있고 어떻게 해도 해결이 안 되는 갈등들이 있는데, 이런 갈등의 경우까지 포함해서 어떻게 웃으면서 화낼 것인가 하는 얘기를 좀 해볼까 합니다.

웃으면서 화를 내려면 두 가지가 필요한데요. 먼저 그 사태의 본질을 정확하게 통찰할 수 있어야 합니다. 그러지 않고선 도저히 웃을 수가 없습니다. 또 하나는 그렇게 파악된 본질을 가지고 놀 줄 아는, 좀 시큰둥한 삶의 태도가 필요해요. 시큰둥함에 대해서 잠깐 부연설명을 하자면, 저는 시큰둥한 사람이 좋습니다. 시니컬함과 헷갈리시는 분들이 많은데 시니컬한 것과는 좀 다릅니다. 제 비유대로 하자면, 길을 가다가 교통사고가 났습니다. 뒤에서 소리가 났어요. 그랬을 때 시니컬한 사람은 '사람은 원래 죽는 거지 뭐' 하면서 구경하는 거예요. 그에 반해 시큰둥한 사람은 '어, 사람이 다치지 말아야 할 텐데' 하면서 119에 전화합니다. 자기가 할 수 있는 조치를 다 하고 가는 거죠. 구경하는 게 아니라. 설명이 잘 됐는지 모르겠어요.(청중 웃음) 설명이 잘 안 됐더라도 어쩔 수 없고요.(웃음) 새겨서 알아들으십시오.

여하튼 본질에 대한 통찰력과 시큰둥한 삶의 태도. 웃으면서 화내려면 이 두 가지 자세가 반드시 필요합니다. 그런데 이 두 가지의 부모는 '지성'입니다. 이 같은 지성은 어디서 나오느냐 하면, 지성은 자기객관화로부터 출발합니다. 자기객관화할 수 없으면, 지성을 가질 수 없어요. 그래서 지금부터 자기객관화와 지성의 관계에 대해서 얘기를 해보겠습니다.

웃으면서 화내기, 출발은 자기객관화부터

자기객관화가 어떻게 지성에 도달하는지, 그것이 삶을 어떻게 바꾸는지에 대해서 이야기를 해볼게요. 자기객관화는 그야말로 있는 그대로 자기를 보는 거죠. 3차원에서 입체적으로. 이렇게 설명하면 충분하지 않은 거 같아서 제가 책에도 썼던 비유를 말씀드리겠습니다.

어린아이가 태어나면 자기밖에 모릅니다. 당연히 1차원이죠. 아기는 자기밖에 모르고, 관계에 있어서도 점 하나일 뿐이에요. 자기 혼자만 있는 겁니다. 이 아이가 좀 더 크면 엄마를 알아보고, 또 좀 더 크면 친구도 알아보고 선생님도 알아봅니다. 이렇게 점점 '나' 말고 '너'가 생기죠. 그러니까 이 점들이 만나서 관계의 평면이 만들어집니다. 2차원이 되는 거죠. 선생님과의 관계 평면이 만들어지고, 친구와의 관계 평면도 만들어지고. 여기까지는 누구나 하는 겁니다. 그리고 평생 2차원의 관계망 속에서 살다가 죽는 사람들도 굉장히 많아요. 그런데 세상은 아시다시피 3차원이거든요. 그러니까 X축과 Y축으로 이루어진 평면이 아니라 Z축이 하나 더 있단 말이죠. 실제로 3차원인데, 이 3차원의 어떤 좌표에서 X축에 있는 나를 바라보느냐, 이게 자기객관화예요.

예를 들어서, 대지진이 일어나거나 쓰나미가 일어나면 사람들이 많이 죽습니다. 슬픈가요? 사실 안 슬퍼요. 슬퍼야 할 거 같은데. 그래서 '슬퍼해야 하는 게 옳은 게 아닌가?' 이런 생각까지 합니다. 그런데 안 슬프다는 겁니다. 왜냐하면 내 관계의 평면상에 들어오지 않기 때문인 거죠. 비유하자면 쓰나미로 쓸려 내려가는 사람들을 보듯이 자기를 보는 거예요. 자기객관화라는 건 이렇게 구경하는 거죠. 그러니까 내가 처음에 점으로 시작해서 여러 관계의 평면을 만들었는데, 그 평면을 벗어나서 나와 아무 상관없는 Z축에 가서 이제 다시 X축에 있는 나를 내려다보는 거죠. 굉장히 어렵습니다. 저절로 되는 것도 아니고요. 사실 이렇게 완벽하게 할 수 있는 사람이 세상에 없긴 하죠. 자기객관화라는 건 어쨌든 그런 겁니다. 자신을 마치 이방인 쳐다보듯이, 쓰나미로 죽어서 떠내려가는 사람 쳐다보듯이 그렇게 보는 거죠.

누구나 숨기고 싶은 자신의 모습이 있어요. 남한테 들키고 싶지 않은, 감추고 싶은, 인정하기 싫은 자신의 모습이 당연히 있지 않습니까? 그런 자기 자신을 발견하게 되죠. 그것이 후에 자존감으로 이어집니다. 자존감 이야기로 건너가기 전에 개인적 경험을 얘기해볼게요.

제가 스스로 자기객관화 되어가는 경험을 하게 된 몇 가지가 있는데, 아까도 제 부모님 얘기를 잠깐 했었지만, 지금 생각해보면 부모님 덕이 큽니다. 저희 부모님은 저를 내팽개치다시피 하셨거든요. 대개 부모님들은 맛있는 게 있으면 아이들 먼저 챙겨주죠. 그런데 저희 부모님은 그러지 않으셨어요. 너는 먹을 날 많지 않느냐면서, 맛있는 건 먼저 다 드셨어요.(청중 웃음) 그리고 저는 혼이 나본 적이 없어요. 유리창을 깨도, 전화요금이 많이 나와도. 다만 제게 고지서를 날리고 가시죠. "니가 내라."(청중 웃음) 좀 전에 결혼 얘기도 했었는데, 제가 스무 살이 되자마자 바로 집을 나왔기 때문에 오랜만에 집에 들어가서 얘기한 거예요. 결혼을 해야 할 것 같다고. 저희 어머님께서 저를 쳐다보시면 그러시더라고요. "언제?"(청중 웃음) 그래서 제가 "2주 후에"(청중 웃음)라고 말씀드렸죠. 그래서 일단락됐습니다. 그리고 아버님이 오셔서 축의금을 내셨죠.(청중 웃음) 마치 친인척인 양.(청중 웃음) 저희 어머님은 도시락도 안 싸주셨어요. 아까도 말씀드렸지만 특별한 교육철학이 있으셨던 건 아니고요, 귀찮으니까.(청중 웃음) 어머님도 일을 하셨는데, 바쁘기도 하고 새벽에 일어나는 게 힘드시기도 한 거예요. 저는 그렇게 자랐기 때문에 '나는 내 일을 하는 거고, 내 공부는 내가 하는 것'이라는 인식이 있었어요. 엄마는 엄마 일하는데 엄마가 내 밥을 싸줄 의무가 있나, 그런 생각을 했던 거죠. 효자여서가 아니라, 그냥 그렇게 산 거예요. 그리고 남들도 다 그런 줄 알았고요. 그런 부모님 덕분에 사실은 내 마음대로 뭐든지 하며 살았어요.

대신 "네 마음대로 해도 되는데, 결과도 네가 책임져야 한다"고 하셨거든요. 그렇게 살았기 때문에 부모님으로부터 일찍 독립할 수 있었습니다. 한 아이가 부모님으로부터의 독립 없이 자기객관화를 하기는 대단히 어려워요. 특히 대한민국에서. 그 덕분에 저는 그럴 수 있었다고 보고요.

부모님으로부터의 독립 얘기하니까, 또 한 가지 생각나는 게 있는데요. 제가 고등학교 1학년 때였던 것 같습니다. 시험을 치고 일찍 집에 돌아왔는데, 그날따라 어머님도 여동생도 외가엘 가고 아버님밖에 없더라고요. 저희 아버님이 충청도 분이신데 굉장히 무뚝뚝하십니다. 그런 양반이 밥을 해놓고 저를 기다리고 계셨더라고요. 더구나 삼겹살을 구웠어요. 고기를 안 좋아하는 양반이신데. '저 양반이 왜 저러나' 했죠. 고1 남자아이와 아버지가 곰살궂게 대화를 하지는 않죠. 그런가 보다 하고 있는데, 아버님이 제 숟가락에 고기 한 점을 탁 올리시는 겁니다. 그 순간 제가 눈물이 뚝 났는데 '아, 아버지도 해보고 싶었구나'(웃음, 청중 웃음) 그런 생각이 드는 겁니다. 그런데 이게 당신이 배웠던 아버지의 모델은 아니었던 거예요. 엄한 아버지, 그것밖에 없었던 겁니다. 그런데 지금, 와이프도 없고 딸도 없으니까 해도 되겠다 싶으셨던 거죠. 체면 구기지 않는다는 거죠.(청중 웃음) 물론 이후엔 아무 말 없이 각자 밥을 먹긴 했습니다. 밥을 다 먹고 나서 부엌에 들어갔는데, 아버지가 휘파람을 불면서 설거지를 하시더라고요. 원래 설거지를 하시는 양반도 아닌데.

제가 그때 문을 열고 아버지를 쳐다보는데, 태어나서 처음으로 아버지가 아니라 사십대 후반의 남자로 보였습니다. 이 남자가 어떻게 이 집을 마련했는지, 와이프와 어떻게 지지고 볶았는지, 그리고 애를 어떻게 키웠는지 대충 봐왔잖아요. 그런 그 남자가 어느 날 아들한테 고기를 얹어주고 기분이 좋아서 휘파람을 부는 거죠. 한 남자로 보였어요. 갑자기 아버지가 한 남자로 보이니까, 그런 남자와 살고 있는 어머니도 여자로 생각되는 겁니다. 처음엔 굉장히 죄스러웠어요. 부모를 한 사람의 남자와 여자로 바라봐도 된다는 얘길 들어본 적이 없었기 때문에 내가 부모한테 결례를 하고, 어떤 금기를 깨고 있는 건 아닌가 싶어서요. 부모를 남자와 여자로 본다는 건, 저 두 양반이 어떻게 섹스를 하다 날 낳았을까 하는 데까지 생각이 미치니까 죄스러웠던 거죠.

사실은 삼십대 초반까지 한 번도 남들한테 이런 얘기를 해본 적이 없습니다. "나는 아버지와 어머니가 그냥 남자와 여자로 보여." 이런 얘기를 할 수 있게 된 건 서른이 넘어서입니다. 그때야 비로소 '내가 부모로부터 정서적으로 독립한 거구나' 하고 깨달았어요. 부모로부터 정서적으로, 경제적으로 독립하지 않고서는 자기객관화는 있을 수 없습니다.

그렇게 자기객관화를 하고 나면 자존감의 토대가 만들어집니다. 누구나 남한테 드러내기 싫고, 자기 스스로도 아니라고 부정하고 싶은 그런 부분들이 있지 않습니까? 이렇게 인정하고 싶지 않은 부분들을 자기객관화를 통해서 있는 그대로 고스란히 보지 않고서는 자존감이라는 게 출발할 수가 없어요. 자존감이라는 건 자신의 마음에 안 드는 부분까지도 인정하고 긍정하는 거거든요.

그런데 자존감이라는 건 자신감과는 굉장히 다른 겁니다. 자신감이 많아도 자존감은 없을 수가 있습니다. 그리고 세상에 뭐 하나 내세울 거 없는 사람도 자존감으로 충만할 수가 있어요. 자신감이라고 하는 건 이런 거죠. 자기가 어떤 일을 해낼 것이다 하는, 어떤 특정한 능력에 대해 스스로에게 보내는 신뢰입니다. 그런데 이게 특이한 게, 꼭 남과의 비교를 통해서 획득된다는 거예요. 모두가 다 숨을 쉬기 때문에 숨 쉬는 거 가지고 자신감을 가지는 사람은 아무도 없어요. 그러나 '다른 사람보다 시험을 잘 쳤다, 다른 사람들보다 키가 크다, 남들이 나보고 자꾸 예쁘다고 한다……' 이렇게 남과 자꾸 비교해가다 보면 그 부분에 대해서 자신감이 생깁니다. 내가 공부를 잘하는구나, 내가 잘생겼구나, 내가 예쁘구나, 내가 돈이 많구나, 내 차가 더 좋구나……. 이렇게 자신감이 생기죠.

그렇게 남과의 비교우위를 통해서 획득하게 되는 자신의 특정 능력에 대한 신뢰가 자신감이라고 하면, 자신감은 남과의 비교를 통해서 얻는 것이기 때문에 사실은 나보다 조금 더 나은 사람 앞에서 바로 꼬리를 내리게 됩니다. '깨갱'하게 되는 거죠. 그래서 자신감은 동전의 양면처럼 꼭 열등감을 달고 가요. 굉장히 자신감이 많았던 사람도 자신보다 더 대단해

보이는 사람 앞에선 이해할 수 없는 열등감에 휩싸이게 되죠. 이런 자신감만으로 세상을 살 땐 다치기 쉽고 무너지기 쉽습니다.

지성의 출발점은 타자에 대한 상상력이다

반면에 자존감이라는 건 외부의 승인과는 아무 상관이 없어요. 자기가 인정하기 싫었던 부분까지 모조리 앞에 꺼내놓고 자신을 있는 그대로 바라보는 자기객관화를 통해서 자신의 약점들까지 인정하고 긍정하기 시작하는 게 자존감의 첫 출발입니다. 내가 나 이외의 다른 그 어떤 사람이 될 수 있는 방법은 존재하지 않거든요. 나 이외의 사람이 내가 될 수 없기 때문에 자기에게 부족한 부분까지 있는 그대로 받아들이고 인정하고 긍정하기 시작하면 자존감이란 게 형성이 되기 시작하고, 자존감이 형성되기 시작하면 법보(다르마)가 생깁니다. 자신이 감추고 싶은 부분을 감추는 데 쓸 에너지를 자기객관화해서 자존감을 가짐으로써 안 쓰기 시작하면 그만큼의 법보가 생기는 거죠. 이 법보가 생기면 비로소 남을 쳐다볼 여유가 생겨요.

자기만 신경 쓰는 사람을 이기적이라고 말하는데, 저는 그런 사람을 이기적인 게 아니라 자기객관화가 안 됐다고 말합니다. 이기적인 게 아니라 바쁜 거예요. 자기 방어하고 변호하느라고. 이걸 자기애와 착각하기도 하는데, 자기애와 전혀 상관없죠. 사실은 자기가 변변치 못하다고 생각해서, 그런 것을 감추고 변호하느라 에너지를 엄청나게 쓰는 거죠. 그러니까 자기객관화, 자존감 그리고 이어지는 법보에까지 이르면 비로소 타자에게 감정이입할 수 있는 여유가 생기는 겁니다. 이것이 지성의 출발이에요. 이명박 대통령은 이게 안 되죠.(청중 웃음) 제가 볼 때 이명박 대통령의 문제는, 다른 사람한테 감정이입하는 능력이 전무한 것 아니냐는 겁니다. 사람들이 왜 화를 내는지, 왜 분노하고 있는지를 몰라요. 감정이입해서 생각할 수 있는 능력이 없으니 상황을 이해하지 못하고 뜬금없는 소릴 하는 거죠. 우리는 이런 사람을 사이코패스라고 부르죠.(청중 웃음)

타자에게 감정이입하는 능력, 여기서부터 지성이 출발하는 겁니다.

제가 타자에게 감정을 이입했던 개인적인 경험들을 말해볼게요. 아까 아라파트 예를 들었는데, 제가 중학교에 다닐 때 신문에서 아라파트를 봤어요. 외신을 보니까 붉은 9월단이니 뮌헨 테러니, 하고 쭉 쓰여 있는데 갑자기 아라파트를 만나보고 싶은 거예요. 그래서 언젠가는 이 사람을 만나야지 하는 생각을 하고 있었습니다. 1993년인지 1994년인지 정확히 기억은 안 나는데, 그때 당시 아라파트가 이스라엘 총리 라빈과 클린턴 앞에서 악수를 하며 중동평화회담을 약속하고, 다시 이스라엘로 돌아온다는 외신이 있었습니다. 그전까지는 아라파트를 만나려고 해도 어디 사는지를 모르니 찾아가고 싶어도 찾아갈 수가 없었죠.(청중 웃음) 그런데 외신에 아라파트가 예루살렘으로 돌아간다고 하니, 무작정 예루살렘행 비행기 표를 샀습니다. 그리고 예루살렘으로 갔습니다. 정확하게는 성경에 '여리고'라고 나오는 '제리코(Jericho)' 지역입니다.

제리코에 내려서 그 동네 사람들에게 아라파트를 만나러 왔다고 하니까, "니가 왜?"(청중 웃음) 하는 겁니다. 듣고 보니까 내가 왜 왔는지 잘 모르겠더라고요.(청중 웃음) 그래서 존경해서라고 얘기했더니, 기분 좋아하며 털털거리는 택시에 저를 태우는 겁니다. 그리고는 아라파트의 집 앞에 저를 내려놓았습니다. 아라파트가 지금 집에 없다는 말을 들었어도, 일단은 택시에서 내려 집 앞에 섰습니다. 그 순간 이런 생각이 들었어요. '아라파트가 날 만날 이유가 없지 않느냐. 설혹 있다 한들…….'(웃음, 청중 웃음) 그전까지는 그 생각을 한 번도 해본 적이 없었습니다. 내가 아라파트를 만나고 싶다는 욕망에만 충실했지 아라파트가 나를 만나야 하는 이유까지는 생각할 필요가 없었거든요. 내가 만나고 싶어서 간 거지, 아라파트가 나를 불러서 간 건 아니잖아요. 어쨌든 그 집 앞에 가서야 그 생각이 났어요. 그래서 벽에 기대서 사진 한 방을 찍고 돌아왔어요. 그런데 신기하게도 사진을 찍는 순간 아라파트를 만난 것 같더란 말입니다.(청중 웃음) 그래서 그 이후로 다른 사람들한테 얘기할 땐 아라파트를 만났다고 합니다.(청중 웃음)

그때는 정확하게 그 감정을 이해하지 못했는데, 나중에 성철 스님이 그런 얘기를 하셨더라고요. 자기를 만나러 오려면 삼천 배를 해야 하는데, 삼천 배를 시키면 대부분이 실패하고 끈질긴 몇 명이 성공을 한대요. 그런데 삼천 배라는 게 정신적으로든 육체적으로든 힘겨운 일인데, 그걸 끝끝내 해낸 사람은 '꼭 만나야 하나?'(웃음, 청중 웃음) 하면서 그냥 간대요. 그 얘기를 듣고 이해가 가더라고요. 저도 그런 거죠. 굳이 아라파트를 실제로 보려고 했던 게 아니라, 내가 가지고 있던 호기심이나 욕망 때문에 거기까지 간 겁니다.

사실 비슷한 경험을 몇 번 했었습니다. 아까 말씀드린 대로 사하라 사막에 가보고 싶다는 생각을 했고, 이십대 중반에 갔었어요. 한 시간 정도 걸었는데 다 똑같더라고요.(청중 웃음) 그래서 원래 일정은 한 달 정도였는데, 다 똑같은데 뭘 더 가나 싶어서 한 시간 만에 돌아왔어요.(청중 웃음)

다시 아까 얘기로 돌아와, 아라파트를 만나러 갈 때 제가 검문소를 하나 통과했습니다. 유대인 지구와 팔레스타인 지구를 나누는 검문소였습니다. 그 검문소를 통과할 수 있는 건 아랍 버스뿐이었어요. 팔레스타인 지역에 사는 사람들이 생활 기반이 없다보니까, 일은 유대인 지구에서 한단 말입니다. 그래서 마침 제가 팔레스타인 사람들이 퇴근하는 아랍 버스에 함께 탔던 거죠. 시골 버스처럼 막 시끄럽고, 닭도 있고, 애들도 뛰어다니고……. 그런 분위기를 굉장히 좋아하기 때문에 저도 즐겁게 그 사람들과 어울리면서 갔어요. 그런데 검문소에 딱 도착하는 순간 버스 안이 일순간에 조용해지는 거예요. 왜 그러나 싶었더니, 바로 문이 벌컥 열리면서 기관총을 든 이스라엘 군인이 버스 안에 탄 한 사람 한 사람의 신분증을 일일이 확인하는 거예요. 10분이 넘도록 그러는데, 정말로 버스 안이 고요했어요. 애들도 안 울고, 닭도 안 울고.(청중 웃음) 저는 문 앞에 앉아 있었는데 처음으로 팔레스타인 사람들한테 미안했어요. '내 신분증도 검사를 했으면 좋겠다.' 제가 그 그룹에서 특별대우를 받는다는 게 그 분위기에서 너무 미안한 겁니다. 생각해보면 남한테 정말로 온전히 감정이입을 한 건 그때가 처음이었던 거 같아요. 아까도 말씀드렸지만, 쓰나미로 사람이 죽어도 안 슬퍼요. 감정이입을 해서, 그 사람들 입장이 되어서, 그 사람들 눈으로 사물을 본다는 게 저절로 되는 일이 아니거든요. 그런데 그 특수한 상황에서는 처음으로 약자의 눈으로 그 사람 편에 서서 군인들을 쳐다본 거예요. 군인이 밉고, 군인이 날 검문하지 않는 게 그 사람들 보기 미안하고요. 타자에 대한 감정이입을 그때 처음으로 했던 거 같습니다.

감정이입 얘기를 하니까 또 한 가지 사례가 생각납니다. 터키에 카파도키아라는 곳이 있습니다. 굉장히 유명한 곳이죠. 그랜드캐니언을 떠올리신 다음에 그 절반을 뚝 잘라버리세요. 그러면 대략 그림이 그려지실 겁니다. 〈스타워즈4〉 맨 마지막에 보면 아나킨이 전차를 타고 있고, 우주 전차가 경주하는 장면이 있죠. 감독이 실제 카파도키아에서 영감을 얻고 그 장면을 옮겨놓은 거예요. 어쨌든 그곳에 갔었습니다. 제가 모르는 동네니까 일단 제일 높은 곳으로 올라갔습니다. 그래야 도시 전체가 잘 보이니까요.

올라가서 밥을 먹는데, 무너진 성곽 비슷한 저쪽에서 부스럭대는 소리가 나는 겁니다. 열 살에서 열다섯 살 정도로 보이는 조그만 아이가 저를 쳐다보고 있는 거예요. 아이를 보는 순간 직감했죠. '저 아이와 나는 어떤 수를 써도 말이 통하지 않는다.'(웃음, 청중 웃음) 그럴 때는 한국말로 하는 게 제일 좋습니다. "일루 와라.(청중 웃음) 너 왜 여기 있어?" 처음에는 아이도 제 말을 못 알아들으니까 뭐라 뭐라 막 해요. 그러면서 제 샌드위치를 쳐다보는 거예요. '아, 배가 고픈 거구나.' 하지만 저도 거지거든요.(웃음, 청중 웃음) 더구나 아침 내내 굶었고, 저녁이 다 되어가는데 이 샌드위치 반쪽 외에 가방 안에는 샌드위치 하나밖에 남아 있지 않단 말이죠. 그런데 애가 너무 불쌍하게 쳐다보길래 "에이, 먹어라" 하고 줬어요. 엄청난 속도로 먹더라고요. 좀 망설였습니다. 내 것도 꺼내면 또 달라고 하지 않을까 싶어서요. 그런데 저도 너무 배가 고팠기 때문에 그 아이의 양심을 믿은 거죠.(청중 웃음) 가방 안의 샌드위치를 꺼냈는데 아이가 계속 쳐다봐요. 넋을 잃고 쳐다보는 거예요. 그래서 어떡해요. 반을 뚝 떼어가지고 줬어요. "에이 씨" 하면서. 그러고 나서 나머지 반을 빨리 먹었어야 했는데…….(웃음, 청중 웃음) 얘가 엄청난 속도로 샌드위치를 입에 집어넣더니 또 쳐다보는 겁니다. 또 있겠거니 싶었나 봅니다. 제가 더 없다고 가방을 보여주면서 호소를 했으나 애는 샌드위치에서 눈을 안 떼는 겁니다. 도저히 그냥 먹을 수가 없어서 할 수 없이 줘버렸어요. "이 새끼야, 너 때문에 내가"(웃음, 청중 웃음) 어쩌고저쩌고 욕을 한참 하면서요. 애는 제가 가진 걸 다 먹고는 굉장히 만족스런 미소를 짓더라고요.

먹을 걸 먹고 나니, 그제야 대화가 시작되었습니다. 한 30분간은 무슨 말인지 전혀 모르겠더라고요. 나뭇가지를 꺾어서 바닥에 그림을 그려가며 얘기를 했죠. "부모님 어디 있어? 엄마 어디 있어?" 이런 식의 대화가 이뤄지는 거죠. 불현듯 여행 오기 전에 봤던 신문기사가 생각나는 겁니다. '터키 북동부 국경지역의 쿠르드족 반군을 진압하기 위해서 터키 군이 헬기를 보내 3000명 가량을 죽였다.' 뭐 이런 기사를 본 게 기억나더라고요. "야, 너 쿠르드냐?" 물었더니, "쿠르드다"(웃음, 청중 웃음) 하는 겁니다. 쿠르드는 통했던 거예요. 거기서부터 제가 이해하기 시작했어요. 터키 지도를 대충 그려서 "너, 이쪽에서 이렇게 해서 왔어?" "맞다."(웃음, 청중 웃음) "그럼, 너 여기서 헬기 드드드 해가지고 막 총 쏘고 그랬는데, 너 헬기 드드드 했어?" 그랬더니 그렇다는 거예요. 그렇게 얘기를 엮어가다 보니 아이가 대략 이런 얘기를 하더라고요. "엄마와 아빠는 거기서 죽었다, 자기보다 큰 형이 있었는데 잃어버렸다, 자기는 여기까지 흘러와서 낮에는 이 위에 있고 밤에는 내려가서 음식을 주워 먹는다." 이게 한 시간 동안 얘기했던 내용이에요.

쿠르드를 알아듣기 시작하면서 갑자기 아이가 불쌍하게 느껴졌습니다. 갑자기 눈물이 펑펑 나는 거예요. 그래서 애를 끌어안고 울었습니다. "이 새끼, 너 어떻게 살려고 그래." 한참 제가 끌어안고 우니까 아이도 막 우는 거예요. 뭔지도 모르면서. 둘이 끌어안고 그렇게 한 30분을 같이 울다가 제가 가지고 있던 배낭하고 배낭 안에 있던 옷가지 몇 개를 아이한테 줬어요. 죽을 때까지 다시는 만나지 못할 테지만, 한두 시간 정도 소통한 게 전부지만, 그때 느꼈던 감정도 사실은 타자에 대한 감정이입이었습니다. 그리고 그와 동시에 정치에 대한 관심도 가지게 되었어요. 국제정치에 대해서, 소수민족에 대해서. 지금도 신문에서 소수민족 얘기나 분쟁에 대한 얘기가 나오면 항상 그 아이가 떠오릅니다. 코소보 사태 났다는 소식이 들리면 거기에 가보고 싶고, 사이프러스에 분쟁이 있다고 하면 거기 가보고 싶고. 하여튼 그 관심은 그때 생겼던 것입니다.

그것 역시 굉장히 강하게 경험한, 타자에 대한 감정이입입니다. 자기객관화해서 자기의 인정하기 싫은 부분까지 긍정하고 받아들이고 나면, 그 다음에는 긍정하고 받아들인 만큼의 법보가 마음에 생기고 그 법보만큼 남을 쳐다볼 여유가 생깁니다. 그렇게 남한테 감정이입할 수 있는 능력이 바로 지성인 거죠.

이 지성은 다시 자기객관화로 이어져요. 자기객관화를 하게 되면 사실, 나를 한 사람이 아니라 한 종으로 보기 시작하는 지점도 막 통과하기 시작합니다. 자기를 객관화해서 쳐다보게 되면 점점 대형 유인원 가운데 한 종인 나를 보게 됩니다. 여기서 사실은 종교적 갈등이 생기죠. 그 지점에서 사회생물학, 진화심리학 같은 학문들이 튀어 나오기도 하고요. 이 지점을 지나고 나면 도의 영역이죠.(웃음, 청중 웃음) 우주에서 자기가 어떤 존재일까, 뭐 이런 생각까지 이어집니다. 거기까지는 갈 필요가 없다고 봐요. 어쨌든 그 이후부터는 도의 영역이고요. 생물학적 종으로서 자기를 바라보는 것까지는 충분히, 누구나 한 번은 도달해봐야 할 지점이라고 저는 생각합니다.

연애를 해라, 당신의 바닥이 보일 것이다

그러면 자기객관화를 하는 데 가장 좋은 방법이 뭐냐고 하면, 개인적으로는 연애와 여행이라고 생각해요. 연애를 해야 자기 바닥을 확인할 수 있죠. 자기가 얼마나 치사한지, 얼마나 치졸한지, 비겁한지, 이기적인지 알 수 있죠. 사실 이런 감정들을 연애 이외의 상황에서 진하게 경험하기는 어렵습니다. 연애를 할 때 보면 상대가 내 마음대로 안 되거든요. 그때 자신의 바닥을 확인할 수가 있어요. 바닥을 확인해야 윤곽을 알 수 있지 않습니까. 그러니까, 자기를 객관화하고 자기를 쳐다보는 데 있어서 연애는 굉장히 중요한 경험이고, 그래서 연애를 많이 해야 한다고 저는 생각해요.

또 하나는 여행입니다. 연애가 바닥을 확인하게 해준다면, 여행은 자신의 보편성을 확인시켜줍니다. 여행을 하다 보면 다른 게 보입니다. 지하철 표도 다르게 생겼고, 버스표도 다르게 생겼고, 버스표도 플라스틱인지 종이인지 아니면 토큰인지, 버스요금은 탈 때 내는지 내릴 때 내는지, 현금으로 내도 되는 건지, 정기권이 있는지 없는지, 다 달라요. 그래서 어딜 가든 신기합니다. 그렇게 처음엔 다른 것만 보입니다. 그런데 여행한 나라 수가 30개가 넘어가고 40개가 넘어가고 50개가 넘어가면 어느 순간부터는 같은 게 보입니다. 버스 타면 돈 낸다.(청중 웃음) 토큰을 내든 회수권을 내든 플라스틱으로 내든 뭘 내든 버스 타면 돈 내는 거예요. 저는 그걸 보편상식이라고 부르는데, 사람 사는 곳이라면 통하는 최소한의 보편상식이죠. 그 정도 빼고는 다 잡소리인 겁니다. 여행 다니다 보면 '사람 사는 게 다 똑같구나' 느끼면서 자신의 보편성을 확인하게 되요. 사람이라는 게 백인이든 흑인이든 아프리카 사람이든, 어디에 살든 간에 사실은 다 똑같은 겁니다.

그렇게 보편성을 확인하게 되는데, 자기객관화하는 데 이게 왜 필요하냐 하면, 자기 바닥을 확인하면 자칫 자기비하로 이어지거나 자기를 부정하기 쉬워요. 자기를 연민하거나 부정하거나 비하하거나 한다는 거죠. 왜냐하면 있는 그대로 자기를 본다는 건 사실 굉장히 아픈 경험이거든요. 그래서 보기 싫어하는 거죠. 꼭 봐야 하는 것이지만요. 그런데 보편성이라는 건 이럴 때 작용하는 거죠. 내가 별 거 아니고, 사실 대단한 거 아니고, 이 무수한 사람들 중에 하나에 불과하다고 하는 걸 받아들일 용기를 제공합니다. 연애가 밑바닥을 확인하고 윤곽을 파악하게 해주고 경계를 알게 해준다면, 여행은 그럼에도 '괜찮다'라고 스스로를 인정할 용기를 제공해주는 것이죠. 그래서 연애와 여행은 자기객관화에 이르는 데 대단히 유용한 수단이라고 저는 생각합니다.

이렇게 자기객관화를 하고, 자존감을 가지고 법보를 만들어서 타자에 대해 감정이입을 하는 능력이 생기고, 그것이 지성으로 이어지는 것. 이런 사이클이 한 번 만들어지기 시작하면 계속 돌고 돕니다. 지성은 또 한 번 자기객관화를 도와주기 때문에 점점 더 훌륭한 사람이 되어가는 거죠. 그러면 웃으면서 화낼 수 있어요.(청중 웃음) 굉장히 뜬금없는데, 사실입니다.(웃음, 청중 웃음) 자기 자신에게 쓰는 에너지, 자기 자신을 돌보고 방어하고 변호하고 보호하는 데에만 썼던 에너지를 뭉텅 떼어내면 남들도 있는 그대로 보게 되거든요. 남들도 나와 그렇게 다르지 않다는 걸 받아들이게 되고, 남들의 과오나 부족한 점도 이해하게 됩니다. 그러면 용서할 수 있게 되고, 당연히 웃으면서 화낼 여유가 생겨나는 거예요. 정말로.

© 정미희

웃으면서 화내기의 기본 요건은 '자기객관화'다.
자신을 객관화하여 바라보는 데 제일 좋은 방법은
연애를 하는 것이고, 여행을 떠나는 것이다.
연애가 자신의 밑바닥을 확인하고
윤곽을 파악하게 해주고 경계를 알게 해준다면,
여행은 자신의 보편성을 확인시켜줌으로써
스스로를 인정할 용기를 제공해준다.

신성한 '자, 지' 사이클을 선동함

그리고 이런 사이클을 자기 마음속에 가지고 있는 사람은 세상을 보는 자기만의 기준을 만들어내기 시작합니다. 그러니까 다른 사람의 기대나 다른 사람의 신의를 필요로 하지 않고 그 사이클 속에서 자기만의 기준을 만들어내기 시작해요. 사실 자기만의 기준으로 세상을 본다고 하지만, 아주 많은 경우에 남들이 제공하는 이론이나 틀을 가지고 세상을 봐요. 정말로 많은 경우에 그렇습니다. 자신의 경험 안에서 자기만의 룰을 만든다는 건 쉽지 않은 일인데, 이런 사이클을 가진 사람은 자기만의 룰로 세상을 보기 시작합니다.

저한테도 그런 강렬했던 기억이 있습니다. 이 얘기가 마지막이 될 것 같네요. 제가 배낭여행 다닐 때 얘기인데, 그때는 바짝 말랐고 굉장히 거지 같았어요. 수염도 훨씬 더 길었었고. 하얀색 옷을 입고 갔었는데 원래 색깔을 추정할 수 없는 그런 상태로 입고 다녔죠. 돈도 없었으니까요. 배낭여행을 시작하고 두세 달 정도 지난 어느 여름이었던 것 같습니다. 가보신 분은 아시겠지만, 파리에 가면 루브르박물관과 오페라하우스를 잇는 대로가 하나 있습니다. 오페라 대로라고 부릅니다. 루브르박물관을 뒤로 하고 오페라하우스를 향해 걷다 보면 왼쪽에 양복점이 하나 있어요. 제가 그 길을 참 많이 지나다녔는데, 어느 날 갑자기 쇼윈도에 걸려 있는 어떤 양복이 눈에 들어왔습니다. 그 양복이 너무 멋있는 거예요. 그전에는 제가 양복을 가져본 적이 없어요. 단 한 번도.

나도 모르게 양복점에 들어가서 양복을 입어버렸어요. 그 꼴을 해서 들어가선 말이죠. 와이셔츠도 꺼내서 입고, 넥타이도 맸어요. 이 모든 동작이 일순간에 이루어졌습니다.(청중 웃음) 굉장히 빠르게, 착착착. 그리고 거울을 봤는데 너무 멋진 거예요. 제가 제 모습을 보고 반한 건 처음이었습니다.(청중 웃음) 너무 멋진 겁니다. 그때야 가격표를 봤는데, 그게 '보스'라는 브랜드였어요. 그런데 저는 보스가 유명한 건지도 몰랐고, 처음에는 0이 하나 덜 붙은 줄 알았어요. 그런데 자세히 보니까 이게 130만 원이에요. 13만 원이 아니라. 제가 태어나서 샀던 옷을 다 합쳐도 그것보다는 싸요.(청중 웃음) 그 옷을 들고 생각해보니까, 두 달간 남은 경비를 다 털면 되는 거더라고요. 고민을 했습니다. 웬만하면 그냥 갔겠지만, 거울 속의 내 모습이 너무도 멋있어서 그냥 두고 올 수가 없던 겁니다.(청중 웃음)

'이 양복을 사지 않고 두 달간 130만 원을 합리적으로 잘게 쪼개서 쓴다? 그러면 지금 이 순간 이 양복을 사서 느낄 기쁨을 보상받을 수 있을까? 이 옷을 확 사버렸을 때 느낄 고유의 즐거움을 보상받을 수 있을까.' 아무리 생각해도 보상받을 수 없을 것 같았어요. 나중에라도 말이죠. 그러니까 저의 계산법으로는 이 옷이 줄 즐거움이 그 가격표보다 비쌌어요. 그리고 나머지 두 달은 아직 오지 않았잖아요.(청중 웃음) 어떻게든 벌어서 채워넣으면 되는 거 아닌가, 내가 맞서서 해결해나가면 되지 않을까 싶었습니다. 한국에 가서 같은 옷을 산다 하더라도 지금 느끼는 이 기쁨이 되돌아올 것 같지 않은 거예요. 그래서 '이 즐거움이 더 비싸다' 하고 샀습니다. 그리고 그걸 입고 공원에 가서 잤죠.(웃음, 청중 웃음) 보스를 입고, 배낭을 메고. 구두까지는 못 샀어요. 그래서 운동화를 신고 공원에서 잤습니다.

지금 생각해보면 그때 제가 처음으로 누구한테도 조언을 구하지 않고, 기존에 제가 알고 있던 상식과 아무 상관없이 정말 순수하게 저의 기준을 가지고 의사결정을 한 겁니다. 나만의 기준으로 어떤 사항을 온전하게 결정한 경험이었어요. 그러니까 사실은 자기객관화해서 자존감을 갖게 되고, 그리고 자신의 마음속에 법보가 생겨서 타자를 돌아볼 여유가 생기고, 그렇게 지성이 만들어지는, 이런 사이클을 가진 사람의 삶의 자세라는 건 결국 자신만의 가격표를 가지는 것과 비슷합니다. 남들이 보기엔 전혀 돈이 안 될 거 같고, 도무지 이해가 안 가는 어리석은 일처럼 보이더라도, 내 가격표가 높으면 그 누구한테도 승인받지 않고 내 가격표대로 살게 되는 거죠.

그러니까 그 모든 출발은 자기객관화입니다. 그리고 그것의 끝 지점은, 지성을 가진 성인이 되는 거고요. 사실은 어른이 되는 거죠. 그 사이클을 저는 자기객관화에서 시작해서 지성에서 끝난다고 해서 신성한 '자, 지' 사이클이라고 부릅니다.(웃음) 어쨌든 이 신성한 사이클대로 돌다 보면 세상 모든 일에 대해 점점 더 많이 자신만의 가격표를 가지게 될 겁니다. 자신의 기준으로 살게 되고, 자신의 템포대로 화를 내게 되고, 또는 자신의 템포대로 즐거워하게 되고 행복해지는 거죠. 행복한 사람이 훌륭한 사람입니다. 앞뒤가 안 맞나요? 딱히 안 맞더라도 각자 알아서 연결해주시기 바랍니다.(청중 웃음) 결론이 다소 억지스럽게 연결되었으나 그래도 크게 상관은 없습니다. 대세는 대충 전달된 걸로 알고 여기서 마칠까 합니다.(웃음, 청중 박수)

장기여행은 결혼이라는 연속극의 축소판이다

사회자 매력적인 강연이었습니다. 이렇게 훌륭한 마무리가 세상에 또 어디 있습니까? 보통 훌륭한 사람이 행복한 사람이라고 알고 있는데, 그게 아니라 행복한 사람이 훌륭한 사람이라는 결론. 여러분, 오늘 이 말 한마디만 기억하셔도 될 것 같습니다.

자기객관화를 잘 이룰 수 있는 여러 방법 중에 연애와 여행을 권장하셨는데, 여행의 경우에 그 질과 양과 방법도 상당히 중요할 것 같습니다. 저는 관광은 여행이 아니라고 생각하고 있거든요. 이에 대해 간단히 말씀을 해주신다면요?

김어준 그렇죠. 되도록 예산은 타이트해야 하고요, 일정은 보름 이상이어야 합니다. 그 정도 지나야 익숙했던 모든 패턴으로부터 벗어나기 시작하거든요. 자기한테 익숙하지 않은 공간이면 됩니다. 꼭 외국이어야 한다기보다 평소에 자기가 알고 있던 상식이나 생활 기준, 혹은 패턴으로는 잘 해결이 안 되는 상황들과 맞닥뜨릴 수 있는 곳이면 됩니다. 그래야 자기만의 타고난 문제해결 능력이 드러날 수 있으니까요. 그래서 남녀가 결혼하기 전에 배낭여행을 같이 다녀봐야 한다고 생각합니다. 그러면 상대방의 진짜 정체를 알 수 있거든요. 그 사람이 누군지.(청중 웃음)

사회자 저도 적극 권장하는 바입니다. 살아보고 결혼하는 것이 사실은 가장 좋은데, 현실적으로 고려해야 할 것들이 많으니까 장기간 외국여행을 갔다 오고 나서 그때 결혼을 결정하는 것이 가장 현명하지 않을까 생각합니다.

김어준 결혼하기 전에 꼭 여행을 해보라고 다시 한 번 강조하는 이유가 있습니다. 제가 여행 다닐 때 돈이 없어서 가이드를 했었거든요. 그래서 배낭여행 온 커플을 굉장히 많이 봤습니다. 그런데 배낭여행 온 커플들이 열에 일고여덟은 사이가 나빠져요. 사실 이해가 잘 안 됩니다. 돈도 충분히 준비해왔고, 눈치 볼 일도 없고, 좋은 것 먹고, 좋은 것 보면 기뻐야 하는데 아니라는 거죠. 그래서 제가 시뮬레이션을 해봤어요.

파리를 예로 들어볼게요. 처음 도착한 도시에서 숙소를 예약합니다. 보통 역에서 가까운 곳에요. 그렇게 2~3일 동안 파리를 구경하고, 밤에 비엔나로 출발하는 겁니다. 그런데 출발시간이 다 될 때까지 여자친구는 백화점을 둘러봅니다. 허겁지겁 호텔로 돌아와 짐을 꾸려 역으로 갔는데 기차가 안 오는 겁니다. 말이 안 통하니 물어보기도 어렵고, 어디로 가서 기차를 타야 하는지도 모르겠고. 이래저래 밤은 깊어가는데 근처 숙소는 다 차버렸고, 그렇다고 역에서 잘 수도 없고. 어느 나라나 역 주변엔 알코올중독자나 부랑자가 많으니까요. 이때 먼저 반응을 보이는 건 남자입니다. 남자가 맨 처음 하는 게 여자를 탓하는 거예요. 왜냐하면 이런 문제는 남자가 해결하기로 암묵적으로 합의가 되어 있었는데 이런 사태가 벌어졌으니까요. 그렇다고 남자 스스로 내가 무능해서 그렇다고 인정할 순 없는 거죠. 또 그런 말을 들을까봐 선제공격하는 거죠. "네가 백화점에서 시간을 오래 끌어서 그렇게 됐다"고.(청중 웃음) 여자는 황당해지는 거죠. 평균적인 남자들이 하는 짓이 이거예요. 여자 먼저 탓하기. 그것이 사태를 해결하는 데 아무 도움이 안 됨에도 불구하고 일단 여자 탓부터 하는 거죠. 여자 입장에서는 황당하기는 하나 그걸 가지고 지금 싸울 일은 아니라는 거예요. 어떻게 해야 할까요?

하지만, 사실은 정답이 없는 상황이에요. 여기선 재산도 상관없고, 학벌도 상관없고, 나이도 상관없고, 모든 게 상관이 없어요. 이때 그 사람의 타고난 문제해결 능력, 그 사람의 바닥이 드러나기 시작해요. 어떤 사람은 "아무 기차나 타고 가자"고 하죠. 다음 여행지가 비엔나였을지라도 그 시간에 남아 있는 기차를 타고 바르셀로나라도 가자는 거죠. 그러면 그 밤은 무사히 보낼 것 아닙니까? 또 어떤 사람은 "배낭을 집어넣고 오늘밤은 나이트에 가자. 하루 더 노는 거야" 이렇게 할 수도 있죠. 그도 아니면 "공원에 가서 자자" 이럴 수도 있고요. 어쨌든 방법은 여러 가지인데, 여기에 정답은 없는 겁니다. 아무도 가르쳐주지 않고요. 이런 크고 작은 상황에 맞닥뜨렸을 때 사실은 평소에 자기가 배운 상식으로는 정답을 어디에서도 꺼내 쓸 수가 없습니다. 한국에서는 이런 일이 잘 안 벌어지거든요. 무슨 문제가 생기면 집에 전화를 하거나 친구한테 전화를 하면 되잖아요. 그런데 여기서는 그게 안 되잖아요. 그러니까 그때 정체가 드러나기 시작합니다. '이 사람이 내가 알던 그 사람이 아닌가벼' 하고요. 물론 여자의 정체도 드러납니다. 하지만 먼저 드러나는 건 남자의 정체라는 거.(청중 웃음) 두 주 정도가 지나면 더 이상 숨길 게 없어요. 완전히 바닥이 드러나요.

이것이 결혼과 굉장히 비슷한 게, 저도 결혼을 한 번 했었습니다. '돌싱'이에요. 지금 프리해요.(청중 웃음) 결혼을 하고 나면 그 이전과는 전혀 다른 양상의 갈등이 벌어진다는 거죠. 한 번도 겪어본 적이 없는 갈등이라는 겁니다. 연애는 단막극이죠. 그날그날 다 끝납니다. 에피소드별로 끝나는데, 결혼은 스물네 시간 끝이 없는 연속극 아닙니까. 주구장창 틀어대는 연속극이죠. 결혼하기 전에는 한 번도 겪어보지 못한 종류의 갈등을 겪게 되기 때문에 학벌이나 돈과 상관없이 그 사람의 바닥이 드러나는 것 아니겠습니까?

여행을 통해서 굉장히 압축적으로 결혼과 유사한 경험을 하게 되요. 그래서 보통 여자가 먼저 이별선언을 합니다. 두 주쯤 지나면 자기 혼자 다니겠다고 선언합니다. 다른 남자들은 다 잘 해결하는 것처럼 보이거든요.(웃음, 청중 웃음) 그것도 착각인데 말이죠. 그러면 남자는 또 자존심에 "헤어지자"고 하지만, 이때 정말로 헤어지는 경우는 드뭅니다. 왜? 돈을 같이 가져왔거든요.(웃음) 결혼도 비슷하죠. 이게 나누기가 굉장히 어려워요.(웃음) 그래서 서로 욕을 하며, 호텔에서 각자 다른 방에서 잠을 자죠. 설령 같은 방을 쓴다고 해도 낮에는 따로 돌아다닙니다. 결혼과 굉장히 비슷하죠.

그래서 돈도 별로 없는 상태에서 배낭여행을 두 주 이상 같이 해보는 것이 결혼 예행연습으로는 아주 좋다고 말하는 겁니다. 물론 헤어지지 않는 20%가 있어요. 아주 드물게. 어떤 사람들이냐 하면, 남자가 모든 문제를 척척 해결했기 때문이기도 하고요. 남자가 제시한 해법을 여자가 잘 받아들여서이기도 합니다. 예를 들어서 남자가 "공원에서 자야겠다" 했을 때, "그래, 재미있겠다. 공원에서 우리도 한번 자보자" 이렇게 맞장구를 쳐줘야 그게 해법이 되는 건데 "공원에서는 눅눅해지고……" 이렇게 신경질을 내기 시작하면 해법이 안 되는 거거든요. 해법도 아귀가 맞아야 해법이 되죠. 이것까지 맞으려면 확률이 20%대로 확 떨어지는 겁니다. 그래서 저는 결혼의 자연성공률은 20%라고 말합니다. 결혼해보신 분들은 다 알 거예요.

사회자 그래서 'ESC' 상담 코너에 연애와 결혼을 앞둔 미혼남녀들의 상담이 폭주하고 있습니다. 그리고 '돌싱'이라고 커밍아웃도 하셨는데, 아이러니한 게 김어준 씨뿐만 아니라 결혼과 연애에 대해서, 특히 부부관계와 결혼생활에 대해서 굉장히 상담을 잘 해주시는 분들 대부분이 '돌싱'이시더라고요. 그야말로 결혼에서의 자기객관화가 완벽하게 되셨기 때문에 멋지게 설명을 해주실 수 있지 않나 싶습니다. 자, 질문 받겠습니다.

온전히 홀로 서기의 중요성

청중1 강연 잘 들었습니다. 말씀해주신 것 중에 타자에 대한 감정이입과 눈높이 교육은 어떻게 다른 건지, 그 부분에 대해서 여쭤보고 싶습니다. 저는 타자에 대한 감정이입에 대해선 사실 잘 모르겠습니다만, 아까 터키에서 빵 드시면서 하셨던 얘기를 들으면서 눈높이 교육이라는 걸 생각해봤습니다. 중학교 2학년 아이와 초등학교 5학년인 여자아이가 있는데요, 지금 타자에 대한 감정이입과 눈높이 교육에 대해 제가 잘 이해하게 된다면, 아이한테 좀 더 다가갈 수 있을 것 같고 교육을 시킬 때도 도움을 받을 수 있을 것 같아서요. 그 차이가 궁금합니다.

김어준 지금 말씀하신 건 본인의 혈육에 대한 이해이고, 특정 나이대의 아이에 대한 이해이기 때문에 제가 말씀드린 타자와는 다릅니다. 제가 예로 든 타자는 나와는 아무 상관없는 사람이에요. 터키에서 만난 그 아이를 몰랐을 때는 그 아이가 죽었어도 안 슬플 겁니다. 그런데 만약에 지금이라도 제가 그 아이의 죽음을 어떤 식으로든 확인한다면 굉장히 슬플 겁니다. 쿠르드를 위한 기금을 만들지도 몰라요. 그러니까 제가 말씀드렸던 타자에 대한 감정이입은 자기한테 이익이 되거나 또는 나의 혈육이거나 나와 관련이 있는 사람이 아니라, 나와는 아무 상관없는 사람인데도 그 사람의 입장에 설 수 있는 것, 그 사람의 감정을 내 것처럼 느껴보는 것이라고 할 수 있습니다. 이건 저절로 되는 게 아니라 대단히 힘든 일이고 노력해야 하는 일입니다. 하나의 능력이거든요. 그리고 그렇게 타자에게 감정이입하고 타자에 대한 상상력을 가지는 것이야말로 지성의 출발점이라고 보는 겁니다.

청중2 재미있게 잘 들었습니다. 감사합니다. 저는 지금 대학에서 학생들을 가르치고 있습니다. 아까 사회자께서 말씀하신 것처럼 요즘 대학에서는 3월이 되면 학부모님들의 전화를 받느라 업무를 못 볼 정도입니다. 그런 현상을 보면서 저도 세대차이를 느끼거든요. 그래서 질문드리고 싶은 것이, 지금 새내기들한테 어떤 얘기를 해줘야 할까 하는 겁니다. 저희 학과에서는 신입생 오리엔테이션 때 학생들한테서 질문을 받습니다. 제가 근무하는 학과는 실내디자인학과인데 "어느 회사가 연봉을 제일 많이 줍니까?" 뭐, 그런 질문들이 많습니다. 그러면 교수님들께서 "이 질문은 너희의 질문이 아니라 부모님의 질문인 것 같다"라고 얘기하십니다. "지금은 1학년이니까 실수도 할 수 있고, 시행착오를 겪어도 되지 않겠니?"라고 하면서 2주 뒤에 다시 만나자고 합니다. 2주 뒤에 다시 만나서 그 학생들에게 질문을 해보라고 하면, "유명한 인테리어 디자이너가 돼서 텔레비전에 나오려면 어떻게 해야 합니까?" 하는 식으로 바뀐 것 외에는 근본적으로 달라진 게 없어요. 우리나라 교육제도가 학생들의 꿈을 앗아가서 자신이 욕망하고 있는 것이 무엇인지 정말 모르는 건 아닐까 생각할 때가 많거든요. 그런 친구들을 혹시 직접 만나신다면 어떤 얘기를 해주고 싶으신가요?

김어준 "집을 나와라."(웃음, 청중 웃음) 일단 부모로부터 물리적으로 떨어져야 돼요. 부모님들은 그게 사랑인 줄 알거든요. 제가 어느 정신과 의사 분한테 들은 건데요, 이런 환자들이 늘어나고 있다고 합니다. 멀쩡한 대학 나와서 나이 서른 넘어 결혼까지 했는데 어느 날 갑자기 집 밖으로 안 나간대요. 무기력증에 빠져서 가만히 있답니다. 그 이유를 파헤쳐보면 이 사람은 아주 어릴 때부터 부모가 시키는 대로 했다는 거죠. 부모가 유치원에 다니라고 해서 다녔고, 초등학교에 다니라고 해서 다녔고, 학원 다니라고 해서 다녔고. 똑똑한 이 아이는 부모의 요구를 다 받아들인 겁니다. 부모가 선택한 대학, 부모가 선택한 직장, 그리고 부모가 선택한 여자와 결혼도 한 겁니다. 이제 부모는 한시름 놓은 거죠. '이제 내 할 일을 다 했다' 하고 부모가 놓은 그 순간, 이 사람은 자기가 왜 거기에 있는지 모르게 된 겁니다.

단 한 번도 자신의 욕망을 좇아서 온전히 자기 의지로 시행착오를 겪어가며 살아본 적이 없기 때문이죠. 부모가 선택한 길을 따라 여기까지 왔는데, 자기가 결정해보지 않은 상태에서 이미 인생을 절반 가까이 살아버린 거예요. 그때야 갑자기 '내가 왜 이러고 있는지 모르겠다'는 생각을 처음으로 하기 시작한답니다. 부모의 간섭이 완전히 사라지는 순간에. 이건 제가 보기에 부모님의 폭력입니다. 자신이 직접 선택하고 시행착오도 겪고 자기 경험을 쌓아가면서 자기세계를 만들어야 하는데, 그걸 박탈해버린 거니까요. 사랑이란 이름으로 그 기회를 박탈한 건 폭력입니다. 자식에게 저지르는 폭력인데 폭력인 줄 모르는 거죠. 그 아이가 살아남는 방법은 죽을 때까지 평생 그 부모의 자식으로 사는 길밖에 없습니다. 슬픈 일이죠. 그래서 집을 나와야 한다고 말씀드린 겁니다. 자기 스스로 부딪치고 깨지면서 자기 힘으로 배운 것이 아니라면 절대로 자기 것이 될 수 없습니다.

청중3 저는 어떻게 화내야 하는가라는 부분에 대해서, 어떻게 하면 섹시하게 화낼 수 있는가 하는 방법을 여쭤보고 싶습니다. 저는 방송 쪽 일을 하고 있는데요. 최근에 가장 저를 화나게 한 것은 〈PD수첩〉과 관련된 겁니다. 검찰이 작가들의 이메일을 수색한 사건 말이죠. 그런 부분에 대해서 어떻게 화를 내야 명쾌할까 하는 문제와, 개인적으로 최근에 가장 화난 일과 그 화를 어떻게 냈는지 여쭤보고 싶습니다.

김어준 〈PD수첩〉 작가들, PD가 아니라 작가를 구속 수사 대상으로 올린 건 우리나라 방송 사상 처음이죠. 그 부분을 어떻게 나이스하게 엿 먹이느냐, 요건 제가 좀 고민을 해봐야 되겠습니다.

사회자 전략과 전술이 필요하죠, 이럴 때는.(웃음)

김어준 그렇죠. 왜냐하면 당사자를 제외한 모두를 웃겨야 힘이 나오거든요. 그 부분은 제가 고민을 좀 해보겠고요. 가장 최근에 화가 나는 일이라고 하면, 사실 저는 사적으로도 그렇고 화를 거의 내지 않는 편인데요. 거의 유일하게 아침에 텔레비전 볼 때, 뉴스를 보다가 첫 부분에서 기분이 나빠지는 경우가 많아요. 그분께서 나오면.(청중 웃음) 아무 말 안 했는데도 내용과 상관없이 얼굴을 보자마자, 그때 화가 납니다.

그럴 땐 어떻게 화내느냐 하면 욕을 합니다.(청중 웃음) 대놓고, 노출된 시간의 약 열 배를 욕합니다. 약 3초간 봤다, 안 보려고 했는데 운이 없게도 채널을 돌리다가 봤다, 그러면 30초 이상 욕을 합니다. 큰소리로. 그 외에 개인적으로 화난 기억은 기억이 닿는 한 최근 몇 년간은 별로 없네요.

자기만의 가격표를 매겨라

청중4 이선경이라고 합니다. 제 질문은 여행에 관한 겁니다. 오늘 강의에서도 그렇고 책에서나 칼럼에서도 여행, 특히 해외여행의 중요성을 굉장히 많이 강조하셨는데요. 저도 몇 번의 해외여행 경험이 있기 때문에, 자신이 오랫동안 몸담고 있었던 곳과는 전혀 다른 곳에 자신을 던져보았을 때 얻게 되는 경험이 사고의 폭과 행동의 반경을 넓힌다는 것을 잘 알고 있습니다. 그래서 주위 사람들에게 여행을 참 많이 권하는데요. 사실 아직까지 해외여행을 쉽게 가지 못하는 분들이 많습니다. 해외여행을 하지 않더라도 일상 속에서 사고의 전환을 할 수 있는 방법을 제시해주신다면 어떤 게 있을까요?

김어준 저도 지나고 보니 그랬다는 거고요. 지금 거창하게 얘기한 자기객관화니 지성이니 하는 목표를 가지고 여행을 갔다 온 건 아니에요. 재미있으니까, 좋으니까 자꾸자꾸 가게 됐던 거죠. 여행경비가 없으니까 돈 벌 방법을 찾을 수밖에 없었고요. 예를 들면, 여행사에서 여행 설명회 같은 걸 간혹 하는데, 사람들이 궁금해하는 게 에펠탑의 위치가 아니거든요. 숙소는 어떻게 해결해야 하는지, 말이 안 통할 땐 어떻게 해야 하는지, 밤늦게 도착했는데 아무것도 없을 때 어떻게 대처해야 하는지, 이런 위기 상황에 대한 걱정을 하거든요. 유럽이든 어디든 다른 나라의 유스호스텔은 어떻게 돌아가는지, 관광 시스템이 어떻게 돌아가는지, 그런 비디오가 있느냐고 여행사 측에 물어보면 없다고 합니다. 그러면 제가 만들면 좋지 않겠느냐고 묻습니다. 좋겠다고 합니다. 그런데 직원들을 현지에 직접 보내면 돈이 많이 들지 않습니까? 직원들이 해외에 나가 있는 동안 회사 일도 못하는데 급여도 줘야 하고. "그러니 나를 보내라. 나한테는 비행기 표만 주면 된다. 비디오로 찍어주겠다"라고 협상을 합니다. 이걸 누가 가르쳐준 건 아니에요. 애를 써야지요. 그렇게 자기가 처한 상황 안에서 애를 써서 방법을 찾다 보면 방법은 무수히 많다고 생각해요.

사회자 김어준 씨가 여행을 많이 권장하신 건, 꼭 여행만이 정답이라는 뜻이 아니라 본인이 경험한 것 중에 최고였기 때문에 말씀을 드린 거고, 그 말에는 "낯선 곳에 자기를 일부러 내팽개쳐봐라"라는 뜻이 더 많으셨다고 봅니다. 젊어 고생은 사서도 한다고, 막노동을 해보신다거나 자원봉사를 해보신다거나, 그런 것도 방법 중 하나이겠죠. 자, 이제 김어준 씨의 마지막 말씀을 듣고 마치도록 하겠습니다.

김어준 오늘의 요점은 자기만의 가격표를 매겨라, 그리고 그 가격표대로 세상을 살라는 것입니다. 사실은 자기만의 가격표를 가지고 산다는 게 굉장히 어려운 일이거든요. 그럴 수 있는 사람은 대단히 용감한 사람이기도 하고, 그럴 수 있는 사람이야말로 정말로 행복해질 수 있는 사람이고, 그런 사람이 훌륭한 사람입니다. 뭐, 이상입니다.

사회자 네, 감사합니다.(청중 박수) 김어준 씨의 책《건투를 빈다》중에서 제가 아주 좋아하는 구절을 읽어드리면서 마무리 인사를 드리겠습니다. "사람이 나이 들어 가장 허망해질 땐 하나도 잃은 게 없을 때가 아니라 이룬다고 이룬 것들이 자신이 원했던 게 아니라는 걸 깨달을 때다"와 "내 인생은 내가 선택한 것들의 누적분이다. 선택이란 선택하지 않은 것들을 감당하는 것이다"라는 구절을 제가 굉장히 좋아합니다. 아무쪼록 여러분, 앞으로의 삶이 좋은 것들만 누적되는 삶이었으면 좋겠고, 또 이 세상을 끝낼 때 '내가 원했던 것을 하고 간다' 하고 굉장히 기뻐하면서 가실 수 있기를 바랍니다.

이것으로 〈한겨레21〉 15주년 기념 제6회 인터뷰 특강 '화'의 여섯 시간을 모두 마치겠습니다. 여러분의 발걸음 하나하나가 너무너무 감사합니다. 이 모든 시간이 여러분께 큰 자양분이 됐으면 좋겠습니다. 감사합니다. 안녕히 돌아가십시오.(청중 박수)

화 – 6인6색 인터뷰 특강

초판 1쇄 발행 2009년 8월 3일
초판 5쇄 발행 2013년 10월 18일

지은이 진중권 정재승 금태섭 홍기빈 안병수 김어준
펴낸이 이기섭
편집인 김수영
기획편집 임윤희 김윤정 정회엽 이지은 이조운 김준섭
마케팅 조재성 성기준 정윤성 한성진 정영은
관리 김미란 장혜정

펴낸곳 한겨레출판(주) www.hanibook.co.kr
주소 서울시 마포구 공덕동 116-25 한겨레신문사 4층
전화 02-6383-1602~3 **팩스** 02-6383-1610
대표메일 book@hanibook.co.kr

ISBN 978-89-8431-350-7 03810

• 값은 뒤표지에 있습니다.
• 파본은 구입하신 서점에서 바꾸어 드립니다.